Der Autor

Peter Straub wurde in Milwaukee, Wisconsin geboren. Nach dem Studium an der Columbia University in New York und der Universität von Dublin ließ er sich in England nieder. 1979 kehrte er in die Vereinigten Staaten zurück und lebt heute mit seiner Frau auf einer Farm in Connecticut.

Straub gilt neben Stephen King als einer der bedeutendsten amerikanischen Horror-Schriftsteller. Er hat weltweit eine große Leserschaft, die seinen Büchern zu Millionenauflagen verhilft.

Im Wilhelm Heyne Verlag sind bereits folgende Bücher von ihm erschienen:
»Schattenland«(01/6713), »Koko«(01/8223), »Mystery«(01/8603), »Haus ohne Türen« (01/9099), »Der Schlund« (01/9441), »Geisterstunde« (01/9602), »Der Hauch des Drachen« (01/9751), »Das geheimnisvolle Mädchen« (01/9877).

PETER STRAUB

DIE FREMDE FRAU

Roman

Aus dem Amerikanischen
von Joachim Körber

WILHELM HEYNE VERLAG
MÜNCHEN

HEYNE ALLGEMEINE REIHE
Nr. 01/10071

Titel der Originalausgabe
MARRIAGES

Umwelthinweis:
Dieses Buch wurde auf
chlor- und säurefreiem Papier gedruckt.

Der Titel erschien bereits in der
Allgemeinen Reihe mit der band-Nr. 01/6877.

7. Auflage
1. Auflage dieser Ausgabe

Printed in Germany 1997
Umschlagillustration: Bildagentur Mauritius /
Superstock, Mittenwald
Umschlaggestaltung: Atelier Ingrid Schütz, München
Gesamtherstellung: Elsnerdruck, Berlin

ISBN: 3-453-11669-0

EINS

1

Monate, nachdem sich alles zugetragen hatte und meine Ehe wieder zu dem friedlichen, vertrackten Krieg geworden war, wie ihn alle Ehen darstellen, wurde mir klar, daß wir alle Amerikaner waren, auch wenn dies ein Sachverhalt war, dem wir, bis zu einem gewissen Ausmaß, alle hatten entfliehen wollen. Ich verließ das Land, um einen neuen Zweig meines Unternehmens aufzubauen – ich bin Fabrikant, im kleinen Rahmen, und der europäische Markt schien verlockend, ein Hain reifer Früchte – und der Entwicklung meiner Persönlichkeit eine neue Richtung zu geben, da ich Jahr für Jahr meinen Freunden ähnlicher zu werden schien. (Zumindest jedenfalls glaubte ich, deswegen zu handeln; aber wie viele von uns können behaupten, die Wurzeln unseres Verhaltens zu verstehen?) In den letzten Jahren in Amerika war mir immer mehr zumute, als wäre ich in einer Kiste geboren worden, deren Dimensionen ich immer mehr selbst annahm. Nachdem das Unternehmen, das ich von meinem Vater geerbt hatte, die kleineren Rezessionen und Verluste des Glaubens der sechziger Jahre überwunden hatte, konnte ich mich selbst sehen, wie ich aus einer Million Swimmingpools emportauchte, Millionen Madras-Jacketts anzog und die millionste ungeschickte Version des millionsten neuen Tanzes im millionsten Country Club versuchte. Und daher mein Flug nach Dublin, mein Umzug nach London und meine Affäre mit der Frau. Für meine Wahrnehmung war sie rein exotisch, ein Geschöpf, das so neu für mich war wie eine Samoanerin oder eine Eskimo – wen sonst kannte ich, der tatsächlich bei den Luftangriffen auf London dabeigewesen war? –, und dennoch war sie immerhin zur Hälfte Amerikanerin. Aber im Grunde genommen hätte sie halb Zebra sein können, und es hätte für mich nichts geändert. Wie sie, so glaubte auch ich nicht an die Liebe, und steckte dennoch bis über beide Ohren darin (wie mühelos diese Widersprüche doch sind!), in einem Taumel der Gefühle. Ich fühlte mich bestätigt, unermeßlich voll Gefühl: wir hatten eine gemeinsame Identität.

Ich muß Ihnen die außergewöhnliche Vielfalt, die Energie ihrer Briefe begreiflich machen. Umfangreich, weiß, in langen, kühlen, weißen Couverts, und sie waren prall voll mit Erklärungen, Beichten, Schuldgefühlen, Avancen und Rückziehern und all den anderen Untermalungen einer Affäre, und so lagen sie auf meinem langen Tisch neben der Lampe oder am Morgen auf dem rotmelierten Teppichboden. Sie verwirrten mich; manchmal ärgerten sie mich – weshalb *soviel* darüber nachdenken? – mit ihrem beharrlichen und heftigen Herumtrampeln auf immer wieder derselben Stelle; aber häufig, besonders zu Beginn, reizten sie mich mit einer unvernünftigen Freude: die Welt hatte mir ein Geschenk gemacht.

Ich stand, in eine Unterhaltung vertieft, mit Mr. Donal O'Riordan vom Handelsministerium an der Ecke von Kildare und Molesworth Street in Dublin, als ich eine große, blonde Frau erblickte, die, ihr Haar ausschüttelnd, aus einem Antiquitätengeschäft kam. Mr. O'Riordan hatte ihr den Rücken zugewandt, und ich heuchelte ungeteilte Aufmerksamkeit seinen Ausführungen gegenüber, während ich zusah, wie sie die große schwarze Tür eines Mercedes Benz öffnete und anmutig hinter das Steuer glitt, ein Monolith in schwarzem Gabardine, schwarzem Leder und blauer Schminke. Dies war das erste Auftauchen der Frau, eine Woche bevor wir uns während einer

Dinner Party am Fitzwilliam Square begegneten, zwei Wochen bevor wir uns durch Zufall erneut sahen, dieses Mal an der Bar des Royal Hibernian Hotel, zwei Wochen und zwei Tage bevor ich den ersten Brief erhielt.

Jede Geste ist von einem Geheimnis begleitet. Das Tasten einer Hand zum Hinterkopf, der lange Zeigefinger, der in der Höhle eines Luxusrestaurants auf den Filter einer Zigarette klopft, sie künden zweideutig von einer Hochzeit, einem Kuß, einem Streit. Die luxuriöse Nervosität des Fingers, der auf die gegen den Daumen gepreßte schlanke weiße Säule klopft, ist geheimnisvoll verschleiert: sie könnte ängstlich sein, deprimiert, vielleicht sogar gelangweilt: Hinter diesem seltsam verschleierten Hauch lauert ein dunkleres Geheimnis, der Drang zum Ausdruck, welcher unserer Muskulatur innewohnt, welcher, unaufgefordert, durch Taten vereinfachen möchte. Auf dem Flickwerk des diskontinuierlichen Lebens der Gefühle scheint dies eine einzige Farbe aufprägen zu wollen, eine Resolution. Über den Tisch hinweg sehe ich sie die Stirn runzeln und unvermittelt aufhören zu klopfen. Wie bei vielen Frauen, scheint ihr Gesicht nuancenreich und lebendig.

Sie würde nichts von dem glauben, würde meine Versuche zu verstehen als ›raunen‹ abtun. »Wir sind auf so komische Weise verschieden«, schrieb sie mir. »Du klammerst Dich an eine Vorstellung von Wahrheit.«

Ihre erste Frage an mich: »Bist du verheiratet?«

»Ja«, antwortete ich.

»Glücklich?«

»Nicht mehr oder weniger als andere auch.«

»Wirst du dich dennoch mit mir treffen?«

»Ja«, antwortete ich.

2

Ein Freudenfeuer in der Stadt im Mittelwesen, von der ich mich distanzieren sollte, und ich bin siebzehn. In meiner Sprechweise charakterisieren mich die stimmlosen Vokale und minutiös ansteigenden Modulationen am Ende von Sätzen eindeutig: sie sind wie Gepäckanhänger, die deutlich verraten, woher ich komme. In meine Sprechweise gekleidet – für mich reden die anderen mit Akzent, nur meine tonlose, leicht singende Stimme ist der Standard, von dem andere Stimmen abweichen –, habe ich, mit Unterbrechungen, eine Reise nach Osten unternommen. Im Augenblick ist sie noch nicht beendet.

Das Freudenfeuer besteht aus lodernden Holzkisten, Pappkartons, gebrochenen Brettern und am Strand gefundenem Treibholz. Strandfeuer sind illegal, aber da wir alle ›begütert‹ sind, wie unsere Eltern uns beigebracht haben zu sagen – jeder bei dieser Party Anwesende besucht eine oder zwei Privatschulen, die meisten wohnen in großen germanischen Villen am Seeufer –, und darüber hinaus die höfliche Arroganz vornehmer Zöglinge besitzen, haben wir keine nennenswerte Furcht vor der Polizei. Polizeistreifen fahren im Sommer stichprobenartig in wahllosen Nächten an den Privatstränden entlang, und sie haben schon häufig ähnliche Partys entdeckt. Sie konfiszieren den Alkohol und schreiben sich die Namen aller auf, deren sie habhaft werden können. Es ist der Geist einer Strafe, der unangenehme, komische Oberton von Strafe; verkniffene Gesichter, aberwitzige Fragen. Unsere Bierkästen und zwei Flaschen Wodka sind in der Nähe im Unterholz verborgen, am Fuß des Hangs, welcher vom Strand heraufführt. Ich bin mit zwei Flaschen Bier, meiner vierten und fünften in dieser Nacht, zu meiner Decke zurückgekehrt. Ein Junge singt »Michael, row the Boat ashore«.

Auf der sandigen, karierten Decke vor dem Feuer öffne ich eine der Bierflaschen und lasse den kühlen, herben Geschmack meinen Mund erfüllen. Ich schlukke und spüre das kalte, schaumige Kribbeln in der Kehle.

Weil sie in der Nähe des Feuers sitzt, ist das Gesicht des Mädchens unter ihrem langen, Collie-farbenen Haar orange. Ihr Gesicht ist, wie ich jetzt erkenne, auf eigentümliche und entlarvende Weise amerikanisch: Sie verfügt über eine breite, weiche Tiefe der Gesichtsflächen, gedehnte, konturlose Wangen unter deutlich gepolsterten Wangenknochen, jene unmißverständliche, so vertrauenerweckende Weichheit, die man bei amerikanischen Mädchen in Piccadilly, St. Germain oder sonstwo sehen kann, wenn sie in Blue Jeans auf den Treppenstufen von Hotels sitzen oder zögernd Cafés betreten, weil sie nicht sicher sind, was alles kostet. Ich habe die Engländer nie verstanden, die amerikanische Frauen ›herb‹ finden – das muß ein Streich ihres Gehörs sein, oder eine Fehlinterpretierung verschiedener Gesten. Ihr weiches, hübsches Gesicht, das unter dem Haar zu schweben scheint, ist gesenkt. *Ich kenne dich. Ich kenne dich.*

Ich nehme die zweite Flasche, öffne sie und gehe ums Feuer herum an den anderen vorbei, die singen oder, in aufmerksameren kleinen Gruppen, miteinander diskutieren, zu ihr hinüber und biete ihr das Bier an. Das Paar in unserer Nähe steht auf – sie sehen uns an – und verschwindet händchenhaltend in der Dunkelheit außerhalb des Feuerscheins. Sie schüttelt ablehnend den Kopf und schaut mich nur einmal kurz an. Ich habe seit Wochen nicht mehr mit ihr gesprochen. Sie wird zu weinen anfangen, glaube ich; das wird sie. Ihre Augen öffnen sich und huschen über mein Gesicht, Vögeln gleich. Ich habe sie verletzt, sie möchte mir sagen, wie sehr.

Eine solche Reinheit der Erfahrung! Wo findet man sie nach der Pubertät noch, diese Freigiebigkeit der Gefühle? Es gibt da ein typisch männliches Gefühl, gleichgültiger Zuschauer des eigenen schuldbewußten Verrats zu sein; dies empfinde ich, als ich, töricht, das erste sage, was mir in den Sinn kommt.

»Wie ist es dir ergangen?«

Sie sperrt den Mund auf. Meine Unempfänglichkeit – jetzt als Freundlichkeit maskiert – ist größer als sie erwartet hat. Sie senkt den Kopf und zwingt mich, noch einmal anzufangen.

»Ich möchte, daß wir gut zueinander sind. Freunde.«

»Hast du deshalb nicht... oh, vergiß es. Ich kann nicht mit dir streiten.«

Sie kann nicht mit mir streiten! Mein Triumph ist sinnbetäubend. Ich bin unwiderstehlich.

»Ich bin froh, dich heute abend hier zu sehen.« Auch das ignoriert sie.

»Du hättest mal anrufen können, weißt du.« Als sie das sagt, verändert sich die Farbe ihres Gesichts vom feuerflackernden Orange zu einem dunkleren Farbton: Verlegenheit. Sie hatte das nicht sagen wollen. Ihr gerötetes Gesicht, von der Farbe eines saftigen, reifen Pfirsichs, dreht sich verstockt dem Feuer zu. Sie macht den blauen Nylonparka zu und schmollt anfänglich, als der Reißverschluß ihr nicht gehorchen will.

»Du bist egoistisch«, sagt sie. Ihre Stimme ist fatal und klar. Von oberhalb des Ufers hören wir eine näherkommende Polizeisirene heulen, vom Wind am See schrill verzerrt.

3

Unser kleines Auto schneidet durch Seen aus Licht, welches zwischen den Bögen der Bäume über uns herniederstrahlt. Des körperlichen Vergnügens wegen schalte ich vor der Kurve herunter und beschleunige wieder, als wir sie hinter uns haben. Das Auto, gewöhnlicherweise ein mürrischer Feind, der an Tankstellen Pfundnoten frißt und sich meinem gefühllosen Berühren widersetzt, wenn ich einparken möchte, fügt sich willig meinen Gesten. O Auto, denke ich, endlich stehst du einmal auf meiner Seite.

Auf dem Nebensitz regt sich meine Frau unruhig. Sie möchte meine aufgekommene Hochstimmung dämpfen. »Owen, bring uns rechtzeitig hin, aber bring uns dabei nicht um. *Das* ist Mr. Franciscus nicht wert.«

»Keine Bange«, sage ich. »Ich werde mich für June Naftalin retten. Außerdem kenne ich diese Straße verdammt gut. Ich fahre manchmal tagsüber hier heraus, nur um mir einen Baum anzusehen.«

»Das könntest du auch im Regent's Park tun«, sagt sie.

Wir fahren nach London zurück, nachdem wir den Tag in Eping Forest verbracht haben. Mr. Franciscus ist der ehemalige Englischdozent meiner Frau, eine Blume von Harvards altem Baum und inzwischen ein pensionierter Junggeselle Mitte siebzig. Er hat uns geschrieben, daß er England zum letztenmal ›abklappert‹. Hinter uns ertönt das an- und abschwellende Heulen eines britischen Krankenwagens, und ich fahre an den Straßenrand.

»Wenigstens kann man dich so dazu bringen, langsamer zu fahren. Aber da du so gehobener Stimmung bist, warum June Naftalin?«

»Im Gegensatz zu...«

»Im Gegensatz zu Sheila Goldsmith, natürlich. Bei Mark und Junes Party hast du sie umschwirrt wie ein Haremeunuch. Als du betrunken warst, hast du ihr erzählt, sie sollte Tänzerin werden, weil sie Cyd Charisses Beine hat. ›Ganz genau ihre Beine.‹« Sie grinst.

Wie peinlich das alles ist! Wenn ich betrunken bin, rede ich immer solchen Unsinn in Gegenwart attraktiver Frauen; Sheila Goldsmiths Beine sind auf laszive Weise schlank, erst direkt am Saum ihres kurzen Rocks werden sie dicker, aber vollkommen prall und rund. Ich denke benommen an Sheila Goldsmiths perfekte Fesseln. Der Krankenwagen rast heulend an uns vorbei.

(Seltsamerweise begann Sheila aber ihren magischen Zauber zu verlieren, als Abe Gabriel das tat, was ich mir insgeheim wünschte – als würde seine Berührung sie entweihen. Manche Männer haben diese Fähigkeit, die Frauen, die auf sie ansprechen, auf drastische Weise zu entweihen.)

Um achtzehn Uhr dreißig sind wir wieder in London und treffen uns mit Mr. Franciscus im Bloomsbury Hotel. Seit 1921, sagt er uns, ist er sechzehnmal hier abgestiegen. »Immer noch alles beim alten«, sagte er, »kein Eiswürfel aufzutreiben, keine Heizung in den Schlafzimmern.«

»Warum«, sagt meine Frau, die sich wohl bewußt ist, daß sie nach dem Köder schnappt, »kommen Sie dann immer wieder hierher?«

»Ich weiß auch nicht. Die Preise steigen ständig. 1930 übernachtete ich für ganze drei Dollar hier, Frühstück inklusive. Heute ist es so teuer, daß man es nicht mehr laut auszusprechen wagt. 1921, als ich gerade in Harvard graduiert hatte, kam ich hierher und stellte fest, daß mir das hübscheste Mädchen in England das Frühstück brachte. Sie hatte volles braunes Haar, das wie das von Louise Brooks aussah – jemand, von dem du noch nie etwas gehört hast, meine Liebe. Für mich war ihre Stimme reinster Wohlklang. Ich konnte förmlich hören, wie sie Lascelles Abercrombie und ›Now sleeps the crimson petal, now the white‹, und ›Take, o take those lips away‹ rezitierte. Am besten aber waren ihre wohlgeformten Beine in dem anständigen Kleid, das alle englischen Mädchen damals trugen, und ich erinnere mich, daß ihr Gesicht atemberaubend war – nur kann ich mich nicht mehr daran erinnern.«

Die Augen meiner Frau blicken auf die Untersetzer unter den runden Tischbeinen.

»Kommen Sie hierher, um sie wiederzusehen?« Ihre Stimme ist beschwingt, pointiert, ahmt die englische Sprechweise nach. Dieses Mimikry könnte ein Anzeichen ruhigen emotinalen Wetters oder von innerer Anspannung sein – oder von einem Dutzend anderen Schattierungen von Gefühlen. Sie hebt wieder den schmalen Kopf. Im leicht glühenden Mittsommerlicht, welches durch das Fenster der Halle hereinfällt, öffnet sie den Mund: ein Lächeln, eine Belohnung.

»Ich *habe* sie gesehen. Das genügte.« Sein Humor entgeht uns völlig.

Wir verlassen die Hotelhalle und gehen auf die Southampton Row hinaus. Autos rasen im Licht an uns vorbei. Mr. Franciscus beharrt trotz seines heftigen Schnaufens darauf, zu Fuß zu gehen; ich lasse das Auto in der Ladezone stehen. In der feuchten, atemlosen Atmosphäre des sommerlichen Spätnachmittags in London sieht Mr. Franciscus wie ein nagelneuer Dollar aus: wenn man über ihn streicht wird er statisch knistern. Sein schwarzes Haar hängt mit der Beschaffenheit einer Perücke in die Stirn. Als jemand, der ständig zerknittert herumläuft, beneide ich Mr. Franciscus um seine kühle, spröde und ordentliche Aura. Er lädt uns zum Essen ein, in ein Restaurant, das ich empfohlen habe, wenngleich ich niemals dort gegessen habe.

Wir überqueren die Row, lassen Russel Square hinter uns und wenden uns nach links. Das Restaurant, *Au Savarin,* ist in der Nähe, irgendwo vor uns in der Gegend zwischen der Tottenham Court Road und den grauen Blocks des Britischen Museums, in der Nachbarschaft von billigen griechischen Lokalen und schäbigen Bürogebäuden, die sich strahlenförmig vom neuen Turm des Postamts erstreckt. Wir gehen darauf zu, von meiner vagen Ahnung von der Lage des Restaurants geleitet. Mr. Franciscus schreitet rasch aus, er hat den Kopf zurückgeworfen und in einer Hand einen Regenschirm, der über das Pflaster klappert. Er macht einen unbehaglichen Eindruck. Ich sehe, wie er sich darauf vorbereitet, die Initiative zu übernehmen.

»Ich glaube, Sie wissen gar nicht, wo dieses Lokal ist, Owen.« Er wirbelt unverzüglich von uns weg und steht fordernd vor einem großen, professorenhaften Mann, um sich nach der Richtung zur Charlotte Street zu erkundigen. Mit Anstand und Würde erklärt uns der professorenhafte Mann: wir sind Blocks von unserem Ziel entfernt. »Schämen Sie sich niemals, nach dem Weg zu fragen, Owen.« Der Regenschirm klappert über das Kopfsteinpflaster; wir gehen weiter. Ich höre, wie er murmelt: »Die beste Art von Engländer.«

Im Restaurant führt uns der Oberkellner, der einen Abendanzug trägt, zu einem Tisch. Hinter seinem Rükken gibt meine Frau mir wild Zeichen: Dieses Lokal ist zu teuer für Mr. Franciscus, wir müssen ihn wegbringen. Ich muß etwas sagen, bevor es zu spät ist. Sie deutet auf ihren Mund, auf die Uhr, es wird zu spät sein, es wird zu spät sein... es ist zu spät. Ein anderer Mann im Abendanzug drückt sie nachdrücklich in den Sessel, als wollte er sie zum Sitzen zwingen. Sie sitzt da und sieht mich mit einem Blick an, den ich nur zu gut kenne. Ein Junge füllt unsere Gläser mit Wasser. Der zweite Kellner, eine wächserne, erkahlende Nachbildung von Anthony Eden, gibt jedem von uns eine Speisekarte und bleibt eisern an unserer Seite stehen.

In einer Ecke, Worten lauschend, welche von einem BBC-Sprecher gesprochen werden – ich erinnere mich an seine kindliche Aufregung während des Mondscheinspaziergangs –, ihm aufmerksam zugewandt, ist die Frau. Sie scheint etwas zu hören, das sie nur wenig amüsant findet, das ihr zu wenig komplex zu sein scheint, wie eine komische Geschichte, die von einem Kind erzählt wird. Der BBC-Sprecher sieht sie durch seine runde Brille an und grinst albern. Sie nimmt seine Hand von ihrer und hebt ihre eigene behutsam zum Hinterkopf, zu ihrem karamelfarbenen Haar.

»Ist dies zu teuer für Sie, Mr. Franciscus?« Meine Frau stellt die Frage, dann preßt sie die Lippen aufeinander. Sie hat die Frage falsch gestellt; jetzt muß er antworten, daß es nicht zu teuer ist.

»Gewiß nicht, Morgan, meine Liebe«, sagt er. »Es ist mir eine große Freude, Sie beide zum Essen auszuführen, eine sehr große Freude. Sie und Ihr erfolgreicher Geschäftsmann müssen sich entspannen und sich alles gönnen, was Sie möchten.« Hinter der runden Brille, unter dem ordentlich gekämmten Haarschopf, zwinkert Mr. Franciscus wie ein dressiertes Tier. Der Kellner beugt sich gefällig nach vorn. Die Hände hat er stets hinter dem Rücken gefaltet.

Drei Monate lang haben die Frau und ich uns an zwei Nachmittagen pro Woche in einem Zimmer im Park House Hotel ausgezogen. Als ich daran denke, werde ich unter dem Tisch steif. Ein vollkommener, edler Ritter, ein sexueller Schurke: Erfolg!

»Bist du verheiratet?«

»Ja«, antwortete ich.

»Glücklich?«

»Nicht mehr oder weniger als andere auch.«

»Wirst du dich dennoch mit mir treffen?«

»Ja«, antwortete ich. »Ich glaube nicht, daß ich eine andere Wahl habe.«

»Ich nehme Steak Diane«, sage ich zu dem Kellner. Es kostet fünfundvierzig Schilling und wird von Anthony Eden flambiert, der sich feierlich über die Pfanne beugt.

4

Während unseres ersten Aufenthalts in Paris – ich vorgeblich auf Geschäftsreise, sie aus den Ferien in Irland zurück zu ihrem Mann –, waren wir auf absurde Weise argwöhnisch. Sie war davon überzeugt, daß ihr Mann sie beobachten ließ, und daher bestand sie darauf, daß wir zwar überall gemeinsam hingingen, aber so taten, als gehörten wir nicht zusammen. Als Folge dessen gewann jede Geste, die sie machte, wenn sie ein paar Schritte vor mir über das Trottoir ging, eine seltsame Zweideutigkeit, indem sie mir einerseits Zeichen gab, andererseits aber meine Anwesenheit mißachtete. Und weil ich in der Öffentlichkeit darauf beschränkt war, sie nur anzusehen – was ich so auffällig und linkisch tat, daß es jedem Beobachter sofort aufgefallen wäre –, schien jede ihrer Gesten perfektioniert, ganz, losgelöst zu sein.

Sie kam aus einem Antiquitätenladen am Quai Malaquais, direkt neben der École des Beaux Arts. Sie winkte dem teilnahmslosen Chauffeur im schwarzen Mercedes, der sauber und tödlich inmitten der hellen Flaggen von Touristenhemden und karierten Jacken aussah, und der große Wagen bahnte sich langsam einen Weg durch die

Menge; der Motor war nicht abgestellt worden, während sie in dem Laden war. Als sie sich vom Wagen abwandte, sah sie, wie ich sie anstarrte, und lächelte mir zu, dann bog sie in die Rue Bonaparte ein. Ich folgte ihr, erregt von der winzigen Geste zu dem Chauffeur.

Sie verweilte nicht in der Rue Bonaparte, sondern ging zur Rue Jacob weiter, ging an den Buchhandlungen und Kurzwarenläden der Rue de Buci vorbei und dann, nachdem sie einen kleinen Platz überquert hatte, in die Rue St. André des Beaux Arts. Hier schritt sie zwei Blocks weiter, dann schlüpfte sie in ein kleines Hotel mit rot verhangenen Fenstern. Ich wartete draußen und vertrieb mir die Zeit damit, das Schaufenster einer Buchhandlung zu betrachten. Das Schaufenster enthielt Exemplare von *Mon Isle, Mon Isle* von D. H. Lawrence, und von *Les Femmes Amoureuses*, ebenfalls von D. H. Lawrence.

Die Frau verließ das rot verhangene Hotel mit einer Brille, welche ihre Augen bedeckte wie Skelettaugen eines Insekts. So verkleidet erschien sie mir sogar noch schöner. Ich folgte ihr über den gedrängten Place de St. André des Beaux Arts, wo sie, nur einen Sekundenbruchteil lang, mit dem Gedanken zu spielen schien, sich ein Eis von einem Händler zu kaufen. Dann aber schüttelte sie das Haar zurück – es war von einer dunkelblonden, reifen Farbe, wie die Weizenfelder meines Heimatstaates –, wandte sich unvermittelt vom Wagen des Eisverkäufers ab und ging weiter, an Schallplattengeschäften und Buden vorbei zum Boulevard St. Michel.

In der Nähe der Rue Racine betrat sie ein anderes Hotel, dieses hatte glänzende Glastüren und eine Halle mit einem geschmacklosen Springbrunnen, in dem Kaskaden bunt beleuchteten Wassers emporsprudelten. Wieder verweilte ich auf der anderen Straßenseite und betrachtete die Schaufenster einer Buchhandlung. Hier sah ich sechs Exemplare von *Papillon* und ein großes Bild des

Verfassers, M. Henri Charrière. M. Charrière sah liebenswürdig und ein wenig verstaubt aus, und er war gegen ein Regal gelehnt. Ich sah ihn an, dann auf die Armbanduhr. Fünfzehn Uhr dreißig. Sechs Minuten später kam die Frau durch die Glastür, die sie mit einiger Anstrengung aufstieß, trat auf die Straße und ging die Rue Vaugirard hinab – wo sie einem schnurrbärtigen Mann in blauer Uniform zuwinkte, der auf den Stufen des Lycée de St. Louis stand –, weiter ihr Gesicht immer noch von dem Lächeln erhellt, welches sie dem Mann mit dem Schnurrbart geschenkt hatte, schließlich betrat sie eine Buchhandlung nahe am Place de Edmund Rostand. Ich folgte nur wenige Meter hinter ihr. Ein gebeugter kleiner Mann im blauen Anzug bediente sie, er beugte sich zu ihr hinüber und preßte die Fingerspitzen an den Mund. Sie verlangte ein Exemplar von *Papillon* und eines von *L'Immoraliste* von André Gide. Nein, Taschenbücher wollte sie nicht, sie wollte gebundene Ausgaben. Während sie die Bücher beim Kassierer bezahlte, wählte ich *Le Députation* von Henry James und *L'Histoire d'O* von ›Pauline Reage‹ und *Pierre Ecrite* von Yves Bonnefoy.

Mit ähnlichen Päckchen, in grünem Packpapier eingewickelt, verließen wir die Buchhandlung fast gemeinsam. Als ich ihr die Tür aufhielt, lächelte sie mich wieder an, ein bedeutungsloses Verziehen stimmter Gesichtsmuskeln, wenngleich eine wunderschöne Geste. Mir fiel auf, daß sie, irgendwann, seit sie das Hotel mit der Glastür verlassen hatte, einen gelben Schal umgelegt hatte. Am Jardin de Luxembourg gingen wir beide in die Metro hinab, bezahlten unsere Francs, erhielten die wertlosen Fahrkarten und fuhren mit der Bahn zur Rue de Rivoli, auf der anderen Seite des Flusses. Sie saß vier Sitzreihen vor mir, wie sie es mir in ihrem Brief geschrieben hatte.

5

»... Haar, Hände und Augen. In meiner Kindheit ging das System über Gefühle. Vielleicht wurden Gefühle in den beinahe ritualisierten Verhaltensmustern von unverschlossenen Türen und Händeschütteln und Gute-Nacht-Küssen ausgedrückt, aber wenn dem so ist, dann war die Freundlichkeit aus diesen Gesten genommen worden, und Zuneigung wurde zu etwas Fernem, Verdrängtem. Himmel und Hölle war mein Lieblingsspiel: Am Rand der Ritzen von Platten konnte ich zitternd, aber stetig vorwärtskommen. Meine Füße traten auf und stapften heftig durch die Gitter der Kreidestriche. Um drei kam ich nach Hause, meine Mutter lächelte flüchtig, und vielleicht schon vom Alkohol verzerrt, und ich bekam einen Teller Suppe. Der Mann – der neue Mann, dessen Namen ich mit dem seines Vorgängers verwechselte – rasierte sich in unserem Badezimmer, schlief auf dem Sofa im Wohnzimmer, wo er den Arm steif herabhängen ließ. Mit Dir lerne ich eine Sprache flüssig, in der meine Mutter nur stammeln konnte.

Du bist ein *Klotz* – diese Festigkeit liebe ich. Du blinkst und flackerst und verschwindest nicht. In Deinem Herzen existiert eine amerikanische Undurchsichtigkeit, eine harte Schale, wie die einer Walnuß.«

Nachdem wir gegessen haben, faltet Mr. Franciscus die Serviette rechteckig zusammen und streicht sie neben seinem Teller glatt. Der erste Kellner taucht an seiner Seite auf und präsentiert ihm die Rechnung. »Danke, Sah«, flüstert er. Mr. Franciscus nimmt das Blatt mit einer Hand entgegen, mit der anderen sucht er in der Brusttasche nach der Brille. Nachdem er die Brille auf die Nase gesetzt hat, rechnet er die Zahlen des Kellners peinlich genau nach. Sein Gebaren ist zackig, präzise: das eines alten Mannes. Den Bleistift hält er unnatürlich nur zwichen Daumen und Zeigefinger, ganz senkrecht; er hat konzentriert die Lippen geschürzt, während er mit dem Bleistift alle Beilagen des Essens abhakt. »Alles in Ordnung, alles in Ordnung«, sagt er.

Die Frau auf der anderen Seite des Restaurants steht unvermittelt auf. Ich sehe, wie der BBC-Mann sich am letzten Rest seines Kaffees verschluckt. Seine Augen haben einen hündischen, gekränkten Ausdruck. Indem sie sich eilt – das freilich tut sie mit so eloquenten Bewegungen, daß sie sich fast lässig zu bewegen scheint – erreicht sie die Restaurant-Tür, bevor er dem Kellner, der immer noch neben Mr. Franciscus steht, ein Zeichen geben konnte. Ich sehe über die Schulter meiner Frau und tue so, als würde ich auf die wütenden Signale achten, die von ihr ausgehen, dabei jedoch beobachte ich die Frau, die sich unter der offenen Tür zu mir herumdreht. Mit ihrem Gesicht sagt sie: *Laß dir etwas einfallen, komm;* aber ich bin wie angewachsen, ich bin egoistisch, ich klebe an meinem Stuhl, ich kann nicht.

ZWEI

1

Rundfahrten: der Boulevard Jean Jaurès, eine breite Durchfahrtsstraße, die den Verkehr entlang ihrer von Bäumen gesäumten Bahn von Norden nach *centre ville* führt, im August ein fauchender, bunter Drachen, und weiter zu den Straßen nach Süden, zum Mittelmeer.

Der Boulevard umspült eine, wird geteilt von einer, Insel mit Cafétischen unter Bäumen. In diesem Monat, dem trockenen französischen August, sind die Tische von zehn bis fünf belegt, und dann wieder von sechs Uhr dreißig bis nach zehn von Franzosen im Urlaub und gelegentlichen amerikanischen Touristen, die wegen ihres Pernod oder *mont a'leau* zetern. Die Frau, die ein schlichtes, eng anliegendes Kleid aus einem satinähnlichen Material trägt, das mit ihrem Haar und der sonnengebräunten Haut harmoniert, sitzt mir, in undeutbarer Stimmung, am Tisch gegenüber. Eine riesige Sonnenbrille maskiert die Hälfte ihres Gesichts.

»Ich kann deinen Widerwillen«, sagt sie, »mich einfach so zu akzeptieren, nicht verstehen – wie du das Wetter oder ein Geschenk akzeptieren würdest. Manchmal fühle ich mich deinetwegen wie ein schrecklicher Versager, als würde etwas mit mir oder der Art und Weise, wie ich dich sehe, überhaupt nicht stimmen. Ich dachte, ich könnte dich dazu bringen – dazu *bringen* –, aus deinem Puritanismus herauszuwachsen. (Natürlich liebe ich auch das an dir.) Doch so reizend du auch bist, du befindest dich außerhalb meiner Reichweite.«

»Du meinst, Puritanismus genügt kaum, es zu erklären«, sage ich.

»Nun – hör mir zu. Schau dich um, sieh all die anderen: sie sind, wie unsere Leben in Wirklichkeit sind, ausgenommen für *uns*, nicht? Du gibst mir das Gefühl, daß nichts davon zählt, daß die Welt sauberer und neuer ist, wenn ich bei dir bin. Ich kann nicht über das hinweggehen, was wir durchgemacht haben, einfach um hier zu sein! Wir waren auch einmal wie diese anderen.«

›Diese anderen‹ sind die sichtbare Erinnerung an die Vergangenheit, die wir, jeder für sich, gemeinsam haben. Tisch für Tisch respektierliche Paare in leichter Sommerkleidung. Einen Augenblick fürchte ich, ich könnte anfangen, die respektierlichen zu hassen. An einem Tisch, nur wenig entfernt, trinkt eine englische Mutter Kaffee, während ihr kleiner Sohn, sieben oder acht Jahre alt, den Kopf auf die Fäuste stemmt.

»Mami«, sagt er. »Spiel ein Spiel mit mir. Jedesmal, wenn ich etwas sage, antwortest du: ›Und rieb ihre haarige Banane.‹ Einverstanden?«

»Liebes, ich weiß nicht...«

»Ich ging in den Laden«, unterbricht er sie zwinkernd, die Hände auf den Tischplatten: dies wird eine gute Geschichte werden.

»Und rieb ihre haarige Banane.«

»Ich ging die Treppe hinauf.«

»Und rieb ihre haarige Banane.«

»Auf dem Dachboden fand ich die Königin.«

»Und rieb ihre haarige Banane. Oh, Liebling, von wem hast du denn diese Geschichte gelernt?« Der Junge kichert, seine großen blauen Augen sind weit aufgerissen.

»Von Alex, Mami. Ist sie nicht gut?«

»Ich werde einmal mit Alex reden müssen.«

»Es ist eine Frage, einfach die Flügel zu öffnen und davonzufliegen«, sagt sie zu mir. »Du wärst der hellste Vogel im Schwarm.« Ein Schmetterling flattert unsicher von einem Baum herab und läßt sich in der Nähe ihrer Hand nieder. Sie winkt, und er erhebt sich wieder in die Luft.

»Du gibst mir bereits dieses Gefühl. Ich weiß nicht, ob ich mich an einen noch extravaganteren Flug gewöhnen könnte.

»Oh, extravagant. Niemand könnte besser sein als du – du würdest überrascht sein, wie gut ich das weiß.« Einen Augenblick strahlt ihr Gesicht.

»Es geht nicht darum, wie gut du es weißt, sondern daß du es überhaupt weißt«, sage ich. »Ich glaube, du bist prächtig für mich. Du bist so sicher in vielen Dingen, die die Geistlosen mit Verwunderung erfüllen.«

Sie lächelt, zieht die Mundwinkel zurück, so daß ihre Lippen sich spannen. Dieses Lächeln bedeutet, daß es nichts mehr zu sagen gibt, weil ich genau das ausgedrückt habe, was auch sie empfindet. »Warte du nur«, sagt sie. »Wir werden dich schon verwandeln.«

»Mami, spiel noch eines mit mir. Dieses Mal sagst du: ›Und spielte mit seiner Wurst.‹ Ich ging zum Metzger.«

»Und spielte mit seiner Wurst.«

»Ich ging zum Bäcker.«

»Und spielte mit seiner Wurst.«

»Ich sah Prinz Charles.«

»Und spielte mit seiner Wurst.« Die Mutter weiß nicht so recht, wie sie darauf reagieren soll. Ihr Sohn wirft den Kopf zurück und lacht zu den Bäumen hinauf, das Haar fällt über seinen Kragen. Schließlich ist sie – oh, wie verständig von ihr – vernünftig. »Wer ist dieser Alex, Liebling?«

»Du *weißt doch*, Mami. *Al-ex*. Alex *Winter*. Er kennt noch viel mehr, aber ich kann mich nicht mehr daran erinnern. Sie sind aber schrecklich komisch.«

Gegenüber von mir steht die Frau unvermittelt auf und streicht mit den Händen, Handflächen nach innen, über ihren Bauch, um das satinartige Material zu glätten. Sie macht einen unruhigen Eindruck. Irrelevanterweise fällt mir eine Bemerkung von H. G. Wells ein – die Frau hat sie in einem Brief zitiert –, wonach Henry James ›mit primitiven oder groben Gefühlen scheiterte‹. Erspare mir dieses Scheitern, denke ich.

»Gehen wir in die Altstadt«, sagt sie zu mir, nachdem wir den Boulevard überquert haben. »Sie ist hier in der Nähe, und sie ist sehr schön. Wenn du schon mich nicht als Geschenk mitnehmen kannst, sollst du wenigstens eines bekommen.«

»Du wärst mir lieber«, sage ich.

»Mich hast du«, sagt sie. »Mehr als jeder andere bisher.«

Wir gehen auf dem Weg in die Altstadt durch eine Seitenstraße, an einer Buchhandlung vorbei. Vor einer Tankstelle besteigt ein heller, gelblicher Hund mit schmutzigem Haarkranz um die Schnauze eine Hündin. Die Hündin winselt, blinzelt und bewegt sich in verwirrter Erregung von einer Seite zur anderen, während der gelbe Rüde auf zitternden Hinterbeinen hinter ihr hoppelt.

»Reizende Geschöpfe«, sagt die Frau. »Sehen sie nicht erbarmenswert dabei aus? Wir sollten ihnen ein Hotelzimmer mieten.«

Heute nacht werden wir in Albi sein, die darauffolgende Nacht in Arles, nachdem wir Magruder getroffen und uns seine endlosen Ausführungen über den Staat Illinois und den Zustand einer Seele während eines monumentalen Verkehrsstaus angehört haben. Wir werden zwei Tage in Arles verbringen und dann weiterreisen nach Aix, wo ich sie verlassen werde – das heißt, nur so, wie ich sie bisher stets verlassen habe –, während eines Sturms heftig weinend, in einem öffentlichen Park, Minuten vor dem Unfall, der erst mit jenem ungleich größeren Unfall enden wird, nämlich ihrem Überwechseln in die Welt der Fotografie in *Time*. Morgans Schwester Joanie hat sich dieses Magazin gekauft, ›um über Amerika auf dem laufenden zu bleiben.‹ Die Frau ist auf der Seite ›People‹ abgebildet, und sie lächelt, aber nicht in die Kamera, sondern zur Seite, wo ihr Ehemann, ein Mann mit schütterem, erkahlendem weißen Haar, der ebenso groß ist wie sie, sich vor der Kamera aufbaut. Das war aber bereits Monate später, als wir drei in einem unbehaglichen Frieden in London lebten.

2

»Mach darüber keine Witze«, riet meine Schwiegermutter, »in unserer Familie sind Scheidungen so zahlreich wie Sperlinge.« Sie trank einen weiteren Schluck des verwässerten Martinis in ihrer Hand. »Sei so natürlich wie du kannst. Wichtig für Joanie ist das Wissen, daß wir sie alle lieben und sehr glücklich über sie sind. Das ist wichtig.«

Meine Frau, das eigentliche Ziel dieser Ansprache, sah ihre Mutter an als würde sie eine besondere Abart von Schimmelpilz studieren. »Ich finde, es war gemein von ihr, ihn zu verlassen, wenn du die Wahrheit hören willst. Sie ist die egoistischste Person, die ich kenne.« Sie erhob sich vom Sofa und ging zum Fenster. Das fahle, harsche Licht der Nachmittagssonne warf ein Netz von langen Schatten über die Straße. Ihr Vater fuhr zum Flughafen, um Joanie und ihre neue Scheidung zu begrüßen, wenn sie gemeinsam in Boston das Flugzeug verließen. Er wollte alleine gehen, hatte er gesagt, »um auf dem Rückweg alles mit ihr zu überdenken.«

Wir saßen in einem der großen, kühlen Zimmer im ersten Stock, meine Frau und ihre Mutter nebeneinander auf dem Sofa. Ich saß auf einem Sessel am anderen Ende des Zimmers, kein vollwertiger Teilhaber an dem Drama. »Ich finde es wunderbar, wie Owen sich in ein Buch vertiefen kann«, sagte Maxine. »Das ist eine Gabe.« Eigentlich bin ich kein besonderer Leser – verglichen mit der Frau sogar überhaupt keiner. Verglichen mit Maxine freilich ist jeder, der eine Zeile liest, ein großer Leser.

»Joanies Problem ist, daß du immer genau das getan hast, was sie wollte«, sagte Morgan. »Sie hat dich um den Finger gewickelt. Du konntest nicht einmal verheimlichen, daß du ihre Scheidung praktisch mit hängender Zunge herbeigesehnt hast.« Sie betrachtete die Schatten draußen, als könnten diese ihre Unverblümtheit mildern.

Maxine begann, die Finger um den Stoff eines Schals zu klammern, der achtlos über der Sessellehne hing. Nach unserer Heirat hatte Morgan die Fähigkeit besessen, sich ihren Eltern als ein völlig neues Geschöpf zu präsentieren, als Tochter, die sie bewußt lediglich im Kielwasser ihrer neuen Beziehung wahrnahmen. Maxine begann ein altes Verteidigungsplädoyer, das wir schon oft gehört hatten.

»Nun, darauf kann ich nur eines sagen – du weißt, daß wir euch Mädchen immer geliebt haben – daß wir euch noch immer lieben – und alles tun wollten, was wir für euch tun konnten. Wenn du denkst, wir haben Fehler gemacht, dann hast du vielleicht recht, aber ich will dir eines sagen: ihr habt eine glückliche Kindheit gehabt. Es gab *nichts*, das wir nicht für euch getan hätten.« Beim Gedanken an die Undankbarkeit ihrer Tochter (›Wenn es etwas gibt, das ich niemals verstehen werde, dann ist es Undankbarkeit.‹) begann Maxines Unterlippe zu zittern. Sie blinzelte mehrmals und betonte ihre Ähnlichkeit mit der populären Dame aus Virginia, die sie vor dem Krieg gewesen war, als sie ›drei- oder viermal täglich die Kleidung wechselte, und nicht etwa, weil sie schmutzig war‹.

»Und was die Scheidung betrifft, ich war stets der Meinung, daß Fred nicht unser Typ ist. Wir haben versucht, ihm so gut es ging zu helfen. Die Schecks, die wir geschickt haben, hat er jedenfalls nie abgelehnt, soviel ist sicher.«

Morgan ging wieder zum Sofa. Sie sah mich an. Wir erinnerten uns beide daran, was geschehen war, als Joanie ein einziges Mal in jugendlichem Stolz einen Scheck zurückgeschickt hatte. Maxine hatte stundenlang geweint, als hätte ihre Tochter ihr einen obszönen Brief geschickt – was sie einmal sogar, kurz nach ihrer Heirat, tatsächlich getan hatte –, und ihr Vater hatte binnen vierundzwanzig Stunden drei Telegramme und einen besorgten Brief geschickt. Das erste Telegramm lautete: *Um G's Willen denke an Deine Mutter und nicht nur an Dich, Grüße Papa.* Das zweite lautete: *Mutter geht es besser, Du solltest Dich schämen, wir lieben Dich, Papa.* Das dritte lautete: *Alles ist gut, schicke neues Geld, bitte nimm es, Grüße Papa.* Ich habe diese Geschichte von Morgan und auch von Joanie gehört, die sie mit nüchterner, leicht verblüffter Stimme erzählt.

Als sie an die Ausbildung dachte, die sie ihrem Ex-Schwiegersohn bezahlt hatten (›Bevor er einfach zum Hippie wurde‹.), seufzt Maxine. »Wenn es etwas gibt, das ich niemals verstehen werde, dann ist es Undankbarkeit«, sagte sie. »Fred hat nie mit uns gesprochen. Und ich bin sicher, er konnte uns nicht leiden, weil er uns für Snobs hielt. Ich will dir etwas sagen, es gibt keinen größeren Snob als jemanden, der das aggressive Verhalten der Arbeiterklasse hat. Fred kam niemals von der Vorstellung los, wir könnten *seine* Eltern nicht ausstehen, und du weißt, was wir mit ihnen erlebt haben. Papa und ich wußten beide, daß er sich beste Mühe gab, ihren Verstand zu vergiften. Er tat alles, was er konnte, um Joanie gegen uns zu stellen.« Sie trank wieder nachdenklich von ihrem Martini. »Gott weiß, was passiert wäre, hätte er nicht beschlossen, Yogi zu werden, oder etwas Ähnliches. Bevor wir wußten, was für eine Niete er war, glaubten Papa und ich, er würde eines Tages Professor werden und die Leiter ein wenig emporsteigen. Ihr wißt schon.« Wir wissen, wir wissen.

Stunden später, nach dem Essen, saßen wir in Joanies Zimmer im zweiten Stock und unterhielten uns. Joanie erbaute uns, indem sie von ihrer Ehe erzählte: Wie bei allem, was Joanie tat, hatte das etwas Bühnenreifes und Melodramatisches. Es war eine Darbietung.

»Nicht, daß ich ihn nicht geliebt hätte, aber mit einemmal paßte einfach nichts mehr zusammen.« Sie knabberte an einem Plätzchen, das sie von unten mit hochgebracht hatte, und trank Coca-Cola. Ich trank den Inhalt einer neuen Flasche Scotch aus der Hausbar. Morgan nippte von Zeit zu Zeit an meinem Glas.

»Ich konnte Mutter nichts darüber erzählen, aber ich bekam ihn so satt im Bett. Ich kann es nicht erklären. Er konnte mich nicht mehr berühren, sonst ekelte ich mich.« Sie strich mit den Händen über ihre Schenkel, an der Naht der Hose entlang.

»Also war es mehr als nur ›satt haben‹«, sagte Morgan. »Oder erfüllte er dich wirklich mit Ekel?«

»Oh, ich fühlte mich *komisch*. Es war, als könnte ich uns dabei sehen, wie in einem Film. Ich konnte seinen Schnurrbart sehen, wenn er mich küßte, und wie er die Lippen bewegte. Bäh.« Sie schüttelte sich. »Wenn ich nach Hause kam, saß er da und hatte ein Laken um die Lenden gewickelt. Oder er hatte einen Freund bei sich, und sie saßen beide in Laken auf dem Boden und sangen Mantras. Oder sein Junkie-Bruder versuchte, unsere Bücher zu stehlen. Ich sagte: ›Teddy, wenn du nicht damit aufhörst, kannst du nicht mehr hierher kommen – wenn du mal Geld brauchst, dann sag es uns, aber hör auf, unsere Bücher zu stehlen. Das bringt uns auf die Palme.‹ Ich sagte ihm, er könnte sich bei uns leihen, was er braucht, aber er hörte nicht auf, sich Bücher unters Hemd zu stecken, wenn er glaubte, wir würden nicht hinsehen. Fred sagte, weil er sich schämte, uns um Geld zu bitten.«

Meine Frau lehnte sich gegen meine Beine und trank einen Schluck aus meinem Glas. »Aber es lag hauptsächlich an dem anderen? Daß du ihn verlassen hast?«

»Oh, er hat nie aufgehört davon zu erzählen, wie gut er sich fühlte, als er anfing, vegetarisch zu essen und seine Yoga-Übungen zu machen. Ha! Ihr hättet dabei sein sollen, wenn er und seine Freunde sich trafen. Sie redeten nur über das Universum und wie man an billigen Stoff herankommen konnte. Bevor er auf die fernöstlichen Religionen kam, war Fred außerordentlich politisch, und er redete immer noch gerne über Politik, aber keiner der anderen. Sie wollten nur über Meher Baba reden.«

»Wer, um alles in der Welt, ist Meher Baba?« Morgan stolperte über den Namen.

»Keine Ahnung. Einer ihrer Bösewichter. Sie hatten eine Zielscheibe mit seinem Bild darauf.«

Morgan betrachtete ihre Schwester interessiert. »Und all diese Leute waren bei euch im Haus?«

»Eigentlich nicht. Die meisten lebten in der Kommune, wo Fred letzten Sommer war. Ich habe euch davon geschrieben. Im Herbst ging er dann an den meisten Wochenenden dorthin. Du weißt, Papa nannte es sein Yogi-Lager. Einige von ihnen pflegten herunterzukommen und auf dem Rasen zu schlafen.« Sie begutachtete ein weiteres Plätzchen und biß dann mit einem knirschenden Geräusch hinein. »Ich habe es Mama und Papa nicht erzählt, aber ich habe ihn einige Male in der Kommune besucht. Er ging nur deshalb hin, weil ich es wollte. Ich brauchte Ruhe um nachzudenken. Teilweise deshalb, weil ich eine Entscheidung treffen mußte: Freds Frau bleiben und in der Kommune leben, oder mich von ihm trennen. Ich hätte in diese Welt gehen können, wißt ihr, aber nach einer Weile begriff ich überhaupt nichts mehr. Wißt ihr, ich mag Freddie immer noch, und in dieser Welt gibt es herrliche Erlebnisse und herrliche Menschen, aber sie brachte mich aus der Fassung. Drogen und so weiter. Aber in der Kommune war es echt nett. Eine wahre Gemeinschaft. Sogar die Obermacker waren nett. Jeder wußte, was er jeden Tag zu tun hatte, und das hat mir gefallen. Ich bekam Fred aber dennoch satt, das ist alles. Ich wollte nicht, daß er mich anfaßt.«

»Was hat Papa auf dem Weg vom Flughafen zu dir gesagt?« Ihr Vater war hinter seiner Problemtochter ins Haus gekommen wie ein Mann, der das Behandlungszimmer eines Zahnarztes betritt. Er hatte blaß und nervös ausgesehen und während des Essens ständig versucht, Joanie aufzumuntern. Nimm noch etwas Spargel, sagte er ununterbrochen, nimm noch etwas Wein, fühl dich ganz wie zuhause, kein Grund mehr, sich Sorgen zu machen. Er schwirrte so sehr um sie herum, daß wir am Ende des Essens – und es war ein köstliches Essen, denn Maxine ist eine vorzügliche Köchin – alle fast ebenso zappelig waren wie er. Er mußte gespürt haben, daß seine Redseligkeit genau den entgegengesetzten Effekt hatte, den er eigentlich beabsichtigte, denn er ging nach dem Essen ›einen stillen Spaziergang machen‹, und als er zurückkam, ging er gleich zu Bett. »Sprich nicht von dem Essen, Owen«, sagte er zu mir, bevor er nach oben ging. »Ich setze es dir auf die Rechnung.« Das war ein alter Scherz zwischen uns.

Joanie lachte, ihre braunen Augen strahlten unter dichten Wimpern ihr Coca-Cola an. »Was er zu mir gesagt hat? Er sagte das, was er immer zu mir gesagt hat, seit ich mit vierzehn mit Vito Pinelli ausgegangen bin. Wir müssen uns lange unterhalten. Dann wurde er kreidebleich. Ich schwöre, ich weiß nicht, wie du so gut mit ihnen auskommen kannst. Natürlich ist *er* eine Hilfe.« Joanie bedachte mich mit einem von ihren braunäugigen Blicken, dann sah sie wieder zu meiner Frau. »Er ist ein Wunder, das ist er.«

»Nun, du weißt, wie ich mit ihnen auskomme«, sagte Morgan. »Ich bin einfach netter zu ihnen als du.«

»Aber wie machst du das? Bringen sie dich nicht manchmal soweit, daß du sie umbringen möchtest? Mein Arzt sagt, das sei normal. Aber wenn ich sie noch ein einziges Mal von meiner glücklichen Kindheit sprechen höre, dann kotze ich.«

»Ich weiß«, sagte Morgan. »Ich auch. Aber kannst du nicht wenigstens versuchen, für Papa mehr Verständnis aufzubringen? Du bist ihm sehr wichtig, und er macht sich deinetwegen Sorgen. Ich glaube, er liebt dich wirklich.«

Joanie richtete sich ruckartig auf und verstreute Krümel. »Großartig. Du hörst dich an wie mein Psycho-Gruppen-Doktor. Ich habe mich monatelang nach einer Gruppe umgesehen, in die ich gehen konnte, und dann bekomme ich diesen Quacksalber, der mir einredet – nun, er hat es nur angedeutet, aber gemeint hat er es dennoch –, daß ich in meinen Vater verliebt bin. Gut, du hast es umgekehrt gesagt. Auch gut.«

»Hast du die Gruppe verlassen?« fragte Morgan.

»Nein, ich bin immer noch dort. Hat mir viel geholfen, als ich beschlossen hatte, Fred zu verlassen.«

Meine Frau dachte darüber nach. Sie legte das Kinn auf die Knie, die Beine angewinkelt, Füße zwischen meinen Beinen. »Also hast du auf dem Rückweg überhaupt nicht mit ihm gesprochen?«

»Ich möchte, ich möchte mit ihm reden, aber jedesmal, wenn ich anfange, etwas *Wichtiges* zu sagen, wird er nervös. Ich sagte ihm, ich wüßte nicht, ob mir etwas gegeben oder genommen worden ist, und er sagte, ich sollte nicht darüber nachdenken. ›Denk an deine Kusine, Baby‹, sagte er. ›Sie ist nur fünf Jahre älter als du und hat bereits drei Scheidungen hinter sich.‹«

3

Ich sitze mit Joanie im Yacht Club, unter blauen Sonnenschirmen mit der gelben Aufschrift *Cinzano*. Morgans Eltern gehören dem Yacht Club schon seit ewigen Zeiten an, wenngleich sie sich nicht für Yachten interessieren und das Wasser verabscheuen. Maxine hat einmal eine Karibikkreuzfahrt mitgemacht. »Das war so langweilig«, erzählte sie, »daß ich alle Lust am Wasser verloren habe. Jetzt muß Papa überall hin mit mir fliegen.«

»Ich wünschte, ich hätte einen Joint«, sagt Joanie und überkreuzt die in Hosen versteckten eleganten Beine. »Hier fühle ich mich immer wie am Ende der Welt. Himmel! Warum bleibst du hier?«

Wir sitzen auf einer Terrasse mit Strandblick. Die Hunderte dort vor Anker liegenden Boote rascheln bei ihrer Frage und schwanken im Wasser von einer Seite auf die andere. »Wir bleiben nicht hier«, sage ich. »Im August gehe ich nach Dublin, um ein Büro zu eröffnen und eine Wohnung zu suchen, und dann wird Morgan zu mir kommen. Wahrscheinlich sind wir ein Jahr dort, vielleicht länger.«

Sie öffnet den Mund. Sie stellt das Glas so heftig auf

den Tisch, daß dieser vibriert. »Dublin! Du bist ein Wunder! Das ist eine herrliche Idee.«

»Nun«, sage ich, »tu nicht so, als würde es dich überraschen, denn ich habe mitbekommen, wie Maxine es dir gestern abend ins Ohr geflüstert hat. Sie möchte nicht, daß wir gehen.«

Joanie wandte sich von mir ab und hob eine Hand, um dem Kellner zu winken. »Großer Gott, das hast du also gehört, ja?« Als der Kellner kam, bestellte sie zwei Bloody Marys. »Nun, du hast recht, aber ich hatte es irgendwie vergessen. Ich habe mir überlegt, wie ich Papas Laune aufmuntern könnte.«

Es ist elf Uhr vormittags, und die Sonne steht hoch und grell und tödlich über dem Strand. Der wolkenlose Himmel scheint leicht geneigt zu sein – oder liegt das nur an meinem Sehfehler? Unter uns erstrecken sich die Reihen der Boote im Hafen, ihre bunten Farben leuchten. Wir sehen Männer, die auf den Decks ihrer Boote entlanggehen, in die Kabinen zurück, sich mit Frauen unterhalten, mit ihnen an Deck trinken. Die Atmosphäre ist entspannt und lässig. Ein kahlköpfiger Mann in kurzer blauer Hose und mit Sonnenbrille kommt auf das Deck eines der Boote unter uns und schlägt sich auf den Bauch. Ich erwarte fast, daß er wie ein Seehund bellt.

»Ich mag Alkohol nicht«, sagt sie zu mir, als die Drinks kommen. »Nicht so wie du. Ich fühle mich hinterher immer dumm und unglücklich. Und dieses Jahr habe ich mich, weiß Gott, oft genug unglücklich gefühlt. Owen, mir ist es schrecklich ergangen. Ich weiß nicht mehr, wo ich in meinem eigenen Leben stehe.«

Das Lieblingswort meiner Frau für ihre Schwester ist ›dramatisch‹. Wir waren einst auf einer Party in Joanies Apartment in Boston gewesen, als sie und Fred etwa ein Jahr verheiratet gewesen waren. Joanie, mitten in einer fanatischen Fixierung auf Bauernkultur, hatte eine große karierte Bauernbluse mit Fransen an den Schultern und einen derben Baumwollrock getragen, der lediglich ihre Knöchel und die schmutzigen bloßen Füße sehen ließ. Morgan und ich waren noch nicht verheiratet gewesen, und ich hatte Joanie zuvor erst zwei- oder dreimal gesehen. Sie hatte auch eine Privatschule besucht – eine Hochschule in New Hampshire, wohin ihr Vater sie in den beiden letzten Jahren ihrer Schulzeit geschickt hatte –, als Morgan und ich aufs College überwechselten.

»Meine große Schwester!« hatte sie gerufen, während sie barfuß unter der Tür ihres Apartments stand. »Und Owen, der reizende, reizende Owen.« Als wir einander umarmten, spürte ich das kalte Messing eines riesigen runden Ohrrings an der Wange. Sie zog uns ins Apartment, indem sie rückwärts ging und uns beide an den Händen hielt. Nach dem lauten Ruf an der Tür starrten alle auf uns, während wir eintraten. »An alle, dies ist meine Schwester Morgan, und das ist ihr Freund Owen.« Höfliche, winzige Lächeln erschienen auf ihren Gesichtern. Ich war der einzige Mann im Zimmer, der einen Anzug anhatte.

Morgan, in deren Gesicht ein freundlicher Ausdruck eingeäzt war, ging ins Badezimmer. Ich folgte Joanie durchs Zimmer, während sie mich vorstellte. »Owen, das ist Bill Hatchett, er ist an der CP, das ist Corliss Naumann, er ist auch an der CP, das ist Ron Goldman, er ist im SDS in Harvard, dies ist Cora Meldman, das ist Jane Hathaway. In der Küche ist Wein. Fred ist gerade einkaufen, neuen holen. Hast du einen Dollar?«

Der Wein stand in Gallonenflaschen auf dem Küchentisch, inmitten von Frühstücksflockenschachteln und verschüttetem Zucker. In einer Milchlache lag, Umschlag nach oben, eine aufgeschlagene Ausgabe von *Eros und Zivilisation* mit Eselsohren an den Ecken. Ich ergriff das

Buch und legte es auf ein Handtuch. Auf einer geknickten Seite stand etwas geschrieben, eine kurze Anmerkung. Ich glättete die Seite: ›unvernünftig im Hinblick auf Produktion‹, stand da. Die Handschrift war eckig und krakelig.

»Ich fühle mich, als hätte ich mich irgendwo verloren, Owen, und jetzt kann ich mich nicht mehr daran erinnern, wo das war. Ich muß über mein Leben nachdenken, wie ich es während der Zeit mit Fred nie mußte. Weißt du, wie man als High School-Student darüber nachdenkt.« Sie beschattet die Augen mit der Hand und schaut über die helle Bucht hinaus. Mit der Hand über den Augen, trinkt sie wieder einen großen Schluck von ihrem Drink.

»Himmel, Owen, wie kannst du nur immer so ungerührt bleiben?«

»Vielleicht verdränge ich einfach alles, was mich bestürzt«, sage ich. »Ich an deiner Stelle würde einfach einen oder zwei Monate alles schleifen lassen. Schlaf lange, lies eine Menge Bücher und vermeide Streit mit deinem Vater.«

Sie nimmt die Hand von den Augen und sieht mich an, wobei sie den Kopf so dreht, daß das Profil vor dem Hafen ist. In diesem Augenblick ist sie Morgan sehr ähnlich, eine größere, intensivere Version meiner Frau. »Aber ich muß mit ihm reden, über mich oder über uns, und zwar ernsthaft. Ich finde, ich muß genau dort anfangen, mit Papa und mir, alles ins reine bringen. Puh. Trinken wir noch etwas.«

Der Barkeeper taucht an ihrer Seite auf, eine makellose Erscheinung in Blütenweiß. »Noch zwei davon«, sagt sie. »Es ist Sonntag.«

»Das Problem ist«, sagt sie, »daß Papa und ich immer im Streit miteinander lagen. Vielleicht deshalb, weil wir einander lieben, aber dennoch im Streit. Morgan war wie du, mit ihr konnte man leicht auskommen. Mutter nannte sie immer eine Politikerin, weil sie versuchte, stets zu schlichten. Morgan konnte sich immer mit alten Damen unterhalten, die sie zu Tode langweilten, und sie war immer höflich am Telefon. Sie war sogar besser in der Schule als ich, obwohl jeder wußte, daß ich eigentlich die klügere war.«

Ich schaue meine selbstvergessene Schwägerin an. Eindeutig gibt es keine Möglichkeit, den Verlauf dieser Unterhaltung zu verändern. Ich sehe eine ganze Reihe Nachmittage voraus, die ich auf diese Weise verbringen werde: Joanie erzählt ihre eigene Geschichte, sie redet gepreßt in Bars, in Apartments, in Autos, während Morgan und ich sie mit Fragen vollstopfen, damit ihre Selbstentdeckung in Schwung bleibt. Es kommt nur darauf an, überlege ich, die richtigen Fragen zu stellen.

»Welches war der erste große Streit mit deinem Vater, der erste große Streit, an den du dich erinnern kannst?«

»Den ersten richtigen Streit, meinst du? Ich glaube, das war noch bevor ich ein Teenager war – hast du gewußt, wie alt ich war, als ich geheiratet habe? Siebzehn. Da gab es einen Streit, wenn es dich interessiert. Ich sagte ihnen, ich wäre schwanger. Fred war in der Diele. Ich dachte, Papa würde ihn umbringen. Ich sollte im Herbst zu Sarah Lawrence, aber ich wäre, dies nur nebenbei, lieber gestorben als mich wieder in eine kleine Schule für reiche Töchterchen stecken zu lassen. Jedenfalls hat Papa statt dessen mich geschlagen. Himmel! Kannst du das glauben? Manchmal ist er wirklich aus dem Häuschen. Ich glaube aber, als er mich das erste Mal geschlagen hat, war ich elf oder zwölf.«

Joanie hat sich im Sessel zurückgelehnt und läßt die Arme herunterbaumeln. Sie neigt den Kopf auffällig, so daß ihr Hals in einem sinnlichen Bogen aus der Bluse zu springen scheint. Ich verspüre den plötzlichen starken Wunsch, meinen Mund dorthin zu pressen.

»Ich erinnere mich noch genau«, sagt sie. »Ich saß allein in dem großen Eckzimmer, das Morgan und ich damals gemeinsam hatten, in dem Haus, wo wir wohnten, bevor wir umgezogen sind, in Settle Crescent, ein riesiges Bauwerk. Papa hatte mir an diesem Morgen mein Taschengeld gegeben. Zwei Dollar. Nach dem Essen gab ich im Drugstore alles für Kosmetika aus. Ich sagte dem Mann, ich würde es für meine Mutter kaufen. Er hat sicher gewußt, daß es eine Lüge war, denn ich war oft nachmittags dort und studierte die Regale mit den Kosmetika. Er mußte mich häufig beiseite drängen, wenn er zur Registrierkasse wollte. Augen-Make-up faszinierte mich, all die winzigen, spinnenartigen Pinsel und Farbtöpfchen. Und das Zeug, das man aufs Gesicht auftragen konnte und das so romantische Namen wie Orange Blush und Tango hatte. Jedenfalls ließ der Mistkerl zu, daß ich mein ganzes Taschengeld für diesen Plunder ausgab.«

»Dann bist du nach Hause gegangen und hast alles aufgetragen«, sage ich.

»Hundert Punkte für Ratefähigkeiten. Ich ging nach Hause und machte genau das, vor dem dreiteiligen Spiegel an meinem Toilettentisch. Ich dachte mir, um wirklich hübsch zu sein würde es genügen, einfach große Augen zu haben, so wie Audrey Hepburn. Erinnerst du dich an *Ein Herz und eine Krone*? Als ich ein Kind war, war das ein alter Film, aber ihre Augen waren so groß wie Kürbisse, große weiße Kürbisse. Daher trug ich blauen und schwarzen Lidschatten auf, malte schwarze Wimpern auf die unteren Lider und rieb Maybelline auf. Dann trug ich Gesichtspuder auf, dann Lippenstift. Ich betrachtete das Ergebnis gerade im Spiegel und war sehr stolz auf mich, als Papa zur Tür hereinkam. Er brüllte mich an – zum erstenmal in dieser Heftigkeit. Er schrie, ich wäre nicht besser als eine Hure, und dann schlug er mich. Er schleifte mich ins Badezimmer und rieb mir mit einem kalten Waschlappen über das Gesicht. Ich schrie wie am Spieß.«

(Was würde Abe Gabriel, der ewige Junge davon gehalten haben? Er war so entschlossen, Beichten, Szenen oder Gefühlsausbrüche jeder Art zu vermeiden, daß ich sicher bin, er hätte lauthals gelacht – und dann gesagt, daß sie *särr* dumm, *särr* sanft sei. Ich habe mich oft gefragt, wie Abe mit Joanies Hang zum Dramatischen zurechtkam, als sie zusammen in Haifa lebten und sie eine völlig neue Welt für sich alleine hatte, in der sie sich produzieren konnte.)

Sie richtet sich auf dem Stuhl auf. »Ich habe den ganzen Nachmittag geweint, und ich kam nicht zum Abendessen hinunter. Nachdem alle gegessen hatten, kam Papa herauf und sagte mir, ich müßte alles zurückgeben. Er rief sogar den Drogisten an, um ihm zu sagen, daß ich kommen würde.«

Diese Geschichte erinnert mich an Morgans und ihres Vaters Bemerkungen über ›Joanies Make-up-Periode‹. Ich habe von beiden gehört, daß sie wöchentlich für fünf bis sechs Dollar Kosmetika im Drugstore kaufte und die Rechnungen auf das Konto ihrer Eltern laufen ließ. Meine Frau sagte, zu dieser Zeit ›lief Joanie herum wie ein Zirkus‹. Ihr Vater sagte mir: »Wir machten uns wirklich große Sorgen. Sie lief im Haus herum und hatte ständig dieses Zeug auf dem Gesicht. Ich wußte nicht, was ich zu ihr sagen sollte. Ich konnte ihr nicht sagen, daß sie wie eine Leprakranke aussah. Damals konnte man niemals das richtige zu Joanie sagen. Das, und die Jungs, mit denen sie ging, das war das Schlimmste.«

»Vito Pinelli«, sagt sie zu mir. »Der nächste große Streit war wegen Vito Pinelli.« Joanie steht auf und duckt sich unter dem *Cinzano*-Schirm. Sie geht ans Geländer über dem atemberaubenden Hafen. Um ihr mit den Augen zu folgen, drehe ich mich dem Tisch zu und lege die Hände darauf, eine Handfläche auf die andere.

»Immerhin war das das zweite Mal, daß er mich eine Hure genannt hat«, sagt sie. »Mittlerweile wußte ich, was das bedeutete. Es war so ungerecht.«

Ich stehe ebenfalls auf und gehe zu ihr ans Geländer. Abseits der Schirme weht eine sanfte Brise, die den Geruch von Meerwasser mit sich bringt, von grauen Wogen, die träge auf sonnenlosem Wasser schaukeln. Ich lege den Arm um sie, zuerst über ihre Schultern, dann gleite ich unter ihre Achselhöhle, so daß ich ihre Brust, unter dem blauen Stoff der Bluse, in der Hand halten kann.

4

»... daß ich Dich jetzt kenne. Wenn dies eine Illusion ist, dann ist nichts in meinem Leben real. Es handelt sich um dieses spezielle Wissen, das nonverbale Erkennen der tiefsten Tiefen einer anderen Person, der Ursprünge ihres Verhaltens. Vielleicht muß man mit jemandem ins Bett gehen, um dieses spezielle Wissen zu erlangen, auf jeden Fall ist es hilfreich. Ich denke, eine Frage des Rhythmus. Hier kommt mir ein Gedanke: Das trifft nicht auf jeden zu, was ich gerade gesagt habe, nur auf diejenigen, die imstande sind, glücklich in ihrem Körper zu leben. Meinen wir das mit dem Ausdruck *sinnlich*? Es ist ein Wort, das ich mein ganzes Leben lang gebraucht habe, aber es verschaffte mir niemals zuvor diese sanfte Explosion im Magen, die ich verspüre, wenn ich an dich denke. Die Essenz davon – wie es sich meinen Sinnen darbietet, sollte ich sagen – ist, daß alles, was ich um mich herum sehen kann, bis zum Rand mit seinem eigenen Selbst aufgeladen ist; so wie ich, während ich hier, irrelevant, darauf warte, daß mein Mann mich nach Paris zurückbringt.

Aber wir hatten unseren gemeinsamen Monat, nicht? Sogar die Szene im Garten hat sich gelohnt – da ich eine Vorstellung habe, was Du dort erlebt hast. Diese Kraft in Dir, die unkonventionell und wild ist, risikofreudig, gefühlsbetont – ich glaube, Du bist endlich damit ins reine gekommen und konntest Dich daher in einem neuen Licht sehen. Ich kann nicht darüber sprechen, aus allen einleuchtenden und richtigen Gründen, aber selbst inmitten meines Schmerzes angesichts der Erkenntnis, daß Du mich *wirklich* verlassen würdest (und mit dem Wissen, welche unbedeutende Rolle Magruder tatsächlich dabei spielte), spürte ich, wieviel guten puritanischen Fels es in Dir gibt. Selbst in diesem Elend hatte ich den Eindruck, daß ich hinter die Wahrheit blicken konnte; zumindest hinter eine Wahrheit. Die Komödie unserer Beziehung ist (war), daß wir auf so komische Weise verschieden waren, so vollkommen unterschiedliche Naturen. Du klammerst Dich an eine Vorstellung von der Wahrheit, die Du wie eine Geliebte in Dir hältst. Es ist etwas Entdeckbares, Aussprechbares, Wahrnehmbares, Erträgliches, denkst Du, etwas wie das Leuchten von Gras an einem grauen, verhangenen Tag. Ein Roman, der Dir gefallen würde: *Anna Karenina*. (Als ich das schreibe, fällt mir ein, daß Du ihn gelesen und mir empfohlen hast.) Ich glaube, hier in Aix kam Dir endlich die Erkenntnis, daß Du eine schreckliche, positive Kraft in dir hast, und das stimmt. Ich drücke das nicht richtig aus: vielleicht, weil ich mich immer noch bemühe, es zu verstehen.

Erinnerst Du Dich noch an das Mädchen, das wir in der Altstadt von Tours trafen? Nachdem ich diesem englischen Jungen zugehört hatte, mußte ich mit ihr reden, um herauszufinden, ob Kinder heute noch ein Gespür für Ironie haben. Sagen wir, zur Beruhigung. Ich hielt es nicht für möglich, daß der kleine Junge auf so wunderbare Weise scheitern könnte. Dieser künftige Sturm, der über seinen kleinen englischen Blondschopf hereinbrechen sollte, und er sah nur eine verbale Absurdität. Er war wie die Jungen, die ich vor dem Krieg in London kannte, die sich während einer Bombardierung über Cricket unterhalten konnten. Keiner von uns war schlauer. Dem Mädchen – das so endgültig, so unverrückbar in ihrem schäbigen Kleid aussah, wie es in diesem großen, häßlichen Hof saß – wäre die Bedeutung der grausamen Scherze von Alex niemals entgangen. Und sie hätte sie auch nicht komisch gefunden. Sie wären an ihrer Endgültigkeit abgeprallt wie zerbrechliche Zweige an einem Panzer. Als wir sie auf den morschen Holzstufen zurückließen, die zu ihrer unvorstellbaren Wohnung emporführten, da sagte sie: ›Waren Sie im Krieg?‹ Wie können wir wissen, was ihr diese Frage wirklich bedeutet hat?«

5

»Die Streitigkeiten, die wir seinetwegen hatten!« ruft Joanie aus. Aus dem weiten Gebiet unter uns, der Ausdehnung der Wellenbrecher, steigt der Seegeruch empor, den der Lake Michigan erzeugen kann, und spült über uns hinweg, ein sonnenloses, unmenschliches Bad. Ich kann den Bug einer Yacht auf uns zukommen sehen, sie rollt langsam dem Hafen entgegen, halb in weißem Nebel verborgen.

»Weswegen?« fragte ich verwirrt.

»Oh, du erinnerst dich doch, nicht? Als wir letzte Woche hier draußen waren? Vielleicht erinnerst du dich nur an das, was danach geschehen ist.«

»Nur an das danach«, sage ich.

Sie dreht sich zu mir um, sie steht einen Schritt vom Wellenbrecher entfernt und sieht mit braunen Augen zu mir auf. »Ich auch«, sagte sie und strahlt mich an. »Danke. Gott sei Dank, daß du hier bist.« Sie greift nach mir, und ich nehme ihre Hand in meine. In der marineblauen Windjacke und den gelben Hosen sieht Joanie wie achtzehn und strotzend vor jugendlicher Gesundheit aus.

»Erträgst du noch mehr Gerede darüber – über mich, meine ich? Ich habe so vieles, worüber ich reden und nachdenken muß. Himmel, du mußt meine Monologe doch allmählich satt haben!« Wenigstens dieses spricht sie mit Nachdruck aus, wendet den Kopf von mir ab und sieht zu dem halb sichtbaren Bug des einlaufenden Boots.

»Ich bitte doch förmlich darum, oder nicht? Ich kann kaum sagen, daß es aussieht, als würdest du mich langweilen.« Ich bringe mein Gesicht dazu, große Wärme auszustrahlen.

Sie geht darauf ein und antwortet, indem sie überlegt. »Weißt du, ich glaube nicht, daß ich dich auch nur zu einem winzigen Teil verstehe. Nun, ein paar Dinge an dir verstehe ich. Aber warum du so gut zu mir bist, während alle anderen, sogar Morgan ein wenig, grün werden, wenn ich das Zimmer betrete – das ist eine Gabe.«

Ich sehe, wie ihre Augen mein Gesicht erforschen und begreife, daß Joanie völlig aufrichtig ist. Sie kann meine Beziehung zu ihr nicht verstehen: bis zu welchem Ausmaß ich lediglich Eigentherapie betreibe. Mir ist klar, daß sie mit einem Geständnis zu Morgan gehen würde –

»für unser aller Wohl« –, wenn ich versuche, frivol zu ihr zu sein.

Mach es einfach, denke ich. »Wenn es eine Gabe ist, dann einfach eine, die du verdienst. Als wir am ersten Abend auf dich gewartet haben, da bat uns deine Mutter, so freundlich wie möglich zu dir zu sein. Ich habe nur mehr Möglichkeiten als sie. Ich bin ein Außenstehender.«

»Mutter wäre erfreut zu hören, wie gründlich du ihren Rat befolgst«, sagte Joanie. »Guter alter Außenstehender.«

Sie dreht sich wieder um und geht vor mir auf dem schmalen Weg neben der hohen, seewärts gerichteten Wand des Wellenbrechers. Wir haben das letzte große Dock passiert – ein Betonsteg auf der anderen Hafenseite –, ebenso die gebeugten Gestalten der Fischer auf den Wellenbrechern. Die Männer sind zuerst als Schemen sichtbar, dunkle Gestalten im Nebel, und werden unvermittelt deutlich, wenn wir uns ihnen nähern, dicke Männer, über fünfzig, in Khakijacken, die Joanie verstohlen über die Schultern hinweg betrachten. Ihre gelben Hosen schwingen selbstbewußt durch das Labyrinth ihrer Blicke.

»So weit war ich noch nie draußen«, sagt sie in die leere Luft vor ihr. »Fast so weit wie der Leuchtturm und das seltsam klotzige Gebäude daneben. Sollen wir ganz hinaus gehen? Dann könnten wir das Boot direkt an uns vorbeifahren sehen.«

»Ja, einverstanden«, sage ich. »Wir können am Ende auf der Mauer sitzen und über den See hinaussehen. Jedenfalls soviel wir davon sehen.«

Die stummen Angler ducken sich, wenn wir sprechen, wie in einem kalten Wind. Die Gerten ragen in parallelen Reihen auf und ziehen unsichtbare Leinen hinter sich her.

Joanie bleibt wieder stehen und sieht sich um; sie wartet darauf, daß ich zu ihr komme. Ihr Verhalten ist verschwörerisch. Als ich sie erreiche, beuge ich mich hinab und spüre, wie sich ihre Lippen an meinem Ohr bewegen. »Ich würde es gerne hier machen«, flüstert sie. »Das wäre so unheimlich. Und danach könnten wir einfach ins Wasser rollen und uns waschen, wie die Seehunde.« Ich hatte in etwa erwartet, daß sie so etwas sagen würde. Um ihr zu zeigen, daß ich von dieser Vorstellung nicht abgestoßen bin, umarme ich sie und presse eine Hand fest auf die straffen gelben Hügel ihrer Gesäßbacken. Sie sieht zur Seite, zum breiten Khakirücken eines uns abgewendeten Anglers, der kaum vier Schritt entfernt sitzt. Dann weicht sie zurück. »Papa würde sterben, wenn er davon wüßte«, sagt sie lächelnd. Nach einem Augenblick sagt sie: »Und Morgan ebenfalls.« Ihr Lächeln wird eine Spur berechnender.

Als wir das Ende des Wellenbrechers erreichen, gehen wir auf dem Sims um den Leuchtturm herum zur Mauer an der Seeseite. »Ich finde, dieses Boot bewegt sich sehr langsam«, sagt sie. »He! Mir ist gerade etwas eingefallen: So wird es in Irland für dich sein.« Sie deutet auf den See und den weißen Nebel.

»Wie kannst du ohne Sonnenschein leben? Ich habe es Mutter noch nicht gesagt, aber ich habe beschlossen, nach Israel zu gehen, sobald ich von einem Kibbuz aufgenommen werde. Ich wünsche mir wirklich von ganzem Herzen, dort zu sein. Ich muß etwas tun, um wieder mit mir ins reine zu kommen. Ich muß fort – die Stille in diesem Haus könnte einen umbringen. Aber, Himmel, sie werden sterben, wenn wir beide das Land verlassen. Sie werden Krämpfe bekommen.« Als beunruhigte sie dieser Gedanke, nimmt sie meine Hand und preßt sie gegen ihre Wange.

»*Magst* du mich?« fragt sie.

»Ich denke schon«, sage ich.

»Hast du gewußt, daß ich mich in Boston selbst geschnitten habe? Hat Morgan es dir erzählt?« Joanie senkt sich behutsam, während sie diese Frage stellt, so daß sie am Ende auf der Mauer sitzt und ihre Beine über dem farblosen Wasser baumeln. Der Tonfall ihrer Stimme ist sanfter und leiser als vorher. Ich nehme neben ihr auf der Mauer am Leuchtturm Platz. Ich spüre den kalten, feuchten Stein unter mir.

»Nein, sie hat mir nichts davon erzählt, Joanie. Was meinst du damit, dich geschnitten?« Ich taste mich zur neuen Intensität ihrer Sprechweise vor.

»Ich habe mit einem Messer auf meine Beine eingehackt. Darum habe ich die ganze Zeit über Hosen getragen. Die Bandagen, die ich als Mittel gegen Insektenstiche ausgab, bedeckten eigentlich die Verletzungen, die ich mir selbst beigebracht habe. Hier.« Sie zog ein Hosenbein bis zum Knie hoch und zeigte mir das Schienbein. Wo noch vor einer Woche die Verbände gewesen waren, waren zwei schorfige braune Narben zu sehen, die sich auf der weißen Haut häßlich ausnahmen. »Ich war zu verlegen, dir die Wahrheit zu sagen.«

»Nun, schön ist es nicht«, sage ich. »Du mußt sehr fest entschlossen gewesen sein.« Ich weiß nicht, was ich sagen soll, mir fällt nichts ein, um die Sinnlosigkeit dessen, was sie getan hat, auszudrücken. Ich bin sicher, Abe hätte mit den Achseln gezuckt und wäre davongelaufen. Vielleicht hätte er ihr den Arm um die Schultern gelegt, sie mit seinem breiten Schauspielergrinsen angelächelt und ihr gesagt, sie sollte nicht so affektiert sein.

»Ich wußte nicht einmal, daß ich unglücklich bin, bis ich anfing, das zu tun«, sagt sie. »Ich war so fertig, daß ich mich einfach leer fühlte. Natürlich war ich high. Im Haus lag aller möglicher Stoff herum. Papa schickte mir einen Brief nach dem anderen und flehte mich praktisch an, sein Geld zu nehmen und nach Hause zu kommen, Fred war oben in der Kommune und schlief wahrscheinlich mit einem anderen Mädchen, und ich hatte keine Ahnung, was aus mir werden sollte. Ich war zu feige, einen Selbstmordversuch zu wagen, denke ich, und ich wollte etwas Schreckliches, Entwürdigendes und Furchtbares tun. Es war wie eine schreckliche Trance.«

Sie sieht auf das Wasser hinab, das gegen den Stein plätschert. »Ich schwöre dir, wenn du nicht wärst, würde ich mich jetzt in den See stürzen und ertränken. Ich kann einfach nicht zu Hause leben. Ich kann über nichts mit ihnen reden. Und jetzt habe ich Angst davor, mit Morgan zu sprechen!« Ein kurzer, fragender Blick in meine Richtung.

»Ich habe mich mit einem Neger getroffen, wenn Fred nicht da war. Wie denkst du darüber?«

Ich nicke.

»Anfangs fand ich ihn wunderbar. Er war so normal. Wir konnten Tage miteinander verbringen und nur reden. Einen Mann wie ihn hatte ich noch nie kennengelernt. Aber die Tatsache, daß er schwarz war, hat alles verdorben. Er nahm an allen möglichen Black-Power-Veranstaltungen teil und konnte das nicht damit in Einklang bringen, mit mir zusammenzuleben. Das kam natürlich, als ich schon aufgrund aller anderen Probleme nicht mehr aus noch ein wußte. Als er dann schließlich ging, hat er Freds Tonbandgerät und die Hälfte meiner Bücher gestohlen.«

Sie steht auf und preßt die Hände an meinen Kopf. Sie drückt fest. »Was *stimmt* nur nicht mit mir? Himmel, warum bin ich immer so verdammt verkorkst? Ich habe dir noch nicht einmal die Hälfte erzählt. Wie ich einmal von einem Matrosen in Roxbury verprügelt worden bin, wie ich meinen Unterricht aufgegeben habe, oder...

Herrgott, ich weiß nicht. Wie ich geschlechtskrank wurde. Meine Abtreibungen.« Sie sieht auf mich herab, ob mir der Plural aufgefallen ist. »Das wäre eine Geschichte, aber die will ich dir ersparen.«

»Erzähl mir von den Streitereien«, sage ich. »Von denen du erzählen wolltest, als wir hier am Wellenbrecher anfingen.«

»Welche Streitereien?«

»Deine Streitereien. Die alten, von denen du mir erzählen wolltest.«

»Oh, ich weiß! Wegen Vito Pinelli. Davon wollte ich dir erzählen. Ich glaube, das ist eine komische Geschichte. Mein Gott, du bist ein guter Zuhörer. Ich wünschte, ich könnte dich behalten.« Sie neigt sich im Nebel auf eine Seite. Ihre glänzenden braunen Schuhe machen *tapp tapp* auf dem feuchten Stein.

(»Ich wünschte, ich könnte dich behalten« – die Frau sollte dasselbe ein Jahr später zu mir sagen, als sie nackt mit mir auf dem Bett des Hotels Gaugin in Arles lag. »Ich wünschte, ich könnte dich behalten, aber du wirst meiner bereits überdrüssig.« Sie zog das Laken über uns. »So siehst du wunderbar aus«, sagte sie. »Wie ein schlafender Bär. Ein großes, gieriges, zotteliges Geschöpf. Ich kann sehen, wie du einfach davongehst und mich vergißt, kaum daß du mir den Rücken zugewendet hast.«

Ein anderes Ereignis stand damit in Zusammenhang: Sie erzählte mir einen Traum, in dem ich am Ende eines Blocks stehe – beim Russel Square, glaubte sie –, auf dem sie hilflos steht. Ich winke, lächle, verlasse sie. Ich scheine glücklich zu sein und achte nicht auf ihr Leid.)

»Nun, Vito. Das ist schon eine Weile her. Aber wie die Sache mit dem Make-up sehr deutlich in meine Erinnerung eingegraben ... Nein, ich weiß nicht, warum das so ist. Es war *Jahre* später. Ich war Neuling an der High School, der öffentlichen Schule, zu der ich überwechselte, nachdem ich die Schule verlassen habe, die du und Morgan besucht habt. Ich war zwei Jahre dort, dann steckte Papa mich in diese Mädchenschule, dieses Gefängnis, in New Hampshire. Vito war in der Grundklasse und gehörte der North Side Mafia an, wie wir sie nannten. Er war ein untersetzter Bursche mit schwarzen Lokken und einem sehr dichten Bartwuchs für jemand seines Alters – eine Freundin sagte mir, daß er sich zweimal täglich rasieren mußte. Man sagte, er sei zäh und wild, ein Gangstertyp, wie alle seine Freunde. Keiner von ihnen kümmerte sich darum, wie sie in der Schule abschnitten.«

»Wie bist du zuerst mit ihm ausgegangen?« frage ich. Warum, muß ich nicht fragen.

»Sein Spind war direkt neben meinem. Ich habe ihn jedesmal, wenn ich aus einer Unterrichtsstunde kam, auf dem Flur beobachtet. Wenn er an seinem Spind war, lief ich den Flur entlang und redete mit ihm. Himmel! Ich sagte alles, um ihn dazu zu bringen, mit mir zu reden. ›Ich liebe italienische Männer‹ oder ›Laßt ihr wirklich während des Unterrichts ein Radio spielen?‹ Dann hörte ich von einer Freundin, daß er über mich redete. Er nannte mich ›ein hübsch saftiges Stück WASP-Fleisch‹.«

Das alles ist ausgesprochen Teil von allem, was ich über Joanie weiß: ihre Neigung, mit sexuellen Gefahren zu spielen, ihr rebellischer Charakter als Teenager. Während sie weiterspricht, schließe ich die Augen.

Als sie ruft, öffne ich sie wieder. Ihre Stimme kommt von einem hellen Fleck im Nebel, in dem ich ihre Hosen leuchten sehen kann. Tapp. Tapp. Ihre Absätze auf dem Stein.

»Owen, schau dir dieses Boot an! Es bewegt sich überhaupt nicht! Es muß vor Anker liegen!«

Ich schaue über die Mauer hinaus. Das Boot ist noch an derselben Stelle wie vorhin, als wir beschlossen, ans

Ende des Wellenbrechers zu gehen, immer noch vom Nebel umhüllt. Sie hat recht; es hat sich nicht bewegt.

»Nun, das ist ein Ding, was! Es liegt vor Anker. Es wird gar nicht hier vorbeikommen.« Aus mir unerfindlichen Gründen scheint ihre Stimme angestrengt zu klingen, weinerlich, als seien ihre Gefühle verletzt worden. »Wir werden nicht sehen, wie es vorbei kommt.« Sie setzt sich Meter von mir entfernt wieder auf die Mauer und redet sich in die Vergangenheit zurück.

»Nachdem ich gehört hatte, was er über mich erzählte, war ich sicher, daß er mich einladen würde. Ich war stolz. Ich wollte so sein wie er, dunkel und lockig und stark. Als ich ihn das nächste Mal sah, versuchte er, mich zu begrapschen. Ich wich zurück, da machte er für Samstagabend eine Verabredung mit mir aus. Ich stand praktisch in meinem Spind und wehrte seine Hände ab.«

»Jetzt fängt der komische Teil an«, sagt sie. »Als er zu uns kam, ging alles schief. Er wußte einfach nicht, wie er sich verhalten, wie er sich benehmen sollte, als er unser Haus sah. Ich vermute, es war viel größer, als er es sich vorgestellt hatte. Er hatte Angst! Er hatte wirklich Angst! Später, im Auto, als wir am Ufer parkten – ich mußte das Auto praktisch selbst dorthin steuern –, hielt er mich einfach nur im Arm, wie eine große gläserne Puppe. ›Oh, Baby‹, sagte er, ›du bist das einzig Wahre.‹ Er schob mir die Hand ein wenig unters Kleid, aber das war alles. Ich wand mich und tat so, als würde ich furchtbar erregt werden, aber er saß nur da. Schließlich schob ich mich so weit nach vorne, daß seine Hand genau zwischen meinen Beinen war, und er zog sie weg, als hätte er sie verbrannt. Danach fuhr er mich nach Hause. Papa und Mama standen an den erleuchteten Fenstern und begafften sein Auto. Am nächsten Tag erzählte mir meine Freundin, daß er in der Schule herumlief und jedem erzählte, ich wäre eine Madonna. ›Sie ist wirklich eine Madonna‹, sagte er zu seinen Freunden. ›Ein wahrer Engel, eine echte, reine Madonna‹, sagte er zu ihnen.«

Sie tritt wieder hinter mich und preßt ihre Hände auf meine Wangen. »Oh, ich kann es kaum erwarten, nach Israel zu kommen«, sagt sie in die graue Luft hinaus. Das Boot vor uns, das im Nebel schwebt, beginnt langsam, auf den See hinauszugleiten. Das Horn gibt einen tiefen, dröhnenden Laut von sich. Seine aufragende Schiffswand verschwindet im Grau. »Oh, Israel«, sagt sie. »Israel, Israel, Israel«, ihre Worte verwehen langsam, vom Nebel gedämpft, in der grauen Luft. Dieses Drama beginnt bereits, mir auf die Nerven zu gehen; Joanie verstummt, als warte sie auf Beifall.

6

Die Straßen sind schmaler, schmutziger. Viele der Gebäude sind aus verfallenen Steinblöcken erbaut, alten Backsteinen, die zu Staub zerfallen zu sein und auf die Straße herabzurieseln scheinen. Die Frau dreht sich zu mir um und sagt: »Jetzt sind wir gleich da. Dies ist der Beginn der Altstadt.« Der rote Backstein des modernen Stadtteils hat allmählich eine orangene Färbung angenommen, und dort, wo wir jetzt stehen, ist er schließlich alt und gelblich, wie vergilbtes Papier. Ihre Hand umklammert meine: sie ist aufgeregt wie ein Kind. »Das ist das wahre Tours«, sagt sie.

Die flache runde Sonnenscheibe starrt von einem Porzellanhimmel herunter. Keine Wolken unterbrechen die Oberfläche; nur das glatte, faltenlose, elektrisch blaue Laken über uns. In der schmalen Straße ist die Hitze fürchterlich, reine Energie. Ich ziehe die Krawatte aus, rolle sie zusammen und schiebe sie in die Jackentasche.

Dann streife ich das Jackett ab und trage es, eine schlaffe Masse, in meiner Hand. Ich rolle die Ärmel hoch.

»Dem Himmel sei Dank«, sagt sie. »Ich hatte gehofft, daß du das tun würdest. Du wurdest schon so rot. Und so siehst du nicht so völlig amerikanisch aus, weißt du.« Sie strahlt – eine uralte, beschönigende Schulmädchenart, die in ihrem Fall einfach eine Tatsache ist. Sie strahlt tatsächlich mit der Hitze des Tages, als wäre sie eine Dimension ihrer eigenen Persönlichkeit, oder ein Ausdruck ihrer gegenwärtigen guten Laune. »Ich liebe diesen Teil von Tours«, sagt sie überflüssigerweise und macht eine seitliche Geste mit der Hand, bei der die Finger abgespreizt sind. »Sieh doch, dort oben, diese – wie nennt man das? Mosaikarbeiten? Diese Mosaikarbeiten. Und ist dir aufgefallen, wie sich die Türen verändert haben?« Sie geht gestikulierend neben mir her.

»Oh, hallo.«

Dies gilt einem Gebäude, welches versetzt von den anderen steht und aus röterem Backstein als die umliegenden Häuser erbaut ist. Am zweiten und dritten Stock über der Straße ist ein Gitter aus braunen Balken zu sehen; es ist beinahe doppelt so breit wie die benachbarten Häuser.

»Hallo. Wie sieht das deiner Meinung nach aus?«

»Wie ein Theater«, sage ich. »Erinnert mich an eine Zeichnung des Globe Theater in einem Kinderbuch, das ich einmal hatte.« Ich denke an das Holzfachwerk und die Größe des Bauwerks: Ich hätte ebenso leicht ein Tiroler Gasthaus oder eines der nachgeahmten *chateaux* nennen können, wie sie wohlhabende Einwohner in meiner Heimatstadt bauen. Aber ich habe nichts davon gesagt, ich habe gesagt, daß mich das alte Gebäude an das Globe Theater erinnert, und sie neigt sich lachend zurück.

»Das Globe! Das Globe! Du bist so unglaublich! Nur du hast das sagen können. Nun, es ist kein Theater. Wirst schon sehen.« Sie versucht, eine große Holztür aufzuziehen. »Sobald wir die hier geöffnet haben, wirst du es sehen.«

»Laß es mich versuchen«, sage ich. Ich lege die Finger um den großen hölzernen Türgriff und ziehe. Die Tür öffnet sich krächzend ein paar Zentimeter. Ich ziehe noch einmal keuchend, und die Tür öffnet sich ganz.

»Du bist erstaunlich«, sagt sie. »Jetzt können wir hineingehen.«

Sie beugt sich hinab und betritt die klaffende Öffnung in dem Gebäude, die ich aufgetan habe. Als sie das linke Bein hindurchgezogen hat und die Kluft wieder frei ist, folge ich ihr, indem ich die Schultern neige und den Kopf einziehe. Ich spüre, wie der Balken über der Tür sanft meinen Kopf streift. Drinnen schaue ich mich verwirrt um, von einem unerwarteten Anfall räumlicher Desorientierung überkommen. Wir sind durch ein schmales Loch gekrochen, eine dunkle Tür; mein Körper erwartet Enge, schwarze Wärme. Statt dessen befinden wir uns in einem weiten, schmutzigen Kopfsteinpflaster-Innenhof unter offenem Himmel. Drei Fensterreihen im verwitterten Backstein der gegenüberliegenden Mauer starren irrsinnig herab; die meisten davon sind geborsten oder enthalten gar kein Glas mehr. Fachwerk erstreckt sich von den Fenstern zur Seite und nach unten, von einem Stockwerk zum anderen. Zwei der Innenwände sind, wie ich sehe, von Holzbalken gestützt. In dem gepflasterten Hof ist kein Laut zu hören.

»Was, zum Teufel, ist das?« frage ich. »Ein altes Krankenhaus?«

Die Frau steht mit überkreuzten Armen da, ihr Gesicht drückt eine seltsame Mischung aus Schmerz und Erwartung aus. Ihr satinähnliches Kleid glänzt in dem staubigen Innenhof. Ich gehe unentschlossen auf den groben Steinen hin und her, sehe zu den Fenstern empor, rede.

»Vielleicht ein Gefängnis. Ein Exerzierhof. Ein Platz für Papillon, den schrecklichen Ganoven.« Während ich nach oben sehe und mich drehe, stelle ich fest, daß drei Seiten des Hofs von dem Bauwerk begrenzt werden. Wir sind nicht, wie ich gedacht habe, von den graugelben Mauern umgeben, die wir in diesem Stadtteil passiert haben, sondern von zweifachen Wiederholungen des Gebäudes an gegenüberliegenden Seiten des Innenhofs. Das glänzende Haar und das schimmernde Kleid der Frau flackern in meinem Augenwinkel.

»Nein, kein Gefängnis«, sagt sie. »Sieh genauer hin.« Sie deutet zu den Fenstern hinauf, und ich sehe winzige, halb verfallene Balkone darunter.

Natürlich, natürlich... es ist ein Mietshaus. Und wer, abgesehen von einem Amerikaner der Mittelschicht, hätte das nicht sofort erkannt?

»Oh, ich verstehe, ich verstehe. Aber, mein Gott, es ist wirklich ein Gefängnis, nicht? Die Zimmer müssen unglaublich winzig sein – sieh nur, wie dicht die Fenster nebeneinander sind! Man stelle sich vor, den Winter dort zu verbringen!« Ich drehe mich ganz langsam und lasse den Blick von links nach rechts schweifen.

»*Bonjour*.«

Wir drehen uns beide heftig nach rechts herum und schauen nach oben, von wo die Stimme gekommen ist. Auf einer Holztreppe, die sich zum Balkon an dieser Seite emporwindet, sitzt ein kleines Mädchen mit olivfarbener Haut. Direkt unter ihr sind zwei morsche Stufen herausgebrochen, so daß dort ein dunkles, gähnendes Loch in der Treppe zu sehen ist. Das Mädchen hat die Hände auf den Knien liegen und lächelt wie ein freudig erregtes Tier auf uns herab. »*Bonjour, Monsieur et Madame*.«

Die Frau nimmt ihre dunkle Brille ab und lächelt zu dem Mädchen hinauf. »*Bonjour, Chérie, bonjour*.« Offensichtlich entzückt das Kind sie.

Das Mädchen schreitet zögernd über die Lücke in der Treppe, streckt sich zur nächsten Stufe und eilt dann die restlichen bis zum Boden herunter. Dann steht sie auf den stumpfen Steinen und sieht uns durchdringend und freundlich an.

Mein Französisch ist rudimentär und fehlerhaft. Ich lächle und versuche, mir eine andere Konversationsphrase als ›Guten Tag‹ zu überlegen. Das Mädchen kommt einen kleinen Schritt auf uns zu, und ich sehe, daß sie bloße Füße hat und in einen weiten roten Rock gekleidet ist, der schon häufig geflickt worden ist. Kleine runde Ohrringe baumeln unter ihren Ohrläppchen. Die beabsichtigte Wirkung dessen, wie von Lippenstift bei einer Zwölfjährigen, ist die, sie jünger, verwundbarer aussehen zu lassen. Aber trotz aller Verwundbarkeit scheint sie sehr robust zu sein, als könnte sie sich ohne zu wanken in den heftigsten Wind stellen.

Das Französisch der Frau ist flüssig und schnell, ein Pariser Akzent: sie hat, sagte sie mir, ›jahrelang, jahrelang‹ in Paris gelebt. Sie fragt das Mädchen, wo es wohnt. Das Mädchen hebt einen dünnen dunklen Arm und deutet zum Balkon im dritten Stock hinauf, wo sie saß. Ich gehe rückwärts auf den Hof, um besser sehen zu können. Eines der Fenster neben dem Balkon ist halb herausgefallen, das restliche Glas ragt gezackt aus dem Rahmen. Wäsche hängt schlaff über dem Holzgeländer des Balkons, Lumpen aus rotem und blauem Stoff.

Die Frau beugt sich hinab und kauert auf den Fersen, um mit dem Kind zu sprechen. Ich sehe, wie sie ein paar Francs aus der Tasche holt und sie dem Mädchen gibt, das schüchtern und erfreut zugleich den Kopf beugt. Wieder erinnert sie mich an ein aufgewecktes, gelehriges Tier, für das der staubige Hof und die hohen Wände der Mietskaserne ein unzureichender Käfig sind. Die Stimmen der beiden sind ein leises, aufgeregtes Gurren in dem warmen Hof. Ich höre lediglich ein paar unterscheidbare Worte der Unterhaltung: »... Mama... sehr alt... Spiele... allein... ja, Glück.«

»Moi aussi«, sagt die Frau und drückt sie an sich. *»Moi aussi.«* Sie steht strahlend auf und streicht wieder mit den Händen über den Bauch, dieselbe glättende Bewegung, die ich sie auch schon im Café habe ausführen sehen.

Sie kommt auf mich zu, das Mädchen an der Hand, ihr satinartiges Kleid wogt wie Getreide in der Sonne. Einen Augenblick lang stehen wir alle drei da, mit unseren Händen verbunden. Dann: »Gehen wir«, sagt sie zu mir. »Die anderen werden bald hier sein, und es wird ihnen vielleicht nicht gefallen, daß wir uns mit ihr unterhalten haben, während sie fort waren.« Bevor ich ihre Hand loslasse, spüre ich einen winzigen Strom des Entsetzens durch uns pulsieren. Das Gefühl verschwindet auf der Stelle, als wir die Hände sinken lassen.

Als meine Hand sie freigegeben hat, läuft das kleine Mädchen die morsche Treppe zu unserer Rechten empor und taucht auf dem Balkon wieder auf. Die Frau winkt ihr, wie ich auch, schüttelt ihr Haar zurück und geht zu der dunklen Tür in der Wand, die wir geöffnet haben. Sie beugt sich hinab und streckt den Kopf in die Öffnung. Ich helfe ihr, indem ich mich ebenfalls niederbeuge und ihren ausgestreckten rechten Arm stütze. In diesem Augenblick, während wir in mehr oder weniger linkischen und unschuldigen Gesten gefangen sind, ruft das Mädchen aufgeregt vom Balkon herab: *»Monsieur, Monsieur! Avez-vous jamais été à la guerre? Monsieur!«*

DREI

1

Morgan kam ins Badezimmer, als ich mich rasierte und versuchte, die beiden Enden meines Schnurrbarts anzugleichen. Es war ein sonniger Junimorgen in Camden Town, und im Spiegel konnte ich das Licht sehen, welches den Garten verzauberte. Es brannte ein wenig in meinen Augen, summte wie das Feuer in einem elektrischen Stromkreis. Morgan war bereits vollständig angekleidet, etwas, das mich stets sexuell erregte, wenn ich nur einen Pyjama anhatte oder nackt war, so wie jetzt. Ich schnitt etwa einen Zentimeter Haar von einem Ende meines Schnurrbarts ab und wusch den Rest Rasierschaum vom Gesicht, während ich spürte, wie das Blut in meinen Penis drängte. Morgan verfolgte beides mit ironischen Blicken. In jenen Tagen gingen wir behutsam miteinander um, weil wir nicht wußten, welches Wort uns zu gegenseitigen Beschuldigungen verleiten würde, oder, noch drastischer, zu dem langen, ungewollten und hoffnungslosen Drama einer Scheidung.

»Ich hätte nicht damit gerechnet, daß du heute morgen so munter sein würdest, nachdem du bei der Party der Goldsmiths die Scotch-Flasche den ganzen Abend nicht aus der Hand gegeben hast.« Sie trat hinter mich und legte die Arme um meine Taille, um mir zu zeigen, daß die Lage zwischen uns entspannt war. »Du riechst eindeutig besser als vorhin, als ich aufgestanden bin.« Unerwartet, aber sehr angenehm, legte sie die hohlen Hände über mein Geschlecht. »Die Bestie ist ermutigt, nicht?« sagte sie. Ihre Hand drückte einen Augenblick fester, dann zog sie sie weg und ließ mich verwirrt und kribbelnd stehen, wie nach einem plötzlichen Schock.

Sie ging zur Toilette und setzte sich mit überkreuzten Beinen auf den Deckel. »Kannst du dich an etwas erinnern? Erinnerst du dich daran, wie wir nach Hause gekommen sind?« Dann: »Hast du sie gesehen?« fragte sie mit leiser Stimme.

Ich schloß die Augen. Ich versuchte nachzudenken. Mein Gehirn fühlte sich an, als wäre es zu Pudding geworden. »Wann sollte ich sie sehen? Sind wir nicht heimgefahren? Wir haben die U-Bahn genommen. Ein Taxi. Wenigstens hoffe ich das«, sagte ich. »Wo ist das Auto?« Mein Penis sank nach unten; ein Komödiant.

»Ich hatte gehofft, daß du dich so daran erinnerst«, sagte sie. »Du bist mit Jack Goldsmith eine neue Flasche holen gegangen und kamst eine Stunde lang nicht zurück. Als du dann endlich da warst, sagtest du, du hättest das Auto in einer Nebenstraße geparkt, aber wir konnten es nicht finden. Wir gingen eineinhalb Stunden um den Block herum, falls du dich nicht erinnern kannst – besser gesagt, ich habe dich um den Block herum getragen.«

»Und wir haben ein Taxi genommen!« sagte ich triumphierend. »Ich dachte, mich daran zu erinnern.« Ich drehte den Kaltwasserhahn auf und spritzte mir Wasser ins Gesicht. »Ich glaube, ich habe das Auto bei irgend jemand in die Garage gestellt. Der wahre Grund, weswegen Jack und ich weggingen, war der, daß wir uns von Mann zu Mann unterhalten wollten. Jack ist wegen etwas aus dem Häuschen – wegen Sheila, um genau zu sein –, und er wollte meinen Rat. Und daher fuhren wir los, bis zum Regent's Park. Und als wir zurückkamen, konnten wir keinen Parkplatz finden, daher fuhren wir in eine Seitengasse beim Russel Square. Russel Mews, glaube ich. 24 Russel Mews. Jack sah eine offene Garagentür und sagte, dort könnten wir hineinfahren, sie würde einem Freund von ihm gehören. Und als wir dann die Party verließen, konnte ich mich nicht mehr daran erinnern. Ich denke, ich sollte heute morgen besser gleich hingehen und nachsehen, ob es noch dasteht.«

Morgan lehnte sich an das Porzellan zurück. »Gott sei Dank. Ich fürchtete schon, jemand könnte es gestohlen haben. Würdest du *bitte* gehen und es noch heute morgen holen? Heute abend müssen wir zum Aldwych. Das heißt, wenn du keine anderen Pläne hast.« Der Nachsatz kommt mit einer Bitterkeit, die sie in dem zurückliegenden Monat besser gemeistert hatte.

»Klar, sicher, gerne«, sagte ich. »Sobald das Boot aufhört, sich zu bewegen. Himmel, ich kenne nicht einmal den Namen des Mannes, dem die Garage gehört.« Ich nahm das Handtuch und rieb mir über das Gesicht. Der rauhe Stoff auf der Haut half mir ein wenig, das ölige Gefühl im Magen zu überwinden.

»Soll ich Jack anrufen und ihn fragen?«

»Nein, spar dir die Mühe«, sagte ich zu rasch. »Ich glaube, ich habe ihn irgendwo aufgeschrieben.« Ich spürte, wie Morgans Hand kühl an meinem Rücken hinabglitt, über meine Gesäßbacken, um auf dem rechten Schenkel zu ruhen. »Mach noch einmal, was du vorhin getan hast.« Ich war elastisch und ragte bereits wieder in die Luft.

Wir hörten das Klappern des Briefschlitzes an der Tür, und eine Sekunde später die leisen, schmatzenden Laute von Briefen, die auf den roten Fließenfußboden der Diele fielen. Morgan strich mit der Hand zum Rücken empor, ihre kalten Finger berührten meine Haut; dann sagte sie: »Weißt du, ich könnte es fertigbringen, dich zu hassen – und zwar ohne besondere Mühe.« Ich schloß die Augen vor dem roten Muster und spürte gleichzeitig, wie sie die Hand wegnahm, dann hörte ich, wie sie die Badezimmertür hinter sich zumachte. Ihre Schritte erklangen in der Diele. Verweilten. Kehrten zurück. Ich öffnete die Augen und sah meine Augen aus dem Spiegel herausstarren.

Ich hörte ihre rufende Stimme aus dem Schlafzimmer. »Zwei Briefe. Einer von Joanie, und eine Karte von Mr. Franciscus. Er muß sie vor zwei Tagen in Stratford abgeschickt haben, bevor er hierher kam.«

Trocken und frottiert ging ich ins Schlafzimmer, wo sie auf dem Bett saß und die Postkarte vor das Gesicht hielt. »Seine Handschrift wird jedes Jahr winziger.« Joanies Brief, ein dicker blauer Umschlag, lag auf dem weißen Laken. »Sieh mal, was du damit anfangen kannst.« Sie hielt mir die Karte hin und griff nach dem blauen Umschlag.

Lieber Owen, liebe Morgan: Ihr müßt nach Stratford kommen, bevor Ihr England verlaßt. Ich habe gestern abend Richard III. gesehen, heute abend werde ich Hamlet sehen und eine Matinee vom Sommernachtstraum – eines meiner Lieblingsstücke. Herrliche alte Stadt. Ann Hathaways Haus wurde niedergebrannt. Viele Straßenräuber. Zuviel Wasser in den Drinks. Freue mich schon darauf, Euch zu sehen und zum Essen einzuladen, also sucht ein gutes Restaurant aus. Komme am 30. Juli an. Alles Liebe, Mr. Franciscus.

»Heiliger Himmel.«

Sie las die zweite Seite von Joanies Brief, mit der anderen Hand strich sie sich über das Haar. »Heiliger Himmel.« Sie sah zu mir auf, ihre Augen und ihr Mund verrieten mir, daß sie erbost war, wütend. »Nun«, sagte sie, »das verändert meine Pläne für den Sommer.«

Mir wurde eiskalt. »Was ist?« fragte ich albern. »Schlechte Nachrichten?«

Sie tastete auf dem Laken nach der ersten Seite des

Briefs. »Oh, das mußt du lesen«, sagte sie. Ihre Stimme klang ruhig und entspannt. Mein Magen, der sich in seinem Öl verkrampft hatte, lockerte sich wieder. Mit unschuldigem und offenem Gesicht nahm ich den Brief von ihr. »Ich werde nicht schlau daraus«, sagte Morgan, »aber sie möchte, daß ich dorthin komme.«

Liebe Morgan,
die Idioten im Kibbuz werfen mich hinaus – aus moralischen Gründen! Hier ist es genau wie in einer dieser Schwesternschaften am College. Ich gehe noch dieses Wochenende nach Haifa und suche mir eine Wohnung. Diese ganze Angelegenheit macht mich wahnsinnig.
Letzte Woche hatte ich Schwierigkeiten mit der Lunge und mußte vier Tage ins Krankenhaus – kein Schlaf & ich konnte keinen Bissen essen. G sei Dank, es war kein Eingriff notwendig, aber ich fühle mich immer noch schwach und meistens müde. Ein Teil des Problems ist, daß niemand hier im Kibbuz mit mir reden möchte. Alle Freunde, die ich nach meiner Ankunft hier gewonnen habe, sind fort (konnte den Puritanismus nicht ausstehen, aber die amerikanischen Juden sind anders!)

»Bist du mit der zweiten Seite fertig?« fragte ich. »Was kommt als nächstes?«

Der einzige Freund, den ich hier im Kibbuz noch habe, ist ein ausgeflippter Junge aus Philadelphia, der aussieht wie Bob Dylan. (Er ist einer der Gründe.) Trotzdem kann ich nicht schlafen. Herrgott! Ich finde, man sollte diese Gesetzeshüter außer Landes jagen. Die Kleingeister! Jetzt bin ich in seinem Zimmer und ruhe mich aus. (Er besitzt eine Menge Schallplatten.) Ich habe einen tollen & gutaussehenden Freund in Haifa,

dessen Eltern in Israel sehr populär sind – der Vater ist Politiker, die Mutter Schauspielerin. Ich hoffe, Du kannst ihn eines Tages kennenlernen.
Wenn ich aus Haifa zurückkehre, werde ich nach Eilat gehen, einem abgelegenen Ort im Süden. Ich muß Dich sehen – so schnell wie möglich. Ich möchte mich nicht an Deiner Schulter ausweinen, aber ich *muß* Dich sehen. Sag Owen, er soll sich keine Sorgen machen. (Das ist wichtig, er ist so ein Schatz.) Aber bitte komme, wenn Du kannst – wenn Du es *irgend* möglich machen kannst.

Alles Liebe,
Joanie

»Was ist auf der nächsten Seite?« fragte ich. »Eine Karte von Israel?«

PS: Geh nicht nach Haifa – komm vom Flugzeug aus direkt nach Eilat. Wahrscheinlich wirst Du in Tel Aviv landen, und von dort kannst Du den Zug nehmen. Oder – hast Du immer noch Papas Kreditkarte? – nimm ein Hertz-Auto & fahre selbst. Vielleicht brauchen wir ein Auto. Ich werde dort sein; Du wirst mich finden. Ich glaube, ich werde am Strand schlafen. Bring Tabletten mit. Oh, kannst Du in London gutes Hasch kaufen? Meine Freunde sind alle *out*. Jeder in Israel ist auf Drogen, ausgenommen die Israelis. Abe, mein Freund in Haifa, sagt, daß er nach London kommt. Kann er sich mit Owen treffen? *Bitte* komm her. Ich muß reden. Ich werde von Anfang Juli an wahrscheinlich drei Wochen in Eilat sein – vielleicht länger, wenn Du kommst.
PPS: Nein, nicht *diese* Tabletten, die Zombie-Variante. Ich habe mir ein IUD geholt, als ich hierher kam, und das tut höllisch weh. Oh – kannst Du eine Ausgabe

von *Papillon* mitbringen? Jeder hier möchte das Buch lesen. (Und sonst noch etwas, von dem Du glaubst, es könnte mir gefallen.) (Den neuen Saul Bellow?)

»Ich muß gehen, weißt du.« Sie stützte sich auf steife Arme und sah mich an. In dieser Haltung sah sie defensiv aus, mit einem Hauch von Trotz, der mich an ein kleines Kind erinnerte. »Ich muß gehen. Sie scheint in einer schrecklichen Verfassung zu sein.«

Ich begann mich anzuziehen: Unterwäsche, Socken, blaues Hemd. Ein dunkelblauer Anzug aus dem Schrank; schwarze Schuhe, schwarze Krawatte. Meine Kateruniform. »Wenn du der Meinung bist, daß du gehen mußt, dann geh, aber ich hatte gehofft, wir würden im August selbst eine Reise unternehmen können.«

»Owen, manchmal kannst du so engstirnig sein. Ich muß gehen.« Sie stand hinter mir, während ich die Krawatte band, und sah zu, wie ich einen Strang über den anderen legte.

»Wenn du denkst, daß es mir leicht fällt, irrst du dich.«

»Ich weiß.«

»Was wirst du tun, wenn ich gehe?« Mitten im Satz versagte ihre Stimme, als wäre die Last des Argwohns – oder schlimmer, der Gewißheit – mehr als sie ertragen könnte.

»Ich weiß nicht«, sagte ich. »Vielleicht mache ich allein eine Reise.«

Im Spiegel konnte ich die Krone ihres Kopfes an meiner Schulter ruhen sehen, ihr Haar fiel vom Scheitel in zwei gleichen Hälften ab, wie Schwingen. »Bitte, Owen, wenn ich fragen muß...«

»Oh!« rief ich aus. »Ich muß ja immer noch das Auto abholen! Und wer, zum Teufel, ist Abe?«

Worüber denkst du nach? Wir reden nicht mehr miteinander.

Nichts. Ich habe über nichts nachgedacht.

Begehe nicht den Fehler, mich für stärker zu halten als ich bin.
Nein. Du bist mein Mädchen.
Wirklich? Ich bin nicht mehr sicher.
Schlafe. Versuch zu schlafen. Es ist schon sehr spät.

Einen Tag nachdem wir alle aus unseren verschiedenen Ferienorten heimgekehrt waren, gab ich Abe Gabriels beharrlichen Telefonanrufen nach und verabredete mich mit ihm zum Essen. Als ich ankam, drückte er sich vor dem Restaurant herum, schlank wie eh und je, in einem neu aussehenden Ledermantel, der ihm fast bis zu den Knöcheln reichte und ihm das Aussehen eines schneidigen jungen Offiziers des Afrikakorps verlieh.

»Was, zum Teufel, versuchen Sie Joanie anzutun?« fragte ich ihn. Joanie wartete bereits seit Wochen auf seinen Anruf. Letztendlich, glaubte ich, hatte sie erwartet, daß er sie bitten würde, seine Lebensgefährtin zu werden und mit ihm nach Haifa zurückzukehren. Aber er hatte sich nur einmal sehen lassen, bei einer Party, die ich widerstrebend gegeben hatte, und dann war er verschwunden. Aus meinem Leben freilich war er nicht verschwunden, denn er rechnete damit, daß ich ihm einen Job geben würde, und daher buhlte er so geflissentlich wie ein Liebhaber um meine Gunst.

»Ich tue Joanie nichts an«, sagte er. »Ich finde, Joanie ist eine Puppe. Ich bewundere sie. Ich werde sie nächste Woche besuchen.«

»Ich verstehe Sie nicht. Sie scheint den Eindruck zu haben, als hätten Sie ihr gesagt, Sie würden sie heiraten, wenn Sie nach Haifa zurückkehren. Wenn Sie das nicht tun, und wenn Sie sie fallenlassen, was mich ebenso glücklich machen würde, dann sollten Sie ihr die Situation aber wenigstens erklären.«

»Oho! Sind Sie plötzlich ihr Vater, Owen? Sagen Sie

mir bitte, sind Sie immer so um Ihre Schwägerin besorgt?« Abe war sehr grob.

Als wir das Restaurant verließen, verabschiedete ich mich und ging davon, aber er kam hinter mir her und hielt mich am Ärmel fest. »Warten Sie, Owen. Sie müssen gestatten, daß ich mich irgendwie für das ausgezeichnete Essen revanchiere. Ich werde Ihnen zeigen, was für eine wunderbare Wirkung Sie auf meinen Charakter haben.«

»Sparen Sie sich die Mühe«, sagte ich. »In meinem Büro wartet eine Menge Arbeit auf mich...«

»Mühe? Was heißt Mühe? Ich werde Ihnen etwas *särr* Interessantes zeigen.«

»Ich habe wirklich keine Zeit, Abe...« Aber da hielt er bereits die Tür eines Taxis auf und forderte mich mit kleinen Stößen und Knüffen auf. Ich fügte mich.

»Fortnum and Mason«, sagte er zu dem Fahrer.

Fortnum and Mason hat mich immer eingeschüchtert. All diese eleganten Herren im Frack scheinen mein Äußeres mit einem einzigen Blick ihrer durch nichts zu beeindruckenden Augen aufzunehmen und zu dem Ergebnis zu kommen, daß sie für immer und ewig mir überlegen sind. Soviel Herablassung ruht auf meinen Schultern. Aber Abe ließ sich von ihren starren Blicken nicht beeindrucken; er führte mich mit dem selbstbewußten Gebaren eines George Raft, der ein Kino betritt, in die Lebensmittelabteilung.

»Was möchten Sie haben?« fragte er mich. »Kaviar? Lachs? Griechische Oliven? Trüffeln? Stehe zur Verfügung.«

»Das ist lächerlich, Abe. Wenn ich gewußt hätte, daß Sie mir etwas kaufen möchten, wäre ich nicht mitgekommen.«

»Bitte keine Einwände. Möchten Sie Schinken? Eingelegte Artischockenherzen?« In einem Anflug von Erfindungsreichtum sah er sich in den Regalen um. »Hirn? Kandierte Hufe? Sagen Sie was, ich gebe es Ihnen.«

Ich ging abgestoßen von ihm weg. »Besuchen Sie Joanie, mehr können Sie nicht für mich tun.«

Er grinste auf nervtötende Weise. »Warten Sie, bis Sie meinen Plan sehen. Ich bin ein Zauberer.«

»Auf Wiedersehen, Abe.«

Dann eilte er zu mir und flüsterte mir ins Ohr.

»Warten Sie – sehen Sie.«

Ich konnte mir auf sein Verhalten überhaupt keinen Reim machen, daher sah ich ihm verblüfft zu, wie er an den Reihen teuerster Waren entlangging und lange vor Tischen mit Köstlichkeiten stehen blieb. Dann sagte er: »Fertig. Gehen wir.«

Wir gingen zur Tür zurück und in die demokratische Luft hinaus. »Hierher – hierher!« Abe deutete mit dem Daumen auf eine Einfahrt, die zu einem schmalen Hof führte. Ich folgte ihm dorthin.

»Hier, das alles habe ich für Sie«, sagte er. Er sah böser denn je aus, und mir kam der Gedanke, daß er mir ein unzüchtiges Angebot machen würde. Was er dann tatsächlich tat, war sogar noch verblüffender.

Aus den voluminösen Taschen des Mantels holte er winzige Flaschen, Dosen, Töpfchen voll Käse, Gläser mit merkwürdigen, in Öl eingelegten Dingen, Oliven, Früchte, Fleischpäckchen.

»Herrgott!« rief ich aus. »Haben Sie das alles gestohlen?«

Er lächelte unverblümt und breitete die Arme aus. Die Beute lag auf dem Gehweg zu seinen Füßen; er sah wie ein Pascha aus, der seinen Reichtum zeigt. »Alles für Sie«, sagte er. »Es ist ein Zeichen meiner tiefen Freundschaft und meines großen Repekts für Sie und Ihre erfolgreichen Geschäftspraktiken.«

»Verdammt – *ich* kann diese Sachen nicht nehmen!

Glauben Sie nicht, daß man sie vermissen wird?« Ich hörte bereits Schritte, die vom Piccadilly herabeilten.

»Kein Problem, kein Problem, mein lieber Owen. Das ist ein Geschenk von mir«, sagte er. »Ich habe es – möglicherweise eigennützig – schon häufig getan, aber jetzt tat ich es nur, um Freude zu schenken.« Er klang, als wäre er ein großer Geiger, der nach langer Pause endlich wieder ein Konzert gegeben hat.

Ich drückte die Luft mit beiden Händen nach unten – eine Geste der Ungeduld – und ließ ihn stehen, inmitten der Ansammlung von Gläsern und Flaschen, wo er immer noch hinter mir her grinste. Danach dauerte es zwei Wochen, bis er wieder kam, um Joanie zu sprechen; den Zwischenfall erwähnte er niemals wieder. Ich wußte auch nie, wie ich ihn zur Sprache bringen sollte. Zu dem Zeitpunkt wußte aber selbst Joanie, daß er sie wegen Sheila Goldsmith verlassen hatte.

Ich betrat wie gewöhnlich die Eingangshalle und schritt an den Glasschaukästen der Werbung und den dunklen Glastüren der Geschäfte vorbei, als wäre ich der Botschafter eines kleinen aber unermeßlich reichen Landes. Am Empfang betrachtete man mich ungläubig, als ich an der Rezeption glatt vorbei ging. Auf mein Drücken hin öffnete sich der Fahrstuhl summend.

Das Zimmer, in dem wir uns trafen, befand sich im sechsten Stock des Hotels und hatte zwei große, durchsichtige Fenster, aus denen man einen Ausblick auf Piccadilly hatte. Von der Straße drang das Brausen und Hupen der Autos herauf und glitt wie träge Fische in das abgedunkelte Zimmer. Wenn an verhangenen Nachmittagen im März oder Dezember das Licht ausgeschaltet war, schienen die beiden Fenster am Ende des Zimmers sanft zu glühen; in den Sommermonaten, wenn die Sonne auf die schmutzige Stadt herniederbrannte, schienen die

Fenster noch weiter aus dem Hotelzimmer zurückzuweichen und zu der schattigen Kammer, wo ich die Frau getroffen hatte, wo wir verzückt des anderen Körper geküßt hatten, gleichfalls schimmernd und perlmuttartig in der Düsternis des sechsten Stocks des Parkhotels, zu sagen: »Bis hierher, und nicht weiter.«

Ich betrat das Zimmer und schloß die Tür leise hinter mir, und ich hörte sofort das Wasser in der Dusche rauschen. An diesem Nachmittag lag das Zimmer im Halbdunkel, und durch die kreisförmigen Flecken vibrierenden Gelbs auf dem Boden machte es einen fremden Eindruck. Ich schritt schweigend zur Badezimmertür und öffnete sie. Dampf wallte in dem winzigen Raum wie in einem türkischen Bad. Während ich im Dampf stand, hörte das Prasseln des Wassers auf. Ich wartete darauf, daß sich die Vorhänge teilen würden: auf den ersten Schock, der sich in Freude verwandelte. Hinter dem Duschvorhang hörte ich die Stimme der Frau rezitieren:

Wer ist es, der aus der Wildnis kommt
Rauchsäulen gleich,
mit Myrrhe und Weihrauch parfümiert,
mit allen Essenzen eines Kaufmanns?

Sie streckte den Kopf zwischen den Vorhängen hindurch. »Ich habe gehört, wie du die Tür geöffnet hast. Du machst immer so einen Lärm mit den Schlüsseln.«

Vom Duschen gerötet, wallendes Gold, trat sie aus der Kabine. »Ist es heute nicht schrecklich? Aber wir werden so *schlüpfrig* sein. Wie Seehunde.« Sie frottiert sich mit einem großen blauen Handtuch ab und geht ins andere Zimmer, wobei sie das Haar zurückwirft. Sie hat immer noch Bräune von einem Urlaub, den sie mit ihrem Mann auf Korfu verbracht hat: die braune Glätte ihres Rückens wird von ihrer überraschend weißen Kehrseite unterbrochen. Sie beugte sich hinab und trocknete ein Bein ab. Ihr dunkelgoldenes Haar fiel fächerförmig über den Rücken.

»Das war deine Frau, nicht? Vor zwei Tagen, in dem Restaurant, mit diesem reizenden älteren Herrn?«

»Ja. Das war Morgan.«

»Mir hat gefallen, wie sie ausgesehen hat. Ich finde, sie sieht intelligent aus – und entschlossen, glaube ich. Vielleicht nervös, aber stark und klug. Ich glaube, ich mag sie.« Sie hörte auf, ihre Beine zu frottieren und richtete sich auf, schlang das Handtuch um den Nacken und sah mich an. Zwei weiße Stellen ihrer kleinen Brüste. Sie lächelte strahlend. »Ich hoffe nur, ich muß es ihr nie zeigen.«

Ich setzte mich auf das Bett und zog Jackett und Krawatte aus. »Nein«, sagte ich, »das wirst du nicht. Es sei denn, du möchtest ihr deine Dankbarkeit zeigen, weil sie uns einen Monat zusammen ermöglicht. Sie fliegt nach Israel, um ihre Schwester zu besuchen.« Sie schritt durch die vibrierenden goldenen Flächen auf dem Boden, die einen Augenblick über die dunklen Beine huschten, zu mir herüber, dann beugte sie sich herunter und verschluckte mich mit ihrer gebräunten Haut. Das war der Sommer, in dem sie wie ein elektrisches Feuer roch, in London und in Paris, und dann später, während der langen Fahrt nach Aix. Ich erinnerte mich genau an diesen Geruch; als ich ihren letzten Brief erhielt, glaubte ich ihn wieder wahrzunehmen, und dann erneut, als ich ihr Bild in *Time* sah.

2

Als sie in dem Hotelbadezimmer voll Dampf hinter dem milchigen Duschvorhang deklamierte, der lediglich eine braune, undefinierbare Masse erkennen ließ, die sich dahinter bewegte, war ich erstaunt, aber nicht besonders verblüfft. Die Frau, hatte ich erfahren, kannte vieles auswendig, viele Stellen aus der Bibel: fast die gesamte Schöpfungsgeschichte, das Hohelied Salomos, Hiob, viele der Psalmen; ebenso kannte sie viel von der prophetischen Literatur. Ihr Vater war Pfarrer in Devonshire gewesen und hatte fanatische Vorstellungen gehabt, was Erziehung anbelangte.

(Als wir zum erstenmal eine Nacht gemeinsam verbracht hatten, im Royal Eblena Hotel in Dublin, machte ich am nächsten Morgen einige Bemerkungen – so nebensächlich, daß ich mich heute nicht einmal mehr daran erinnern kann – über ihre Schönheit. Unser Zimmer war fröhlich, mit hellgelben Wänden und gelben Decken auf dem Bett; das Zentrum des Schlafzimmers war aus einem vibrierenden Gold, ein Kokon, der sich in Fenster und Spiegel abbildete, einschließlich des staubigen Strahls Sonnenlicht, der vom Fenster auf den grünen Teppich fiel, über den sie üppig dahinschritt, um ein Glas Wasser zu holen, ins Badezimmer zu gehen, oder etwas derartiges. Sie war mit einem billigen Hotelglas in der Hand zurückgekommen, als ich meine nebensächliche Bemerkung machte. Sie sagte: »Eines Tages wirst du mich ansehen und sagen: ›*Sie ist leer, verbraucht und wüst.*‹«

»Von wem ist das?« fragte ich, nachdem ich mich, von der Kadenz ihrer Stimme kalt berührt, aufgerichtet hatte.

»Nahum«, antwortete sie. »Nahum der Elkoschite. Du solltest ihn auch einmal lesen. Er ist besser als eine Säuberung.«)

Die Frau hatte stets ein Buch bei sich, und sie las mit der Konzentration einer Süchtigen. Als wir uns in Irland kennenlernten, las sie die komplette Virginia Woolf; ›Der Falter‹, nannte sie sie. Später, kurz vor unserer Reise durch Frankreich, las sie alles, was Henry James geschrieben hatte; zu anderen Zeiten hatte sie dasselbe mit

George Eliot, Gide, Proust, Dickens, Forster und Lawrence getan. Sie las die Bücher in der Originalsprache und in Übersetzungen – ich erinnere mich an eine grün eingebundene Übersetzung, die zwischen Originalausgaben auf dem Rücksitz unseres Mietwagens lag. »Andere Fenster, andere Ansichten«, sagte sie.

Im Flugzeug nach Orly beulte eine altmodische Ausgabe von *Daniel Deronda* ihre Handtasche aus.

»Das hat Morgan gefallen«, sagte ich ihr. »Sie hielt es für eines der besten Bücher, das sie jemals gelesen hatte.«

»Nun, das ist ein letztes Indiz«, sagte sie. »Vielsagend. Vielleicht ist sie doch nicht so nachdrücklich.«

Der reglose, steife und schweigende Chauffeur holte uns am Flughafen ab, er saß in dem schwarzen Mercedes, von ihm umhüllt, wie eine Blase in einem Sektglas. Ich glaube, daß er mich im Grunde genommen überhaupt nie richtig gesehen hat, sondern lediglich eine schlampige, dunkle Störung seines Gesichtsfeldes. Es schien ihn nicht im mindesten zu interessieren, daß ich in jüngster Zeit so häufig im Wagen seiner Chefin mitfuhr, und die außergewöhnlichen Szenen, die er ab und zu in seinem Rückspiegel gesehen haben mußte, ebensowenig. Das heißt, außergewöhnlich nur für ihn; denn wir verhielten uns mehr als durchschnittlich vorsichtig, wenn er in der Nähe war. Als Erklärung für die harmlosen Ausrutscher, die wir uns leisteten, mag die Frau ihm gesagt haben, ich sei ein Vetter oder Bruder, aber ich denke vielmehr, daß er sich selbst einfach nie gestattete, über unser Händchenhalten und Küssen bewußt nachzudenken. Diesesmal fuhr er uns von Orly zu unserem Hotel in der Rue de Rivoli. Sein Rücken war reglos und vollführte keinerlei Bewegungen, die ich deuten konnte. Die Frau entließ ihn, nachdem er und der Portier unsere Koffer aus dem Kofferraum genommen hatten, und teilte ihm mit, er könnte ›nach Hause‹ gehen, weil sie einen Monat nicht da sei.

»Trinken wir etwas«, sagte ich. Während der Portier die Koffer auf unsere Zimmer bringen ließ, gingen wir durch die hell erleuchtete Hotelhalle zur ›amerikanischen‹ Bar des Hotels, einem Raum mit Holzverkleidung und Sportmotiven an den Wänden, eine Bar nur aufgrund der langen Theke mit Spirituosen, welche sich an einer Wand befand. Ein kleines Messingschild an der Tür besagte: ›Manhattan Room‹. Zwei andere Paare hielten sich dort auf, sie saßen an zwei verschiedenen weißen Marmortischen, den einzigen Farbtupfern in dem sonst dunklen Raum. Beide Paare schienen Amerikaner zu sein. Die Frauen hatten helle Kleider an, eine trug einen Turban. Die beiden Männer sahen die Frauen an, als wir die Bar betraten und an einem Ecktisch Platz nahmen.

Wir bestellten beide je einen doppelten Scotch. Als ich die dunkel goldene Flüssigkeit im Glas vor mir sah, und die Frau in der halbdunklen Hotelbar neben mir, fühlte ich mich ausgelassen, aufgeputscht. Mir war, als hätte ich eine alte Haut abgestreift. Ich hatte zusammen mit der Frau ein Flugzeug betreten und es in einem anderen Land wieder verlassen: vor uns lag ein ganzer Monat. Ich war wie neugeboren.

»Wir mieten ein Auto«, sagte ich. »Wir haben den ganzen Monat für uns, und wir fahren von Paris aus nach Süden und bleiben in jeder Stadt, die einladend aussieht. Wir werden überhaupt nicht an Geschäfte und Telefone denken. Wir trinken *le vin du pays* und essen Trüffel und Pâté und Schnecken.« Die Frau schien nervös zu sein, sie tippte mit einem Finger auf die Zigarette. »Es ist erstaunlich, wie leicht dies alles für uns ist.«

Sie sagte nichts.

»Tut mir leid«, sagte ich. »Ich bin achtlos. Sei nicht unglücklich.«

»Sie ist jetzt in Israel?«

»Israel«, sagte ich. »Sie ist mittlerweile fast eine Woche dort.«

Von jenseits des Raumes konnte ich die Stimme der Frau mit dem Turban hören, ein nörgelndes Greinen. »... nun, nach alledem konnte ich nicht nein sagen... ich liebe diese kleine Allee!« Sie hörte sich an wie ein Vogel in einem besonders schönen Käfig. »Ja, die, die mit den kleinen wie-nennt-man-sie-gleich.«

»Du solltest dich nicht entschuldigen«, sagte die Frau. »Ich sollte es tun. Ich bin so ein Flittchen. Ich bin egoistisch, willkürlich, ich nehme alles, was mir gefällt. Oh, ich bin in einer so schrecklichen Stimmung.«

»Es ist nichts Spezifisches«, fuhr sie fort. »Aber ich fühle mich, als stünde ich in einem Brunnen. Ich weiß nicht mehr, was ich tun soll.« Sie nahm einen Schluck von ihrem Drink. »Liebst du deine Frau?«

»Meistens«, sagte ich.

»Sie erinnert mich an meinen Mann. Sie sieht aus, als hätte sie Launen.« Danach längeres Schweigen.

»Oh, natürlich ist er das!« ertönte die Stimme der amerikanischen Frau. »Sie alle sind es!«

»Wir sind niederträchtig«, sagte die Frau. »Ich weiß nicht, ob ich das noch länger ertrage. Alles in unserem Leben scheint rückwärts zu laufen – wir leben unser Leben rückwärts. Weißt du, was ich meine? Ich drücke mich sehr schlecht aus.«

»... daher trat er ihm in die Hose! Ich finde, er bekam genau das, was er verdient hat!«

Ich wußte nicht, was sie meinte. Ihre Wut hatte mich betroffen gemacht, wenngleich ich sie schon früher an ihr festgestellt hatte, und ich versuchte, mir etwas zu überlegen, was ihre Stimmung verbessern, die scharfen Kanten ihrer Wahrnehmung glätten konnte, aber sie legte die Hand auf die Stirn und sprach zuerst.

»Ich bin so müde. Ich will nicht... Mach dir meinetwegen keine Sorgen. Können wir auf unser Zimmer gehen? Ich möchte mit dir allein sein.«

Während wir hinausgingen, konnte ich die Frau mit dem Turban sagen hören: »Nun, ich weiß, daß sie allesamt Diebe sind, aber was soll man machen? Das ist in ihrer Kultur – in ihren Genen! Man kann nicht erwarten, daß sie uns mögen. Sie sind alle Bauernkinder. Und wenn sie alle denken, sie wären Napoleon, dann ist das ihr Charme.«

Als wir vor der Tür unseres Zimmers standen und den gewaltigen Schlüssel ins Schloß steckten, hörten wir gedämpfte Stimmen in dem Zimmer. »Vielleicht sind die Zimmermädchen noch drinnen«, sagte die Frau und berührte meine Hand mit dem Schlüssel. »Aber es klingt mehr nach einem Mann.« Ich drehte leise den Schlüssel herum; als ich drückte, öffnete sich die Tür lautlos einen Spalt. Im Zimmer sprach eine Männerstimme flüssig und derb. Die Stimme war rauh und tonlos.

»Das Fernsehgerät!« rief ich aus. Ich stieß die Tür ganz auf und betrat das helle, stuckverzierte Zimmer. »Die Mädchen haben den Fernseher angelassen.«

Die Frau trat seufzend hinter mir ein. »Es ist Charrière«, sagte sie. »Gott sei Dank, du hattest recht. Hat er nicht eine gräßliche Stimme? Wie dein George Raft.«

3

Ich sah die Frau zuerst in Dublin, als sie aus einem Antiquitätengeschäft kam, während ich halbherzig auf der Kildare Street eine geschäftliche Unterhaltung führte; eine Woche später sah ich sie wieder, an der Weintheke von Smith's Of The Green. Ich lächelte ihr zu und dachte: Dies ist eine der schönsten Frauen, die ich jemals gesehen habe; dieser Gedanke, mehr als alles andere, ließ mich lächeln. Zu meiner Überraschung erwiderte sie das Lächeln. Ihr Mund war entspannt und humorvoll, was bei schönen Frauen nicht immer der Fall ist.

Sobald ich dort angekommen war, konnte ich feststellen, daß Dublin eine Sadt grenzenloser Möglichkeiten ist. Die Menschen, die man in seinem Beruf kennenlernt, erweisen sich immer als alte Freunde deines Arztes oder Anwalts – und wenn sie die nicht kennen, dann sind sie mit ihren Vätern zur Schule gegangen, oder mit ihren Neffen, und können, beispielsweise bei einem Essen mit dem pakistanischen Botschafter, in einem Zustand inspirierter Angetrunkenheit, eine dreißig Jahre alte Anekdote über eine Begebenheit aus deren Leben erzählen, was sie stets mit ungebremstem Entzücken tun. Mr. Donal O'Riordan, mit dem ich eine Art reservierte Freundschaft schloß – einmal etwa alle zwei bis drei Wochen trafen wir uns zum Essen im Saddle Room des Shelbourne – beschrieb mir einen skandalösen Vorfall im Leben eines Mannes, in dem ich schließlich den Bruder eines irischen Senators erkannte, mit dem ich einmal eine beinahe ekklesiastisch langweilige Stunde in einem Pub an der Chatham Street verbracht hatte. Dublin ist die einzige Stadt, die ich kenne, wo ich mich darauf freue, auf der Straße Leute zu treffen, die ich kenne – würde ich die Grafton Street entlangschlendern, ohne einen Bekannten zu sehen, würde ich mich paradoxerweise von der Kapazität der Stadt für das Unerwartete betrogen fühlen.

Daher überraschte es mich nur anfänglich, daß ich die Frau in derselben Woche bei einer Dinner-Party wiedersah, nachdem ich sie in einem Weingeschäft am Green getroffen hatte. Der Mann, der die Party gab, bewohnte sechs helle Zimmer mit hohen Decken in einem der georgianischen Häuser beim Fitzwilliam Square. Es handelte sich um eines jener Häuser, welches Opfer der Rokoko-Fantasie der italienischen Brüder Francini geworden war, über jedem Zimmer befand sich, wie das Siegel eines Bischofs auf einem Brief, eine zierliche Stuckrose, welche die Decke einzig und allein mit ihrer herzlosen Eleganz aufrechtzuhalten schien. Unser Gastgeber gehörte zu den Männern, die bereits mit ihrer Kleidung zur Welt gekommen zu sein schienen, daher hatte es mich überrascht, als er mir während eines langen Vortrags über Pflichten plötzlich, weich geworden, eine Einladung in sein Haus gegeben hatte.

Als ich ankam, fand ich vier Paare in seinem Wohnzimmer vor, die sich über Pferde unterhielten. Einer der Männer hatte erst vor kurzem ein Rennpferd gekauft, und er lud die anderen für das folgende Wochenende nach Naas ein, um es laufen zu sehen. »Arthur träumt von Pferden«, flüsterte ein Mann mir zu. »Für ein Pferd würde er die O'Connel Bridge hinabspringen. Er kauft Pferde so, wie unsereins Hemden.« Ich fragte ihn, wo der Gastgeber sei, und er deutete auf eine Tür, die in ein ähnliches Zimmer zu führen schien. Als ich dorthin ging, fand ich den Gastgeber, der emsig damit beschäftigt war, der Frau Einzelheiten der Inneneinrichtung zu erklären. Sie betrachteten beide die Rose an der Decke, der Mann zeichnete ihre Konturen mit dem ausgestreckten Zeigefinger nach. »Aha«, sagte er, »da ist ja endlich unser Amerikaner.«

Beim Vorstellen erfuhr ich, daß sie Engländerin war, die in Paris lebte und zu einem kurzen Urlaub in Dublin weilte. Sie war älter als ich gedacht hatte; an der Weintheke hatte sie grübelnd die Rieslings studiert wie eine junge Frau, die sich des Geschmacks ihres Mannes nicht sicher ist, aber als wir miteinander redend zu den anderen zurückgingen, konnte ich sehen, daß sie mindestens Anfang dreißig sein mußte. Sie verfügte über dieses unbewußte Wissen um ihre Attraktivität, das nur Frauen dieses Alters besitzen – das Wissen, daß jede ihrer Gesten eine Aussage ist. »Sie müssen beim Essen neben mir sitzen«, sagte sie. »Wir sind beide Fremde hier, und er hat mir gesagt, daß Sie in Ihrem Fach brilliant sind. Außerdem sind wir uns schon einmal begegnet, nicht?«

»Ich hätte nicht gedacht, daß Sie sich daran erinnern würden«, sagte ich und war froh darüber, daß der Zufall sie nicht verlegen machte.

Aber wir saßen beim Essen nicht nebeneinander. Ich wurde neben die Frau des Mannes gesetzt, der wegen eines Pferdes von der O'Connel Bridge springen würde, und die Frau saß neben dem Gastgeber, der sich darauf konzentrierte, zwischen den Geschichten über seine Reise nach Amerika nach dem Krieg seinem Dienstmädchen Anweisungen zu geben. »Am meisten freute mich«, sagte er, »die Bereitwilligkeit der Einwohner, mit mir zu sprechen. Ich verbrachte zwei Wochen in Boston und weitere zwei in New York, und wo immer ich in diesen beiden Städten hinging, wurde ich von Familien belagert, die wissen wollten, ob die Familie Burke immer noch in Meath war, oder ob man die O'Boyles noch in Tipperary finden konnte. Ich konnte ihnen in allen Fällen versichern, daß ihre Familien die Kunst des Überlebens auch ohne Emigration gemeistert hatten.« Inmitten all dessen schenkte mir die Frau ein Lächeln, welches mich dazu veranlaßte, mit Geschichten darüber herauszurükken, wie oft Iren mir gesagt hatten, ich hätte Ähnlichkeit mit einem ihrer Vettern in Chicago. »Ah!« sagte er. »Woran kann das liegen? Es muß unsere irische Oberflächlichkeit sein zu glauben, daß Guinness die ganze Welt zu Brüdern macht.« Ich hatte ihn noch niemals so ausgelassen erlebt.

Nach dem Essen begaben wir uns ins Nebenzimmer, wo ich unseren Gast gesehen hatte, wie er die Stuckverzierungen mit dem Zeigefinger nachzeichnete, um einen Brandy zu trinken. Er schien der Meinung zu sein, nach meinen Geschichten bei Tisch würde ich mit den Anwesenden allein zurechtkommen, denn er kümmerte sich den restlichen Abend nur um den Pferdenarren. Von Zeit zu Zeit drangen Bruchstücke ihrer Unterhaltung zu mir herüber: »Castor? Castor? Arthur, ich sage dir, Castor bekommt keinen Huf auf lehmigen Boden, ohne sich ein Bein zu brechen! ... Nein, Dean Swift war das beste Pferd, das jemals von diesen Inseln kam...« Ich unterhielt mich mit der Frau, wir standen am Fenster, von dem aus man den Fitzwilliam Square sehen konnte.

Ihre Ansichten hatten eine Klarheit, die mich vom ersten Augenblick an fesselte. Erst viel später erfuhr ich, daß diese Klarheit wie eine Hängebrücke über einen gähnenden Abgrund von Zweifeln und Unsicherheit erbaut war – oder wie sie sich wiedererwecken konnte, wenn das Elend schließlich übermächtig zu werden drohte, und sie zu einer entschlossenen Tat leiten konnte, die einen ganzen Monat der Unentschlossenheit auslöschte. Damals, am Anfang, wußte ich nur, daß sie intelligent und liebenswürdig war, die erste Frau seit Jahren, die mich dazu brachte, mit dem Gedanken zu spielen, meiner Frau untreu zu werden. Noch etwas wußte ich, wußte es durch die Sinneswahrnehmungen, welche unsere Selbsteinschätzung anhand der Reaktionen anderer beeinflussen: Dies war eine ›gute‹ Nacht; ich gefiel ihr. Sie willigte ein, sich anderntags zum Essen mit mir zu treffen.

Wir trafen uns in dem Restaurant, das ich auf der Stelle genannt habe, und verbrachten eine Stunde damit, behutsam an unseren Schutzwällen zu kratzen. Aber das Gespräch hatte etwas Unentschlossenes, unsere Unterhaltung schien sinnlos zu sein, trotz ihrer raschen Abhandlungen über den Charakter unseres Gastgebers, englische Malerei und die Probleme, die es mit sich brachte, in Paris zu leben – eine Konversation, die sich ständig am Rand eines wichtigen, unausgesprochenen Themas zu bewegen schien. Als wir gingen, da dachte ich, es wäre vorbei, aber ich hätte nicht sagen können, was ›es‹ war. Ich hatte mich wieder zu Banalitäten über unser Kennenlernen herabgelassen, aber die Atmosphäre in dem orangenen Restaurant schien sich um mein Versagen herum zusammenzuballen. Mit einem Gefühl von Bedauern, aber auch Erleichterung, sah ich sie die Straße hinabgehen.

Dann warf uns die Stadt erneut zusammen, als wäre sie der Meinung, wir hätten ihr Geschenk des Zufalls nicht hinreichend gewürdigt. An einem regnerischen Nachmittag stand ich unter der Markise eines Geschäfts und hatte eben beschlossen, für heute mit der Arbeit aufzuhören und etwas trinken zu gehen, als sie die Straße entlang auf mich zugelaufen kam. Als sie mich sah, blieb sie unter dem Baldachin stehen. »Gehen wir etwas trinken«, sagte sie. »Überlassen wir den Einheimischen das Wetter.« Wir parkten die Autos Stoßstange an Stoßstange in der O'Connell Street und gingen in ein Pub.

»Tut mir leid, daß ich bei unserem letzten Zusammentreffen so langweilig war«, sagte ich. »Ich konnte noch Tage hinterher das Sägemehl aus meinem Mund rieseln spüren.«

»Mir erging es ebenso.« Sie bedachte mich mit einem fröhlichen Lächeln. »Ich sollte es vielleicht nicht sagen, aber ich muß gestehen, daß ich enttäuscht war. Ich fand, Sie waren brillant, als Sie über Dublin sprachen, daher sprach ich soviel über Constable!« Wir waren Freunde. Als wir das Pub verließen, lud ich sie zum Abendessen ein, aber sie sagte, sie müßte noch einen Freund ihres Mannes treffen, winkte mir zum Abschied zu und verschwand dann in der Menge der Mützen und Tweedmäntel auf der Straße. Als sie fort war, wurde mir klar, daß ich immer noch nicht wußte, wo sie wohnte. In dieser Nacht träumte ich zweimal von ihr; ich half ihr auf ein Pferd, während Morgan die Zügel hielt und sich auf die Lippen biß.

Dann standen wir gemeinsam auf einem Hügel und sahen Morgan, die mit halsbrecherischer Geschwindigkeit hinabritt. Der andere Traum war der, den man erwarten konnte. Ich arbeitete zwei Tage wie benommen und mußte immerzu an sie denken, während ich mich meiner pubertären Leidenschaft wegen verfluchte.

Zwei Wochen später ging ich nach einer Dinner-Party die Dawson Street hinab zu meinem Hotel, nachdem ich einige Handelsstatistiken in der National Library nachgeschlagen hatte; als ich das Royal Eblana Hotel erreichte, ging ich, einer plötzlichen Eingebung folgend, die Treppe hinab zum Pub des Hotels. Sofort verschwand das graue irische Tageslicht; kleine Tischleuchten und die Pub-Atmosphäre ließen die Straße unwirklich erscheinen, wie eine Szene aus einem Film. Die National Library, die in einem Gebäude in der Kildare Street untergebracht war, hatte eine fast ähnliche Atmosphäre. Der Lesesaal war riesig und voller Schatten, winzige Lichtflekken über den Lesetischen. Zerzauste Jungen schritten vereinzelt durch das Halbdunkel, um Bücher von der Ausgabetheke zu den Tischen zu tragen. Als ich das Pub betrat, war es, als hätte ich in einem dunklen Zimmer eine Glühbirne eingeschaltet, um sie dann, mit dem grellen Licht unzufrieden, gleich wieder auszuschalten.

Um fünf Uhr waren die meisten Pubs in Dublin verlassen; lediglich in Hotelpubs kann man Frauen finden, und das sind dann meistens englische oder amerikanische Touristinnen. Noch bevor ich die Tür geöffnet hatte, konnte ich ihre schrillen, murmelnden Unterhaltungen hören. Als ich drinnen war, nahm ich an einem der Tische im rückwärtigen Teil des winzigen Raums Platz und wurde von ihrem Schnattern überflutet. Ein Barkeeper in grauem Jackett beugte sich über den Tisch und hielt eine Hand ans Ohr, um meine Bestellung aufzunehmen. »Einen einfachen Powers«, sagte ich. Eine kräftige Frau in braunem Kleid und mit zuviel Lidschatten, die am Nebentisch saß, verkündete in einem Weststaatenakzent, daß ihr Name Ryan war. »Ryan, verdammt! Und versuchen Sie mal, etwas anderes zu beweisen!«

Ein dicker Mann in einer Kordjacke und blauem Polohemd versuchte, sie zum Schweigen zu bringen. »*Psst*, Helen, *psst*, um Gottes willen! Helen, um Himmels willen, *pssst*!« Seine plumpen weißen Hände fuchtelten in der Luft vor ihr. »Wenn du nicht die Klappe hältst, bringe ich dich auf dein Zimmer, Helen.« Der Barkeeper stand vorsichtig neben dem dicken Mann. »Schon gut, schon gut. Meine Frau möchte nur, daß ich sie mit ihrem Mädchennamen anrede, das ist alles.« Das Paar sah sich einen Augenblick böse an. »Mein Name ist Baum, ich glaube, der ist nicht gut genug für Irland«, flüsterte er dem stirnrunzelnden Barkeeper zu.

»Gottverdammt, Baum«, sagte die Frau. »Gottverdammtes Eingeweideknurren. Nicht in Irland. Nein, Sir!«

Ich schaute zur Bar, um die Aufmerksamkeit des Paars nicht auf mich zu lenken, und erblickte eine große blonde Frau, die die Bar durch die Hoteltür betrat. Sie sah mich sofort. Der Barkeeper ließ das Paar in Ruhe und entfernte sich, um meinen Whiskey zu holen. Wir sahen einander lächelnd an. *Ich bin verliebt*, dachte ich. *Ich bin ein Narr*. Wie durch ein Wunder standen der dicke Mann und Helen Ryan in diesem Augenblick auf und gingen, einander anknurrend, an ihr vorbei.

Sie setzte sich dorthin, wo der dicke Mann gesessen hatte, und drehte den Stuhl zu mir. Die Düsternis in dem Pub schien sich zu einer soliden Masse zu verfestigen, die alles jenseits unseres Tisches und der kleinen Lampe darauf einzuhüllen schien. »Zu schade, daß Sie die Ryans nicht kennenlernen konnten«, sagte ich. »Die hätten Ihnen gefallen.«

Es ist eine Stunde später: wir starren uns gegenseitig unverblümt ins Gesicht und sind atemlos vor Freude. Was mich fassungslos macht, ist die Tatsache, daß die Frau, welche den Idealbildern meiner Fantasie und den Frauen auf Magazinumschlägen, vor denen ich immer stehenbleibe und sie betrachte, so sehr ähnelt, mir nun gegenüber sitzt, nur einen oder zwei Schritte entfernt, und daß die Eleganz und Sinnlichkeit ihres Gesichts mit jedem Zentimeter Interesse, Sympathie, Zärtlichkeit und Humor ausdrückt und diese emotionelle Last in meine Richtung schiebt. Ich finde es erstaunlich, daß dies tatsächlich geschieht. Ihr elegantes Gesicht scheint sich unter dem Glück zu verziehen, das sie empfindet. Wir sind uns so ähnlich, denke ich. Nichts ist besser als das. Ich bin einunddreißig, ich bin ein durchschnittlich unglücklicher amerikanischer Geschäftsmann, ich denke, daß ich an nichts glaube, und ich habe mich in eine Frau verliebt, die ich nur viermal in meinem Leben gesehen habe. An der linken Brustseite, direkt unterhalb der Rippen, verspüre ich einen Schmerz: Ich bin ein Seiltänzer, ein Spinner, ein Schwätzer. Ich rede. Sie strahlt mich an, ihre Augen sind voll Licht.

»Ich weiß«, sagt sie. »Bei dir vergesse ich alle Vorsicht. Warum ist das so?«

Ich greife über den Tisch, nehme eine ihrer Hände und halte sie fest in meiner. Meine Worte prallen an der summenden Mauer um uns herum ab. Sie hat eine Hand über meine gelegt.

»Ich keuche«, sagt sie. »Ich muß von Sinnen sein. Laß uns gehen. Nein, hier entlang.« Ihre Geste bedeutet, daß sie im Hotel wohnt. »So etwas ist mir noch nie passiert. Ich habe nie daran geglaubt.« Zu beiden Seiten von uns funkeln und flackern Lichter, sie bewegen sich wie Arme, Jacketts, Koffer und Türen.

». . . und nun muß ich versuchen, Dir zu schreiben, um festzustellen, wieviel Vernunft noch inmitten dieser überwältigenden und wahnsinnigen Zärtlichkeit existiert, die in mir brodelt. Ich habe Angst, ich könnte alles zunichte machen, indem ich die falschen Worte gebrauche oder sie falsch betone und so polternd auf etwas komme, von dem ich nicht weiß, wie man es korrekt ausdrücken soll. Aber es ist wichtig für mich, es zu versuchen – und wenn wir uns nicht beide sehr irren, dann wird es nötig sein, es immer wieder zu versuchen. Du wirst einsehen – jedenfalls hoffe ich, daß Du es einsiehst –, die Plötzlichkeit dessen, was geschehen ist, ist mir beinahe unbegreiflich. Und ich bin, wie Du auch, mit einem Menschen verheiratet, den ich liebe und respektiere; ich muß wissen, wenn es möglich ist, daß wir meine Beziehung zu meinem Mann nicht zerstören werden. Ich habe Angst. Gleichzeitig aber fühle ich mich verzaubert, übernatürlich, als würde ein heiliger Kreis zu meinen Füßen mich beschützen.

Ich habe nie an Erzählungen anderer von überwältigenden emotionalen Erlebnissen und Erfahrungen geglaubt: Teenager erleben so etwas, mein Lieber, Deine Drüsen haben Deine Harmonie, Deine Stabilität zunichte gemacht. Wenn diese Störungen vorüber sind, wirst Du feststellen, daß Dein Leben in Wirklichkeit viel reicher ist. Und nun ist all diese Gewißheit dahin. Und ich bin so froh darüber! Mir ist, als könnte ich Löwen bändigen oder die Erde versengen, wenn ich über sie dahinschreite.

Heute habe ich eine kleine russische Ikone gekauft, die ich in dem Antiquitätenladen in der Molesworth Street gesehen habe und die mir seitdem nicht mehr aus dem Sinn gegangen ist. Sie hatte ich an dem Tag betrachtet, als ich Dich zum erstenmal gesehen habe, und seither pulsiert etwas Schönes ununterbrochen in meinem Verstand. Heute habe ich sie gekauft, und dabei habe ich an Dich gedacht. Der Besitzer des Ladens erinnerte sich noch an mich – er ist ein reizender kleiner Jude, der in Bloomsbury mehr in seinem Element sein würde, in einer dunklen kleinen Höhle voller Schätze. Ich glaube, die Ikone war sein einziger Schatz. Sie ist rot und golden, aus Holz, und der Heiligenschein aus aufgehämmertem Blattgold. Meine Ikone ist ein recht barbarisches Ding, und ich fürchte, sie sieht in meinem gelben *hotel moderne* meines Zimmers im Eblana sehr fehl am Platze aus.Ich werde sie Dir am Freitag zeigen. Warum spricht uns die Kreuzabnahme immer so sehr an – der arme menschliche Körper, den Gott verlassen hat?

Mein Vater war Pfarrer in Devonshire: einer dieser großen, schulmeisterlich aussehenden Männer, die man im Britischen Museum herumwandern sehen kann, die in Komödien der Boulting Brothers parodiert werden. Bis zu seinem Tod, als ich neun Jahre alt war, hat er mich zu Hause gequält. Seine Familie versuchte, mich meiner Mutter wegzunehmen, die sie, nicht zu Unrecht, haßten. Aber diese Geschichte will ich mir für später aufheben. Ich möchte Dir etwas aus meinem Leben erzählen – es verlief so sehr in geregelten Bahnen. Alles schien friedlich; wir lebten in einem kleinen Ort namens Mortonhampshire, wo es für jede Verrichtung des Tages einen besonderen Zeitpunkt gab. Ich wußte, daß in meiner Welt etwas nicht stimmte, etwas, das mit meiner Mutter zu tun hatte, aber ich hatte zu große Angst, dieses Schloß zu berühren, weil ich fürchtete, es könnte sich öffnen. (Meine Mutter war übrigens Amerikanerin, weshalb ich in der Schule stets ›Yankee‹ genannt wurde.) Schließlich öffnete sich das Schloß doch noch, aber hinter allem, was dann geschah, sah ich das Bildnis dieser frühen Jahre der Stabilität. Mein Vater war dreiundvierzig, als er starb, er stürzte bei einer Fuchsjagd unglücklich vom Pferd. Sie brachten ihn nach Hause, und schlagartig war alles anders.

Ich bin seine Tochter, aber ich habe keinen Glauben. Eines Tages hob ich in der Schule beim Gebet den Kopf und sah die Reihen geneigter Nacken, und da wußte ich, daß in jedem Kopf Träume von Jungs weilten, oder der neue Mathematiklehrer, oder die Beugung eines lateinischen Verbums, oder schlicht und einfach große leere Stellen der Langeweile: jedes einzelne davon schien mir wichtiger zu sein als die Worte des Gebets, das wir sprechen sollten. Am nächsten Tag fragte mich eine Freundin, ob ich an Gott glaubte. Ich sagte: ›Selbstverständlich nicht.‹ Mir war, als wäre ich aus der Dunkelheit ins Tageslicht getreten.

Die Ikone, die im Nachmittagslicht so böse funkelt, scheint mir bedeutungsvoll zu sein. Bedeutsamer als die Dinge, für die sie steht. Mein ganzes Leben lang habe ich mich tiefer in die Welt vorgearbeitet, die ich entdeckte, als ich damals beim Gebet den Kopf hob. Wenn ich jetzt den Kopf hebe, sehe ich Dich vor mir, der Du so neu für mich bist. Vielleicht bin ich Jüdin geworden – ich meine, vielleicht lebe ich jetzt in einer geläuterten Welt. Die Welt, die nach einem Schock beginnt, wie wir ihn erlebt haben: wenn der Körper zu denken beginnt.«

Der Brief kam zwei Tage, nachdem wir uns im Hotelpub getroffen hatten, mit der Nachmittagspost. Wir hatten uns am nächsten Tag auf einen Drink getroffen und saßen, wie zuvor, am Tisch und redeten einander in die Gesichter, bevor wir auf ihr Zimmer gingen. Am nächsten Morgen war ich früh ausgegangen und hatte zwei Großhändler angerufen, um Abnehmer für unser Produkt zu finden. Während ich in den Büros der Händler saß, konnte ich spüren, wie Tausende Volt durch mich hindurchflossen und die Atmosphäre rings um mich herum aufluden. Ich war gründlich, überzeugend, nachdrücklich, Eigenschaften, mit denen ich das Geschäft meines Vaters erfolgreich fortgeführt hatte: Aber gleichzeitig strahlte ich, ein Energiebündel. Als der zweite der beiden Männer, mit denen ich verhandelte, mich ins Privatbüro seines Ladens einlud, um etwas zu trinken, entfaltete der Alkohol auf der Stelle seine Wirkung und verdampfte in meinem System. Um eins genehmigte ich mir, zur Feier der Übereinkunft, die wir geschlossen hatten, einen weiteren Drink, und wieder hatte ich das Gefühl, als würde der Alkohol in mir sofort zu reiner Energie verbrennen: ich aß mein Mittagessen in einer Trance körperlichen Vergnügens, Gabel für Gabel. Mein schwerfälliger Körper wurde immer leichter.

Als ich vom Speisesaal zu den Fahrstühlen ging, sprach mich der Empfangschef an: »Für Sie wurden zwei Briefe abgegeben, Sir.« Ich nahm die beiden Umschläge aus seiner Hand: einer war blau, der andere weiß. Meine beiden Frauen. Ich spürte, wie meine Brust eingeschnürt wurde. »Danke«, sagte ich und schob die Briefe in die Brusttasche.

In meinem Zimmer öffnete ich den blauen Luftpostumschlag zuerst und nahm ein Blatt heraus, das mit Morgans präziser Handschrift vollgeschrieben war.

Lieber Owen,
der Titel des Gemäldes vom heutigen Tage könnte Zwei Köter in Landschaft heißen: ein ernstes Bild in Grau und Braun, ein Doppelporträt des Hundes und von mir. Wir sind beide einsam und bissig. Bin froh, daß Du etwas zum Wohnen gefunden hast, ›Unterkünfte‹, wie Du schreibst. (Ich weiß, *man* sagt dazu so; vielleicht bedeutet das, daß Du Dich anpaßt.) Ich hoffe, daß Du die erstbeste nimmst. Später können wir uns immer noch nach etwas Besserem umsehen. Und da du ohnehin vorhast, alsbald nach London zu ziehen, dürfte es keine große Rolle spielen, ob unsere ›Unterkunft‹ Wärmespeicher hat oder nicht, was immer das auch sein mag.

Mama und Papa lassen schöne Grüße ausrichten. In ihrem letzten Brief hat Joanie geschrieben, daß sie verrückt wird, aber das ist ja nichts Neues mehr. (Ich würde dennoch gerne hinfahren, um sie zu sehen.) Mutter möchte einkaufen gehen, und der Hund bellt, daher höre ich jetzt auf und schreibe morgen einen langen Brief.

Alles Liebe,

Morgan – die Dich schrecklich vermißt

Ich legte Morgans Brief auf das Bett, dann steckte ich ihn wieder in den blauen Umschlag. Ich griff nach dem weißen Umschlag und öffnete ihn. Ein dicker Stapel beigefarbenen Briefpapiers quoll heraus.

»Dennoch, wenngleich ich es mit aller Freude und Dankbarkeit akzeptieren kann, wie vollkommen seltsam ist das doch alles! Ich kenne meinen Mann schon seit Jahren, und ich habe ihn in all diesen Jahren geliebt; ich habe ihn ohne Zweifel geliebt, und ohne ihm jemals untreu geworden zu sein. Weißt Du, Frauen sind viel treuer als Männer im allgemeinen glauben. Aber jetzt scheint es mir, als wäre meine Liebe zu ihm wie eine bewußt gefällte Entscheidung. Sie scheint eine Frage des Kopfes zu sein. Nein, das ist unfair. Ich liebe meinen Mann mit dem Herzen. Aber Dich liebe ich mit meinem ganzen Inneren – mit meinen Eingeweiden.

Komm früh am Freitag. Ich will Dich schon wieder. Ich bete Dich an.«

Abschweifung, Abschweifung von der Form. Ich habe mir oft überlegt, ob mein langes Abenteuer mit der Frau eine Bedeutung hat, das konzeptuelle Aufblitzen einer Bedeutung. Wo, fragte ich mich, lag der Hinweis, der mein Leben mit der Frau auflösen und es wieder in eine sinnvolle Form bringen würde?

Verlegen möchte ich anmerken, daß ich diese Unsicherheit einmal auf die bewußte Ebene erhob, sie aussprach. Sie und ich lagen im Bett, und ich griff nach oben, um den Vorhang vor dem Fenster zurückzuziehen, das sich neben dem Bett befand. Wir sahen hinaus auf ein Gewirr von Straßen, Lichtern und glänzenden Hotelfenster. »Mich verwirrt die Tatsache, daß ich nicht weiß, was das alles *bedeutet*«, sagte ich. Was ich meinte, glaube ich, war fadenscheinig: Wie würde mich dieser plötzliche Ausbruch von Ekstase beeinflussen? Ein Gedanke muß unsichtbar auf dem Grund meines Verstandes gelegen haben, zusammengerollt wie eine Schlange auf dem Rasen, daß ich die Frau eines Tages verlassen würde. Sie antwortete mir ihrer Natur gemäß: »Es bedeutet gar nichts. Nachdem ich dir meine ersten Briefe geschrieben habe, wurde mir das klar. Es ist etwas, das man einfach akzeptieren muß. Akzeptiere es. Du bedeutest mir alles auf der Welt, auch wenn ich nicht weiß, warum.«

Als das Muster deutlich wurde, wie die Drahtnetze, die man in Milchglasscheiben sehen kann, war es Erklärung genug. Manchmal, wenn sie nach vielen Drinks müde war, hatte die Frau einen verbalen Zusammenbruch; sie versuchte dann, unsere Unterhaltung in Gang zu halten, aber sie verlor die Fähigkeit, durch die Klippen und Klüfte ihrer schwierigen Sensibilität zu manövrieren. Bei solchen Anlässen sagte sie dann: »Wir leben unser Leben rückwärts. Das Leben anderer Menschen ist nicht so.« Ich sah in das schwarze Licht und blinzelte.

Morgen in Hotelzimmern, Zimmern, in denen man nicht sterben kann: in diesen länglichen oder L-förmigen Särgen, die mit einem Doppelbett, zwei Gläsern, einem Aschenbecher und einem Buch ausgerüstet sind, und in denen das Licht seltsam durch schwere Vorhänge filtriert wird. Die Dienstmädchen stoßen auf dem Flur an Gegenstände; sie drehen am Schlüssel und entfernen sich murmelnd wieder. Morgen in Hotelzimmern: ihr blondes Haar zerzaust auf den Kissen.

Quietschende Reifen fahren an der Tür vorbei: ein Mädchen rollt einen Wagen den Flur entlang. Sie bleibt stehen und dreht am Türknauf. »Schrecklich«, sagt sie. Sie rüttelt noch einmal angewidert am Knauf. »Steht endlich auf.« Sie geht zur nächsten Tür und tritt dort ein. Wir leben im Trivialen.

Ich öffne die Augen: sie schläft neben mir und hat mir den Rücken zugewendet. Ihr sonnengebräunter Arm scheint auf dem Kissen schwarz zu sein. Die Welt setzt sich wieder aus der Substanz meiner Erinnerungen zusammen. Während die Teile sich zusammenfügen, bleibt das Zimmer selbst unverändert, wie es sein muß. Es ist immer noch dämmerig im Zimmer: die Zeit des Morgens, wenn die Haut glänzt wie nachts die Brandung des Pazifik. Im Schlaf dreht die Frau sich zu mir um. Ich habe ihr Gesicht noch niemals so gesehen. Es ist breit, große Flächen zwischen den Wangenknochen und Kiefern, ihre Stirn über schwarzen Brauen rundet es ab. Halb Eskimo, halb Mayfair. Selbst im Schlaf scheint es vom Bewußtsein erleuchtet und voll subtiler Impulsivität zu sein.

Vorsichtig lege ich den Arm um sie und ziehe sie zu mir. Sie gibt einen leisen, unartikulierten Laut von sich. Ich lege den anderen Arm über ihre Schulter, so daß sie von mir umhüllt ist. Ihre Augen öffnen sich vor meinen. Sie sind blau und klar.

»Du bist es«, sagt sie. Sie schlüpft dichter zu mir heran und läßt einen Arm an meiner Seite herab bis zu meiner Kehrseite gleiten. Das scheint mir eine mehr als intime Geste zu sein.

Ich spüre, wie ich anschwelle, und ziehe sie, die keinen Widerstand leistet, auf mich, so daß ich von ihrem Körper bedeckt bin. Sie bewegt sich wie ein Fisch auf mir. Wir winden uns verspielt. Ich streiche mit den Händen über sie, spüre die angespannten Muskeln unter den Gesäßbacken, und dann weiter, so weit ich kann, zu ihren Schenkeln. Sie ist athletisch und fest. Wir rollen umeinander, bis ihr Kopf auf dem Kissen liegt und sie verspielt an meiner Brust knabbert. Ich taste mit meiner Leibesmitte, gleite an ihren glatten Schenkeln entlang, suche. Dann habe ich sie gefunden, ich bin daheim. Unter mir bricht das Gold ihres Gesichts auf: Zähne. Ich bin voll angeschwollen und gleite. Geheimnisvoll umfängt sie mich, warm, preßt und läßt nach. Ihre Beine gleiten über meine, sie krümmt den Rücken. Sie hält mich fest, gibt sich hin. Schneller und schneller reite ich auf ihrer Woge mit, gespannt und drängend; dann kommt das Signal; ich explodiere; ich schüttle mich wie ein auslaufender Sack und ergieße mich zitternd in sie. Mein Herz pocht, pocht. Ihre Hände sind auf meinen Ohren.

Im Zimmer ist es heller; fahles Licht spült durch das Fenster. Sie liegt neben mir, hält mich aber noch in sich. Ihre Hand gleitet an meiner Brust empor und über meine Schulter. Mit schrecklicher Langsamkeit beginnt sie sich zurückzuziehen. Eine innere Bewegung: ich bin draußen. Ich küsse sie. »Ich liebe dich«, sage ich. »Guten Morgen.« Ihr Mund ist warm und trocken. Dann taucht am oberen Ende meines Gesichtsfeldes eine schwarze Linie auf, die sich langsam herabsenkt. Als sie ganz unten ist, bin ich wieder eingeschlafen.

Wieder öffne ich die Augen: Jetzt ist es strahlend hell in dem Zimmer, gelbe Wände und grüner Teppich im Lichtschein vom Fenster. Die Frau sagt: »Ich bin sofort wieder zurück.« Sie beugt sich nach oben, das Laken klebt, fällt ab. Sie lächelt mir zu. »Sofort.« Sie schreitet durch den goldenen Kokon des Schlafzimmers ins Bad. Ich höre Wasser fließen; dann ihr Wasser, das sich in die Toilettenschüssel ergießt. Das Gurgeln der Spülung ertönt. Sie öffnet die Tür und kommt wieder zu mir, glatte, sonnengebräunte Haut und elegante, straffe Beine im Lichtstrahl vom Fenster. Auf dem Boden sehe ich den blauen Umschlag eines Romans, *The Waves*, neben einem ihrer Füße. Die Frau sieht mich unverwandt an: sie sieht reizend aus, ungestüm, zärtlich, voll warmer Sexualität. Sie hat ein Glas Wasser in der Hand.

»Großer Gott, wie schön du bist«, höre ich mich sagen.

Eine halbe Stunde später: wir liegen nebeneinander in dem zerwühlten Bett. Sie rollt sich auf den Bauch und stützt sich auf die Ellbogen, so daß ihr Rücken aufwärts gekrümmt ist. Der Rücken einer Schwimmerin: diese unerwartete Gesundheit rührt mich auf seltsame Weise.

»Ich nehme an, du bist momentan nicht völlig frei«, sagt sie. »Das wäre zu schön, um wahr zu sein.«

»Nein«, sage ich. »Ich bin gebunden.«

»Bist du verheiratet?« fragt sie.

»Ja«, antworte ich.

»Glücklich?« Sie wendet mir das Gesicht zu, und ich sehe hinein – sie ist erwartungsvoll und möchte, daß ich bejahend antworte.

»Nicht mehr oder weniger als andere auch«, sage ich. Ihr Gesicht leuchtet mit einem seltsamen Eifer.

»Wirst du dich dennoch mit mir treffen?« fragt sie.

»Ja«, sage ich. »Ich glaube nicht, daß ich eine andere Wahl habe.«

VIER

1

Die letzten zwanzig Meilen von Albi nach Arles fuhren wir mit einem Anhalter. Die Frau wollte ihn mitnehmen, ich nicht, und sie fuhr kurz hinter einem Kilometerstein an den Straßenrand. Der Anhalter war ein jung aussehender Mann; als wir uns im näherten, hatte ich den Eindruck, er müßte ein Teenager sein, höchstens Anfang zwanzig. Er hatte langes, staubiges braunes Haar bis zu den Schultern herab, und er trug ausgebeulte schmutzige Jeans, dazu ein blaukariertes Baumwollhemd. Als verblüffende Zugabe in der Hitze der Provence trug er zusätzlich eine schmutzige Lammfelljacke, die fünf Pfund wiegen mußte und ihm bis zu den Knien reichte. Aus der Ferne, während wir auf ihn zufuhren, sah er wie ein Fels aus: eine Masse mit einem Arm. »Oh, nicht anhalten«, sagte ich. »Ich habe eben ein Schild gesehen, wir haben nur noch etwa zehn oder zwölf Meilen vor uns. Ich bin hungrig und durstig, und ich habe keine Lust, mich mit einem amerikanischen Hippie zu unterhalten.«

»Sei nicht so brummig«, sagte sie. »Ich fahre.« Sie trat auf die Bremse, und das Auto kam etwa zwanzig Meter hinter dem Anhalter zum Stillstand. Er winkte dankbar und rannte zu uns, Haar, Rucksack und Jacke hüpften auf und ab. Als er beim Auto angekommen war, griff ich über die Sitzlehne und zog den Türgriff herunter.

»*Merci*«, sagte er. »Sprechen Sie Englisch?«

Wir gestanden es.

»Großartig. Fahren Sie nach Arles? ... Großartig, da will ich auch hin.« Er stieg ins Auto ein. »Sie sind Amerikaner, nicht?« sagte er zu mir. Ich gestand erneut. Die

Frau lenkte das Auto wieder auf die Straße. Der Junge lehnte sich zurück und schien bereit zu sprechen. Wenngleich wir uns alle nicht über die Bedeutung dieser Tatsache klar waren: Jetzt war Magruder bei uns.

»Ich bin wirklich froh, daß Sie mich mitgenommen haben. Ich stehe schon stundenlang hier und versuche, nach Arles zu kommen. Ich kam im Juni herüber und startete in Calais, und seither bewege ich mich per Anhalter ständig mehr oder weniger nach Süden. Jetzt südöstlich, und im Herbst gehe ich dann zurück nach Westen, in die französischen Pyrenäen. Es ist verflixt schwer mitgenommen zu werden, besonders von Touristen. Bauern nehmen einen mit, aber Touristen... nun, Sie wissen ja, die fahren einfach vorbei.« Seine große Hand sauste, als Nachahmung, dicht an meinem Ohr vorbei.

Die Stimme war laut und eifrig, und sie hatte einen vibrierenden lebhaften Ton, den ich nicht einordnen konnte. Ich drehte mich ein wenig um, damit ich ihn besser ansehen konnte, und schaute über den Ellbogen nach hinten. Zuerst fiel mir auf, daß er älter war, als ich angenommen hatte. Falten um die Augen, eine zweifache Falte über die Stirn: Er mußte schon Ende zwanzig sein. Ein freundliches Mondgesicht, von dunklem Haar eingerahmt und mit einem zaghaften Schnurrbart verziert. »Kommen Sie aus dem Süden?« fragte ich.

»Nein, Mann, im Süden würde ich gelyncht werden, Sie wissen doch. Schon mal *Easy Rider* gesehen? *Krach-Bum*! Nein, danke. Aber ich komme von nicht weit entfernt her: aus dem südlichen Illinois. Das macht mich zu einem Buckeye*, Beginn des Bible Belt, Heimat der US-amerikanischen Fundamentalisten. Geburtsort der Mormonen, glaube ich, jedenfalls nicht weit davon entfernt,

* Umgangssprache. Der Ausdruck bezeichnet eigentlich einen Bewohner von Ohio. (A. d. Ü.)

und Hauptquartier des WCTU. Jedenfalls bekam ich es schon frühzeitig gründlich satt und habe nicht vor, jemals wieder dorthin zurückzukehren. Ich habe genug von den *Jesus erlöst*-Schildern und der Tamtam-Rhetorik. Übrigens, ich heiße Magruder, Abel Magruder.« Die große Hand schnellte fünf Zentimeter von meinem Gesicht entfernt über die Sitzlehne.

»Schön, Sie kennenzulernen, Magruder«, sagte ich und schüttelte sie. Zu dem Zeitpunkt war das nicht ganz so gelogen, als es kurz nachdem wir angehalten hatten, um ihn mitzunehmen, gewesen wäre. Der Elan seiner Unterhaltung riß mich mit; außerdem mochte ich, gegen meinen Willen und besseres Wissen, sein Äußeres. Das lag daran, daß Magruder mir vom Körperbau ungefähr ähnelte. Er war größer und schwerer, aber wir waren beide recht große, schlampige Naturen. Meine Reaktion auf Männer, die mir körperlich ähneln, kann auf zweierlei Weise verschieden sein: wirklich schlampige, hilflos erscheinende Menschen, von der Art, die aufgeplatzte Nähte an den Hosen und Flecken auf den Jacketts haben, erzürnen mich unweigerlich. Ich finde, sie haben den Kampf aufgegeben. Männer, die unsere natürliche Neigung zur Unordnung überwinden, erwecken häufig unwillkürliches Interesse in mir. Ungeachtet der unkonventionellen und unvernünftigen Natur von Magruders Kleidung, sah er doch recht ordentlich darin aus: ein heller Schal mit Muster um seinen Nacken, dessen Enden auf die Brust hingen.

Magruder hatte aber noch einen Aspekt, der mich interessierte. Er hatte eine Aura von Autorität, die mich an mich selbst erinnerte. Männer aller Größen und Erscheinungsformen können über diese Gabe verfügen; ich habe häufig gedacht, daß sie mit Diebstahl zu vergleichen ist. Ich bin weder selbstbewußter noch integerer als andere Männer, aber ich besitze die Gabe, so auftreten zu können: Ich kann diese Eigenschaften durch ein Wechseln meines Mienenspiels und ein Verändern meiner Körperhaltung ausdrücken.

Während ich Magruder betrachtete, der freudestrahlend über die Natur des Staates Illinois referierte, erkannte ich in ihm dieselbe Fähigkeit. Seine Präsenz schien nach außen zu strahlen und eine beschützende Wolke um ihn herum zu bilden, die das ganze Hintere des Autos ausfüllte: eine Aura des Selbstinteresses, in die wir anderen eindringen konnten, wenn wir wollten. Ich drang in seine Welt ein, indem ich mich seitlich an den Sitz lehnte und mich mit ihm unterhielt; die Frau blickte, wie ich sah, gelegentlich neugierig in den Rückspiegel. Auf der Fahrt nach Arles stellte sie ab und zu einmal eine Frage, und dann wieder, als wir in dem Verkehrsstau dicht vor der Stadt steckten, der uns zu einer ausführlicheren Unterhaltung zwang. Am Ende unterhielten wir uns, als wären wir eine Familie, auch wenn mir viele von Magruders Ansichten albern erschienen.

»Frankreich ist ein so wunderbares Land«, sagte er. »Jedesmal, wenn ich eine Biegung der Straße erreiche, sehe ich eine neue Welt vor mir – eine neue Weise, das Land zu formen. Es ist, als wäre das ganze Land von einer unermeßlichen Landschaftsfirma konstruiert worden. Ich mag sogar die Leute, Mann. Ich habe vor, mich eine Weile in Arles herumzutreiben, bevor ich ein Stückchen weiterreise und mich dann zur spanischen Grenze durchschlage. Ich mag die harsche, zerklüftete Gegend dort.«

»Ich auch«, sagte die Frau. »Südfrankreich besitzt eine Weite, die mir schon immer gefallen hat. Es ist Cézannes Land, alles blau und gelb und immer zur Unsichtbarkeit hin abgestuft.«

»He! Sie sind Engländerin!« Er schlug mit seiner großen Hand auf den Sitzbezug und brachte damit alle darauf liegenden Gegenstände zum Hüpfen. »Sie sind Engländerin! Das höre ich an Ihrer Stimme! Aus welchem Teil von England stammen Sie?« Er beugte sich nach vorn und versuchte, das Gesicht der Frau im Spiegel zu sehen. »Aus London?«

»Nein, ich wurde in einem Dorf namens Mortonhampshire in Devon geboren«, sagte sie. »Aber ich habe lange in London gelebt.«

»Das ist großartig«, sagte Magruder. »Ich finde Engländer fantastisch. Devon. Dort genau war ich noch nie, aber ich war diesen Sommer einige Wochen in London.« Er schwieg einen Augenblick. »Großartig«, sagte er.

»He!« fuhr er dann fort, nachdem er eine Weile den Kopf gesenkt hatte. »Das ist ja ein Büchermobil! Sind Sie Professor oder so etwas?«

»Ich?« fragte die Frau.

»Nein, Sie«, sagte er zu mir. »Warum wollen Sie ein Büchermobil sein? Himmel, sogar Henry James. Ach du Scheiße, das ist ja nur Henry James! Heutzutage liest das doch kein Mensch mehr. Puh! Sogar Übersetzungen.«

»Ich lese diesen Monat James«, sagte die Frau. »Ich versuche, die Übersetzungen aller Romane zu lesen, die übersetzt worden sind. Das hilft mir, die Bücher in einem neuen Licht zu sehen. In Französisch ist James schrecklich übermütig.«

»Welches ist das beste?« fragte er und stöberte in den Büchern.

»Es gibt eigentlich kein bestes«, sagte die Frau. »Wenn Sie einsteigen wollen, dann fangen Sie vielleicht mit *Roderick Hudson* oder *Bildnis einer Dame* an. Die sind nicht so schwierig wie die meisten der späteren Werke.«

»Nun, ich lese nicht besonders viel, aber vielleicht versuche ich es mit einem. Was ist das hier, *Bol d'Or*? Ist das gut?«

Sie sah in den Rückspiegel, um sein Gesicht zu sehen.

»Das ist eine Übersetzung von *The Golden Bowl*, seinem letzten Roman. Soweit bin ich noch nicht gekommen. Die mit den grünen Schutzumschlägen sind allesamt Übersetzungen.«

Ich sah Magruder an. Er hatte die Arme über der Brust verschränkt und lehnte sich gegen das Polster zurück. »Nun gut, vielleicht versuche ich es mit einem. Aber was soll das viele Lesen überhaupt? Sie teilen die Fantasiegebilde eines anderen. Ist das nicht Zeitverschwendung?« Seine Stimme hatte einen freundlich-gutmütigen Unterton, der seinen Worten jede mögliche Unhöflichkeit nahm.

Ich versuchte, schnell zu sprechen, während ich mir alle Gründe überlegte, die mir im Augenblick einfielen: Ich glaubte, einen Angelpunkt in seiner Frage, in der Magruder-Methode, zu erkennen. »Ich nehme an, die Menschen lesen aus unterschiedlichen Gründen«, sagte ich. »Eskapismus könnte einer davon sein. Aber ich glaube nicht, daß es der einzige ist. Manche Menschen lesen, um etwas über den Autor und seine Ansichten herauszufinden. Seine Werte, welche Lebensweise er billigt. Manche Menschen lesen, weil ihnen gefällt, wie verschiedene Schriftsteller mit Worten umgehen – oder wie sie Szenen aneinanderreihen. Es ist, als würde man ein Gemälde ansehen und auf seine Komposition ansprechen, auf die Verwendung von Farben. Ich weiß nicht, was sonst noch; eigentlich lese ich auch nicht besonders viel. Aber ich weiß, daß manche Menschen Romane lesen, weil sie eigene kleine Welten für sich sind, Welten, in denen alles organisiert ist, gewissermaßen eine Welt, die auf Ihrem Zehennagel erbaut ist.«

Er blinzelte, wie um meine didaktische Art zu verspotten, und kreuzte wieder die Arme über der breiten weißen Brust. »Ich verstehe Sie nicht«, sagte er, »aber ich nehme Ihr Wort darauf. Nun … sehen Sie. Ich habe einmal etwas gelesen, eine gewaltige Schwarte mit dem Titel *Der Idiot*. Ich mochte es, auch wenn ich vier Monate gebraucht habe, um durchzukommen. Zuerst brachte ich alle Namen durcheinander. Ich vergaß ständig, was eigentlich vor sich ging. Aber das Buch hatte etwas Feuriges, wenn Sie verstehen, was ich meine. Eine Art von Wahrheit. Das war wirklich, nichts Papiernes. Das hat mir gefallen. Haben Sie je das Buch von diesem Burschen gelesen, der von der Teufelsinsel geflohen ist? *Papillon*? Das hat mir auch gefallen. Es ist wirklich abenteuerlich.«

Glücklicherweise lenkte uns das Plärren von Autohupen ab. Ich spürte mehr, wie die Frau ungeduldig auf das Lenkrad trommelte, als ich es sah. Am Rande meiner Wahrnehmung erblickte ich ein Verkehrsschild, auf dem Stand: Arles 3 km. Wir bremsten. Das Hupen kam von einer Autoschlange, die mit dem Fahrzeug direkt vor uns begann und sich dann weiter über eine Brücke erstreckte, über einen kleineren Hügel und schließlich verschwand. Auf der entgegengesetzten Spur fuhren spärlich und schnell Automobile vorbei. »Es ist August, Mann«, hörte ich Magruder sagen. »Alle haben Ferien.«

»Wenn das so weitergeht«, sagte ich, »werden sie ihre Ferien auf der Straße verbringen. Gibt es irgendwo eine Nebenstraße in die Stadt? Wir sind nur noch drei Kilometer davon entfernt.«

Die Frau beschattete die Augen. »Ich sehe keine«, sagte sie. »Die Straße verläuft über diese Brücke; vielleicht gibt es dahinter eine Nebenstraße? Sollen wir sie nehmen, wenn es eine gibt?«

»Das entscheiden wir, wenn wir dort sind«, sagte ich. »Ich schätze, wir stecken hier eine Weile fest. Aber diese Autos können doch unmöglich alle nach Arles fahren. Ich wette, die meisten wollen direkt zur Küste.« Die Geräusche von Hupen und Stimmen summten wie Bienen in der knisternden Luft außerhalb der Autos.

Ohne Vorwarnung erbebte das Auto plötzlich und begann zu stottern. Zugleich flackerten die Lichter am Armaturenbrett und leuchteten rot. Plötzlich gab das Auto überhaupt keinen Mucks mehr von sich; sofort gingen alle roten Lichter an.

»Was ist passiert?« fragte ich sie.

»Es ist einfach ausgegangen. Der Motor, glaube ich.« Sie drehte den Zündschlüssel hin und her. »Nichts passiert«, sagte sie. Sie hielt den Schlüssel fest und trat das Gaspedal durch. Das Auto gab ein ersticktes Knurren von sich, wie ein schlafender Löwe.

»Versuch es noch einmal«, sagte ich.

Magruder meldete sich vom Rücksitz. »Treten Sie das Gas nicht zu sehr durch. Autos wie dieses laufen in etwa zwanzig Sekunden voll. Einem Freund von mir ist das mal auf dem Outer Drive in Chicago passiert. Er mußte von einem Lastwagen voller Soldaten gerettet werden. Drehen Sie einfach den Zündschlüssel und treten Sie nicht auf das Gas.«

Das Auto knurrte erneut. Es stotterte mehrmals und verstummte dann wieder. Nach einer Weile gab es knirschende Geräusche von sich. Sie ließ den Zündschlüssel los, und das Auto wurde still, was wir dankbar zur Kenntnis nahmen.

»Ich fürchte, es stimmt etwas ganz entschieden nicht damit«, sagte sie.

»Nun, vielleicht ist es überflutet«, sagte Magruder. »Versuchen Sie es noch einmal.«

Diesesmal gab der Motor eine Reihe von pfeifenden Geräuschen von sich. Das Pfeifen verwandelte sich allmählich in ein Geräusch, wie ihn ein Mixer von sich gibt, dann hörte auch das auf.

Ich stöhnte und ließ mich in den Sitz zurücksinken. »Nun, warten wir einfach eine Weile ab. Vorerst ist es einerlei, weil sowieso niemand weiterkommt.«

Das stimmte. Die anderen Autofahrer in der Schlange hatten mittlerweile zu hupen aufgehört, als hätten sie alle gleichzeitig die Vergeblichkeit ihres Tuns eingesehen. Die Automobile standen, jedes nur Zentimeter von den anderen entfernt, in völligem Schweigen da. Von der Wagenreihe vor uns stieg Hitzeflimmern auf.

»Nun, das war's, Freunde«, sagte Magruder. »Möchten Sie sich gerne die Beine vertreten?«

Ich hörte, wie nacheinander viele Autotüren zugeschlagen wurden, dann begannen Stimmen zu sprechen. Ein Mann in einem engen roten T-Shirt kam an meiner Seite am Auto vorbei und grinste auf mich herab. Er schlug mit der Handfläche auf die Haube und ging dann weiter zu dem blauen Auto vor uns. Der Fahrer dieses Wagens beugte sich auf dem Sitz herüber, um mit ihm zu sprechen. Die beiden Männer schienen entspannt und sichtlich unbeeindruckt zu sein: sie hielten die Arme hoch in die Luft, sahen nach vorn, die Hände über den Augen, und lachten. Ich drehte mich um und sah an Magruder vorbei nach hintern. Entlang der ganzen Schlange taten Männer und Frauen dasselbe, sie stiegen aus ihren engen Fahrzeugen aus und standen gestikulierend im Sonnenschein. Gelächter und laute Stimmen ertönten um mich herum. Mir wurde plötzlich klar, wie vollkommen anders dieselbe Szene in New York oder Boston ausgesehen hätte.

Magruder räusperte sich. »Wie ich schon sagte, das war's, Freunde. Ich möchte nicht die ganze Zeit mit Schweigen vergeuden. Steigen wir doch aus und schnappen ein wenig frische Luft.« Er legte mir die große Hand auf die Schultern. Wie hypnotisiert öffnete ich die Tür und stieg aus. Der Mann im roten T-Shirt winkte mir lachend zu. Ich erwiderte das Winken.

Magruder und ich gingen zum Straßenrand und setzten uns im Schatten des Autos nieder. Die Frau war nahe genug, uns zu hören und an unserer Unterhaltung teilzuhaben.

»Ich habe eine Idee«, sagte er. Er warf Kieselsteine ein paar Meter in die Luft und fing sie wieder auf. »Wenn es weitergeht, bitten wir den Burschen hinter uns, uns anzuschieben. Wahrscheinlich liegt es an der Batterie.« Er legte sich flach auf den Boden. Ich stimmte mit ihm überein: das war eine Lösung, auf die ich auch hätte kommen müssen. »Das ist wie in Illinois, Mann. Die verfluchte Hitze. Man starrt in sie hinein, und sie starrt zurück. Wo ich hingehe, da ist es die meiste Zeit des Jahres kühl und angenehm windig, so daß das Gehirn klar bleibt.«

»Wohin gehen Sie denn?« Mir fiel ein, was er vorhin gesagt hatte. »Ach so, die Pyrenäen, nicht? Wie lange werden Sie dort bleiben? Bis zum Ende des Sommers?«

Magruder stieß einen glücklichen Seufzer aus. »Nein, Sir, nein, Sir. So lange die Sonne aufgeht. So lange, wie sie mich haben wollen.«

»Wer?« Dies sagte die Frau.

»Die Brüder. Im September oder Anfang Oktober gehe ich in ein Kloster. Vielleicht haben Sie schon davon gehört. Es heißt Abtei von St. Martin du Cawigou und ist weit oben in den französischen Pyrenäen.«

Ich wollte in schlichter Verblüffung sagen: »Mein Gott! Ein Kloster? Weshalb denn *das*?« Statt dessen spielte ich mit den Kieseln am Boden. Der Mann im roten T-Shirt vor uns aß ein Sandwich, das ihm der Fahrer des blauen Wagens gegeben hatte. Eine Frauenhand griff durch das Fenster und hielt ihm eine Flasche Wein hin. Er hielt sie einen Augenblick an den Mund, dann gab er sie ihr zurück.

»Wollen Sie Mönch werden?« fragte ich. Es schien unmöglich zu sein.

»Nein, eigentlich nicht. Überhaupt nicht, würde ich sagen. Ich möchte nur dort leben. Ich habe hingeschrieben und angefragt, und sie sagten, es wäre in Ordnung, ich könnte ihnen bei der Arbeit helfen. Ich muß lediglich ihr Gelübde ablegen.«

»Aber warum so fernab von der Welt?« Die Frau beugte sich durch das Wagenfenster und stützte sich auf die Ellbogen. Ihr breites Eskimogesicht sah sehr reizend und sehr skeptisch aus.

Als er sie ansah, schien er innerlich vollkommen von Frieden erfüllt zu sein. »Warum Henry James lesen?« fragte er. »Andere Länder, andere Sitten. Auch das ist die Welt, wissen Sie.« In seinem ausländischen Aufzug schien er schon seit immer und ewig an dieser Stelle zu sitzen. Soviel Frieden hatte den Hauch von etwas Barbarischem. Ich fragte mich, was er geopfert hatte, um so weit zu kommen.

»Sind Sie gläubig?« fragte ich ihn.

»Nein. Ich bin nicht einmal Katholik. Angefangen hat es damit, daß eines Tages eine Dame bei mir klingelte. Sie sagte, sie wäre eine Zeugin Jehovas und wollte sich mit mir über einige Dinge unterhalten, die ihr etwas bedeuteten. Ich unterhielt mich mit ihr, weil ich sie nicht einfach hinauswerfen wollte, wissen Sie. Vieles von dem, was sie sagte, schien mir keinen Sinn zu ergeben, aber sie schien so glücklich zu sein! Junge, wenn ich den ganzen Tag von einer Tür zur anderen gezogen wäre, dann hätte ich bestimmt nicht so glücklich ausgesehen.«

Die Frau sah ihn argwöhnisch an. Ich vermute, ich ebenfalls. »Also sind Sie ein Zeuge?« fragte sie.

»Himmel, nein. Die Hälfte dessen, was sie sagte, kam mir völlig unsinnig vor. Nein, wir haben uns nur eine halbe oder dreiviertel Stunde lang unterhalten. Was mich berührte war, als sie sagte: ›Wissen Sie, wenn man etwas gefunden hat, das einen glücklich macht, dann möchte man anderen Menschen davon erzählen.‹ Das verstand ich. Das sah ich ein. Dann sah ich mich um und stellte fest, daß es dunkel wurde, über den Hügeln schwand das Licht. Ich las danach ein wenig in der Bibel, aber ich ließ mein Denken nicht davon beeinflussen.« Er rollte sich auf den Bauch und stützte den Kopf auf die Hände.

»Versuchen Sie es noch einmal mit dem Auto«, sagte er. »Vielleicht springt es jetzt an.«

Die Frau beugte sich über das Lenkrad, und ich konnte wieder das vertraute Heulen von vorhin hören. Der Mann im roten T-Shirt trank wieder einen Schluck aus der Weinflasche und kam grinsend auf uns zu. Wir standen auf.

Er fragte auf französisch, ob er uns helfen könnte. Er hatte gehört, wie unser Motor ausgegangen war. Hörte sich an, als hätten wir Probleme mit der Batterie. Ob wir uns anschieben lassen wollten? Er war gekommen, um uns das abzubieten. *Merci*. Merci.

Wieder wurde die Stille von schrillen Hupen zerrissen. Männer, die in Unterhaltungen verstrickt waren, schritten an der Schlange entlang, stiegen in ihre Autos, schlugen Türen zu. Auch wir stiegen ein.

In dem stickigen Auto drehte ich mich um und sah zum Fenster hinaus. Der Mann im roten T-Shirt hinter uns winkte und ließ den Motor an. Das blaue Auto vor uns fuhr Zentimeter vorwärts, dann Meter. Das Auto des Mannes in Rot stieß mit einem sanften Aufprall gegen unseres. Hinter ihm erstreckte sich die Autoschlange auf der Straße so weit das Auge reichte.

»Löse die Handbremse«, sagte ich. »Wir lassen uns von ihm bis zur Brücke schieben. Wenn wir hinunterrollen, mußt du schnell die Kupplung kommen lassen. Aber sieh zu, daß der Gang eingelegt ist.«

»Ich schaffe es schon«, sagte die Frau. »Ich fahre.«

Magruder gab auf dem Rücksitz ein weiteres seiner glücklichen Geräusche von sich.

»War das nicht großartig von ihm, uns das anzubieten?

Herrgott, die Welt ist famos. Können Sie sich vorstellen, daß so etwas in den Vereinigten Staaten geschieht?« Seine Stimme hatte einen professionell unwirklichen Tonfall, und ich kam zu dem Ergebnis, daß ich Magruders inneren Frieden ziemlich schnell satt haben würde.

Der Mann im roten T-Shirt hatte uns bis zur Kuppe der Brücke geschoben. Einen Augenblick verharrten wir in einer schwerelosen Schwebe, dann begann unser Auto nach unten zu rollen. »Gut so«, sagte die Frau. »Es führt sogar eine Seitenstraße ab. Ich fahre dort entlang. Wir müssen aus diesem Schlamassel verschwinden.« Sie ließ ruckartig die Kupplung kommen.

Das Auto sprang sofort an und bäumte sich im ersten Gang auf. Sie schaltete hoch und ließ den Motor aufheulen, damit er nicht wieder ausging. Ich drehte mich einen Augenblick um und winkte dem Mann im roten T-Shirt zu. Durch die Heckscheibe sah ich, wie er grinsend einen Arm hob. Auch die Frau winkte und lächelte in den Rückspiegel. Wir bogen am Fuß der Brücke von der Hauptstraße auf eine ungeteerte Nebenstraße ab.

»Warte, hier ist ein Schild«, sagte ich. »Langsam.« Wir krochen darauf zu: Arles 2 km. Sie beschleunigte mit quietschenden Reifen.

»An mehr ist mir nicht gelegen«, sagte Magruder. »Zurückgewinnen. Den Zauber zurückgewinnen.«

Wir kamen von Nordwesten in die Stadt, nachdem wir der staubigen, einsamen Straße gefolgt waren, die am Fuß der Brücke abzweigte. Die gelben Häuser am Straßenrand wurden immer zahlreicher, schließlich standen sie dicht beieinander: die Vororte. Wir fuhren an einem struppigen gelben Köter vorbei, der unserem Auto nachjagte und die Reifen ankläffte. Kurz danach wurde die Straße asphaltiert, und auch die Häuser wurden größer; Cafés, Markisen, Bewohner. Wir waren in der Stadt.

Die Straßen waren schmaler, die Gebäude älter. »Halten wir hier und suchen ein Hotel«, sagte die Frau. »Ich bin erschöpft. Wir haben eine Ewigkeit in diesem Stau gesteckt.« Sie fuhr das Auto auf einen Parkplatz bei einem seltsamen Bauwerk aus grauem Stein, das wie ein viktorianisches Postamt aussah. Wir stiegen alle aus.

Nachdem Magruder sich aus dem Rückteil herausgeschält hatte, schulterte er seinen Rucksack und streckte seine große Hand aus. »Vielen Dank, Mann«, sagte er. »Vielleicht sehen wir uns einmal wieder.« Ich schüttelte ihm die Hand, die Frau nach mir. »*Adios*«, sagte er.

»Leben Sie wohl.«

Er verschwand in einer Nebenstraße, die weiße Jacke schlotterte um ihn herum.

Wir sahen uns um, ob es auf dem Platz, wo wir hielten, eine Buchhandlung gab. Die Frau und ich hatten eine Technik entwickelt, in einer fremden Stadt gute Hotels zu finden: wir gingen immer in eine Buchhandlung, um einen Stadtplan zu kaufen, und unterhielten uns mit dem Verkäufer. Die Verkäufer in Buchhandlungen kannten immer genau die Art von Hotel, nach der wir Ausschau hielten, einen stillen Ort ohne allzu viele Amerikaner, und konnten ihn uns auf der Karte zeigen.

An einer Seite des Platzes hinter uns erblickte die Frau ein winziges Geschäft, in dessen Schaufenster Karten an Schnüren hingen, daneben die bunten Schutzumschläge von Büchern. Im Ladeninneren roch es stark nach Gauloises. »Ja, ja«, sagte der Eigentümer und deutete auf eine Stelle unserer Karte. »Nehmen Sie das Hôtel Gauguin. Das ist genau das richtige für Sie. Sehr einfach, sehr gut.« Er legte mir die Hand auf die Schulter und ging mit mir zur Ladentür. »Und, Monsieur, Sie sollten den Place du Forum nicht verlassen, ohne sich vorher die Reste des römischen Forums anzusehen, das einst hier gestanden hat.«

Voller Nachdruck deutete er mit dem ganzen Arm in Richtung unseres Automobils. »Sehr schön, nicht wahr? Die Säulen stehen bereits seit Jahrtausenden hier, und sie erinnern mich daran, wie bescheiden doch unser Leben ist. Geht es Ihnen nicht auch so?«

Ich sah mir das genauer an, was ich beim Aussteigen für die Fassade eines Postamts gehalten hatte: auf der anderen Seite unseres Autos befand sich eine perfekte Reihe korinthischer Säulen, die auf seltsame Weise in das Mauerwerk dazwischen eingebettet waren. Die Säulen hatten eine perlgraue Farbe und waren sehr hoch, sie überragten alle anderen Gebäude rings um den Platz: das ganze Bauwerk vermittelte einen solchen Eindruck von Größe, daß alles in seiner Umgebung zu Zwergenhaftigkeit zu schrumpfen schien.

Die Frau drehte sich entzückt zu dem kleinen Buchhändler um und redete mehrere Sekunden in schnellem Französisch auf ihn ein. Der Mann nickte glücklich mit dem Kopf. Wieder wandte er sich an mich. »Monsieur, Ihre gütige Frau hat gesagt, daß ich sehr glücklich sein muß, im Schatten dieser edlen Säulen zu wohnen. Sie möchte mir sagen, daß sie ihr sehr gut gefallen, und ich möchte Ihnen sagen, daß sie mir damit eine große Freude gemacht hat. Vergessen Sie auf keinen Fall, unser Théâtre Antique und die Arena zu besichtigen. Sie sind in der Karte eingezeichnet.« Er winkte, eine knappe, unterdrückte Geste mit der linken Hand, dann ging er wieder in seinen Laden. Wir blieben allein auf dem Trottoir des verlassenen Platzes stehen, über den die massiven Säulen ragten.

»Er ist stolz darauf, und das mit Recht«, sagte ich. Wir gingen über das Kopfsteinpflaster des *place* auf die grauen Säulen zu. Als wir dort ankamen, legten wir – eine gemeinsame Geste – jeder eine Hand auf die kalten Flanken und glatten Krümmungen des Steins. Wir standen einen Augenblick reglos da und ließen die Hände auf dem behauenen grauen Stein ruhen. Er drang auf uns ein, der gleichgültige magisteriale römische Zentralismus, der Marktplatz, Gericht und Geschäftssaal in ein und demselben Gebäude unterbrachte, das durch gewaltige Säulen gekennzeichnet war. Unsere Hände wurden kalt vom Stein, und wir ließen sie sinken. Sie hatten auf unbestimmte Art etwas Böses an sich.

»Hast du wirklich diesen Unsinn zu ihm gesagt?« fragte ich.

Sie sah mich hintergründig an und stemmte die Fäuste in die Taille. »Ich habe nichts dergleichen gesagt«, antwortete sie.

Als wir wieder im Auto saßen und auf der schmalen Straße entlang der Rhône zum Hotel fuhren, sagte sie: »Warum sind alle, denen wir heute begegnen, so gesprächig? Man muß sich vorstellen, jemand wie er zitiert Jesaja!« Ich antwortete nicht, sondern dachte an Magruder – ich wußte, sie meinte ihn, auch wenn mir das Zitat nicht aufgefallen war – und seinen drastischen Plan der Selbstgenügsamkeit; der Fluß antwortete darauf, indem er sich weiß wie Stahl unter der heißen Sonne kräuselte.

Das Hôtel Gauguin war ein großer rechteckiger Block, ähnlich einem Brotlaib, es war in der Farbe einer provencialischen Bauernhütte gestrichen, jenem sandigen Gelb, das mir stets als ein gnadenloser Farbton erschienen ist. Die Frau liebte die Provence, und sie liebte auch die Farbe. Sie hatte die Angewohnheit, sich harmonisch dazu zu kleiden, wie die zum Untergang verurteilte Heldin in einem Hollywood-Thriller, oder ein Mannequin, das vor einer Schiffsreling posiert. Wenn sie um eine Ecke bog, gruppierten die Elemente einer Straße sich um sie herum neu. Sie zog die Aufmerksamkeit der Städte auf sich, durch die wir kamen, und ging durch sie hindurch, wobei sie die Aufmerksamkeit der Männer auf sich zog. Ich hatte den Eindruck, daß diese Fähigkeit von ihr auf die Kongruenz zwischen der Farbe ihrer Kleidung und der der Gebäude in der Provence zurückzuführen war, die Erde und das blendende Sonnenlicht. Doch trotz dieser Seelenverwandtschaft zwischen ihnen, entblößte die grelle Sonne in Arles Fältchen um ihren Mund herum, die vorher nicht dagewesen waren. Für meinen Teil bewirkten diese Fältchen nur, daß der Stromkreis zwischen uns noch stärker wurde: Als wir auf das Hôtel Gauguin zugingen, fand ich, daß sie schöner denn je aussah. »Such ein schönes Zimmer für deine gütige Frau«, sagte sie und nahm meine Hand wie ein Mädchen, als wir eintraten.

Unser Zimmer überblickte den Platz vor dem Hotel; am Tag war er von grellweißem Licht erfüllt, in der Nacht wurde er zum Zentrum geheimnisvoller Aktivitäten. Wir blieben zwei Nächte dort: für uns waren es die beiden letzten guten Nächte. Arles war geschäftiger und lärmender als alle anderen Städte, in denen wir auf unserem Weg nach Süden Halt gemacht hatten, und den größten Teil der Nacht hindurch konnten wir Gelächter, Murmeln und das Gitarrenspiel eines jungen Engländers hören, dessen roter Triumph auf der anderen Straßenseite parkte, ab und zu das Dröhnen eines Motorrollers in der Dunkelheit. »Eine Nachricht für Sie, Mr. Garcia«, flüsterte ich ihr ins Ohr – aber sie war nicht in einer amerikanischen Dorfschule unterrichtet worden wie ich, drei unglückliche Jahre lang, ihr waren die Ausführungen eines Mr. Elbert Hubbard erspart geblieben, und zudem war sie ohnedies eingeschlafen.

Alle Zimmer auf unserer Seite des Hotels Gauguin hatten einen Balkon. In unserer ersten Nacht in dem Zimmer trat ich auf den Balkon hinaus, das muß kurz nach Mitternacht gewesen sein. Seitlich und zwei Balkone unter mir entkleidete ein betrunkener Mann ein schwarzhaariges Mädchen, das ebenfalls betrunken war. Sie waren sehr leise und legten sich gegenseitig den Zeigefinger auf die Lippen, wenn der andere von einem Kichern überfallen wurde. Ich sah über den Platz hinaus, wo der englische Junge auf der Haube seines Triumph die Gitarre stimmte. Er neigte den Kopf und hielt die Gitarre ans Ohr, wobei er die Saiten zupfte. Ich hatte den Eindruck, als wäre auch er ein wenig betrunken, seine Gesten schienen übertrieben zu sein. Als er mit der Stimmung zufrieden war, nahm er das Instrument auf den Schoß und summte eine Minute müßig, wobei er den Kopf zurückgelegt hatte. Ich sah wieder zu dem anderen Balkon hinab. Der Mann hatte das Mädchen jetzt vollständig ausgezogen, sie hatte die Arme über dem Bauch verschränkt und sah ihm zu, wie er sich seiner Kleidung entledigte. Als er einen Fuß hob, um den Schnürsenkel zu öffnen, zog sie ihn an der Nase. Der Junge spielte eine Melodie mit der Gitarre, dann wechselte er zu etwas, das ich kannte, wenn ich auch nicht wußte, was es war. Ich sah zu ihm hinüber, er hatte den Kopf jetzt konzentriert über die Gitarre gebeugt. Er schwankte leicht auf der Haube des roten Autos hin und her. Die Melodie, die er spielte, entfaltete sich in meinem Kopf, als ich sie vom Platz herauftönen hörte. Ich kannte sie. Dann fiel mir das Stück ein: *Nächte in spanischen Gärten* von Manuel de Falla. Ich blieb noch eine Weile auf dem Balkon stehen und lauschte den melodischen Klängen, die eine andere Welt heraufbeschworen. Das Mädchen unter mir stöhnte, aber ich wollte den Kreis der Intimität, den sie in ihrer Trunkenheit und durch ihren Liebesakt aufgebaut hatten, nicht stören; daher ging ich wieder in unser Zimmer. Die Frau schlief. Wo war die Freundin des Gitarrenspielers?, überlegte ich mir.

Ich mag es, wie du fickst. Du bist wunderbar.

Warum?

Oh, du Monster, du möchtest lediglich Komplimente hören. Weil du so kräftig bist – hier, am Rücken und der Brust. Ich liebe deine Schultern.

Ich deine auch.

Du bist unmöglich. Sag mir, wie hast du deine Jungfräulichkeit verloren?

Mit meiner Frau.

Nein.

Doch. Wir waren siebzehn. Wir waren auf einer Party am Strand, und ich war ungezogen zu ihr gewesen. Ich hatte sie eine Woche lang nicht angerufen. Als wir auf der Party schließlich wieder miteinander sprachen, kam die Polizei, und wir versteckten uns am Ufer. Dann fingen wir einfach an, und sie wollte nicht, daß ich aufhöre. Hätte sie es gewollt, hätten wir vielleicht nie geheiratet.

Faß mich an.

So. Laß es mich mit dem Mund tun.

Nein, bitte. Ich mag diese Sachen nicht – diese Kama-Sutra-Sachen. Wo bist du?

Hier.

Berühre mich mit ihm. Du bist so hübsch dort. Männer sind so verwundbar.

Am Morgen war der Platz, die nächtliche Arena verschiedenster Aktivitäten, menschenleer, ein Stilleben im fahlen Sonnenlicht, das jede Einzelheit der an seinem Rand schlafenden Automobile deutlich machte, ebenso wie der umliegenden Häuser. Die anderen Hotels jenseits des Platzes machten einen narkotisierten Eindruck, ähnlich einem Mann, der träge, noch halb schlaftrunken, ans Telefon geht; aber trotz ihres verschlafenen Erscheinungsbildes waren sie schärfer umrissen als zu anderen Tageszeiten, wenn die Menschenmengen sie zu schlichten Hintergrundkulissen machten. Als ich erneut auf dem Balkon stand, fühlte ich mich gut. Der erste Morgen in einer neuen Stadt, die man zum erstenmal menschenleer und bar jeglicher Aktivität erblickt, besitzt etwas latent Erwartungsvolles, ein Versprechen. Als ich auf dem Balkon über dem sonnigen, verlassenen Platz stand, dachte ich, allen Morgen könnte dieses Versprechen eigen sein. Ich dachte an die Gelegenheiten, wenn die Sonne bereits mehrere Stunden aufgegangen ist, aber sich noch keine Menschen haben blicken lassen, wenn selbst eine vertraute Stadt, eine Ecke, die man genau kennt, surreal zu sein scheint, nur notdürftig bekannt, freigewaschen von allen früheren Tönungen. Um sechs Uhr dreißig am Morgen, dachte ich, gehören alle Städte Magritte.

In dem allmählich heller werdenden Zimmer schlief die Frau immer noch. Ich blieb noch eine oder zwei Minuten länger über dem unwirklichen Platz auf dem Balkon stehen und genoß die Wärme, welche die Stadt bereits erfüllte. Dann ging ich in unser Zimmer zurück. Durch einen Trick des Lichts wich der Balkon zurück und schrumpfte. Einen Augenblick hatte ich eine seltsam beunruhigende Vision des goldübergossenen Platzes, als würden gemalte Figuren sich schmerzerfüllt darauf bewegen; sie gehörte nicht hierher, sie war ungewollt; doch das Bild löste sich auf und ich sah die Frau. Wie ein treusorgender Ehemann legte ich mich neben sie, ohne sie zu wecken.

Zwei Stunden später erwachten wir gemeinsam. »Es ist schon warm«, sagte sie. »Es wird ein schrecklich heißer Tag werden. Vielleicht können wir in der Rhône schwimmen.« Sie richtete sich auf, sie sah wie eine Löwin aus. »Guten Morgen, Geliebter«, sagte sie. Wir küßten uns. »Großer Gott, ich mag es, wie du küßt. So abenteuerlich.«

»Mir ist abenteuerlich zumute«, sagte ich. Sonnengebräunt und mit wilder Frisur tastete sie auf dem Laken nach mir. Wie an einem unserer letzten Tage in London, trieb uns auch heute die Hitze den Schweiß aus den Poren, ein feuchter Film auf der Haut, so daß wir aufeinander glitten und schwammen und auf der Welle des Schweißes zwischen uns ritten.

Später lagen wir aneinander gekuschelt auf dem Bett in dem hellen Hotelzimmer. Der Platz draußen hatte begonnen, sein Instrumentarium zu richten: Autotüren wurden zugeschlagen, und über Motorenlärm hinweg konnten wir Stimmen hören. Ich verstand nichts von diesem schnellen, betonten Französisch.

»Ich wünschte, ich könnte dich behalten«, sagte die Frau.

»Kannst du.« Ich befand mich in einem angenehmen Rausch körperlichen Wohlbefindens; wenn ihre Stimme einen schroffen Klang hatte, so war ich zu benommen, ihn zu hören.

»Nein. Ich wünschte, ich könnte dich behalten, aber du wirst meiner bereits überdrüssig.« Auf einen Ellbogen gestützt, betrachtete ich sie. Sie sah mich unter ihrem wilden Haar nachdenklich an, und in ihr war eine Spannung, die ich nicht definieren konnte. Sie zog das Laken über uns.

»So siehst du wunderbar aus, wie ein schlafender Bär. Ein großes, gieriges, zotteliges Geschöpf. Ich kann sehen, wie du einfach so davongehst und mich vergißt, kaum daß du mir den Rücken zugewendet hast.«

Ich antwortete ihr, sie wäre albern und pervers, daß ich sie niemals verlassen oder vergessen könnte, daß ich eine Identität mit ihr fühlte, die zum Lohnendsten und Wertvollsten meines Lebens gehörte. Wenn wir uns wieder trennen mußten, wenn wir wieder zu den anderen Menschen in unserem Leben zurückkehren mußten, würde sie für mich immer noch präsent sein, in jeder Minute. Nachdem mir endlich aufgegangen war, bis zu welchem Ausmaß Magruder sich zwischen uns gedrängt hatte, kam ich zu einer anderen Schlußfolgerung: wenn eine Frau davon spricht, daß du sie verlassen wirst, dann hat sie im Gegenteil vor, dich zu verlassen. Dennoch bin ich noch unsicher. Nachdem ich zu einer Anthologie des Verrats geworden war, wie konnte ich zu einer zutreffenden Einschätzung der Taten der Frau kommen?

Als sie davon sprach, in der Rhône zu schwimmen, hatte die Frau einen wirklichen Wunsch ausgesprochen, nicht nur ein Hirngespinst. An diesem Morgen um zehn Uhr gingen wir an den weißen Mauern über dem Fluß entlang und hielten nach einer ruhigen Stelle im Wasser Ausschau. In Arles ist der Fluß weiß und schnell, man findet kaum eine Gelegenheit zu schwimmen. Unterhalb der Mauer verlief ein betonierter Streifen, der zum Fluß hin abfiel, wo wir Handtücher, Uhren und Kleidung hätten hinlegen können, aber die Strömung war viel zu gefährlich, um zu schwimmen.

»Es ist so schön hier«, sagte sie. »Das Wasser ist wirklich weiß. Ich hätte nie gedacht, daß es so eindrucksvoll aussieht. Es scheint tatsächlich einen eigenen Willen zu haben. Es sieht aus, als würde es gerne heraufkommen und sich das Land zurückholen.«

»Du bist eine echte Romantikerin«, sagte ich, aber ihre Beschreibung war zutreffend. Wie sie, hatte auch ich nicht gedacht, daß der Fluß eine so übermächtige Wesenheit sein könnte. Wir sahen von der Mauer auf das reißende Wasser hinab.

»Ich möchte dort unten sein«, sagte sie.

Wir gingen ungefähr fünfzig Meter an der Mauer entlang, und dann präsentierte sich uns eine Lösung. Die Turbulenz des Flusses schien zuzunehmen, als wir uns einer Überführung näherten; schließlich sahen wir, daß es sich um eine Brücke handelte, die im weißen Fels am Fluß entsprang und im Wasser selbst einen kleinen Damm bildete. Auf unserer Seite war der Fluß noch reißender, aber als wir die andere Seite der Brücke erreichten, konnten wir sehen, daß der Fluß dort auf einer Strecke von etwa zwanzig Metern so still wie ein See dalag. Die Sonne spiegelte sich in diesem Becken, das dunkelgold zu leuchten schien, nicht weiß. Eine kurze Treppe führte von der Mauer zur betonierten Fläche hinab, welche am Fluß endete, was bedeutete, daß wir nicht die drei Meter von der Spitze der Mauer hinunterspringen mußten. Es war ein vollkommener natürlicher Teich.

Als wir vor den Stufen standen, folgten die Frau und ich demselben Impuls, warfen den Hotels und Bäumen entlang der Allee auf der anderen Seite der Mauer einen letzten Blick zu – einem Territorium, welches mir in jenem Augenblick wüst und leblos erschien –, und gingen dann zu dem Teich hinunter. Wir schritten in eine niederschmetternde Hitze hinab. Das Sonnenlicht wurde durch die weiße Mauer und den Beton noch verstärkt und hatte die Energie von elektrischem Strom. Als ich darauf trat, bekam ich einen momentanen Schwächeanfall. Der ruhige Teich, der sich hinter der Brücke befand, schien sich aufzubäumen. Als der Augenblick vorüber war, fand ich mich schweißgebadet.

»Sei nicht so langsam«, sagte sie. »Der Fluß präsentiert uns praktisch eine Einladung.« Wieder stimmte ich zu, ohne auf ihre Wortwahl einzugehen. Die goldgelbe Oberfläche des Wassers lag wie ein offenes Feld vor uns.

»Ich sehe, was du meinst«, sagte ich. »Ich muß unbedingt ins Wasser. Diese Hitze macht mich völlig fertig.« Wir fingen an, die Kleidung abzulegen, die wir über unsere Badesachen angezogen hatten. Sie trug einen weißen Bikini, der zu ihrer braunen Haut atemberaubend aussah; ich trug eine orange und gelb gestreifte Badehose, die ich heute morgen von einem korsischen Ladenbesitzer gekauft hatte, der darauf bestanden hatte, daß ich Engländer sei. »London *est très belle*«, hatte er zu mir gesagt. »Viele von uns sind dort. *C'est très, très belle.*« Ich sagte ihm, daß ich in vielen ihrer Restaurants gegessen hatte. »*Magnifique*«, sagte ich. »*La cuisine de la Corse est très, très magnifique.*« Ich hatte nicht beabsichtigt gehabt, seine Sprechweise nachzuahmen, aber es war einerlei, er hatte es nicht bemerkt.

Die Frau verharrte einen Augenblick auf dem Betonstreifen am Fuß der Brücke, dann sprang sie ohne zu zögern ins Wasser. Das Wasser kräuselte sich um sie herum ohne zu spritzen. In der Welle, die sie erzeugte, bog sie sich anmutig und verschwand dann mit ausgestreckten, zusammengekniffenen Beinen unter der Wasseroberfläche. Ich konnte das Weiß des Bikinis nur einen Augenblick sehen, dann war sie verschwunden. Ich stand lediglich bis an die Knöchel im kalten Wasser und spürte, wie meine Haut sich durch den Temperaturunterschied zusammenzog. Sie war fort. Ich watete auf dem abschüssigen Stein weiter. Einige närrische Sekunden lang wähnte ich sie verloren, verschwunden im Gewirr von Beton und Röhren am Fuß der Brücke. Als ich den Kälteschock endlich überwunden hatte und weiter watete, tauchte sie wieder auf – sechs Meter drinnen, spritzend und plätschernd.

»Es ist herrlich!« sagte sie und schleuderte das Haar über die Stirn zurück. Es bildete eine glatte, dunkelblonde Mütze über ihren dunkleren Brauen und der Stirn. Sie schlug mit den Armen auf das Wasser, daß es spritzte.

»Was machst du denn da?« rief sie mir zu. »So geht man nicht ins Wasser!« Sie kam näher und ließ einen Arm kreisen, so daß mich kaltes Wasser übergoß wie von einem Springbrunnen. »Einfach springen.«

Ich schloß die Augen und tauchte. Als ich sie unter

Wasser öffnete, sah ich unter mir den Beton, grünlich und von schlüpfrigen Algen bedeckt. Ich strampelte mit den Beinen und spürte, wie sich mein Körper an den Schock der Wassertemperatur gewöhnte. Das Muster des Betons und der Steine kippte hinab ins düstere Flußbett und verlor sich in grünen Schattierungen. Ich machte eine Rolle vorwärts und sah zur Oberfläche empor. Sie war milchig weißglühend, ein Lichtschirm, der so verzerrt wie der Spiegel in einem Spiegelkabinett war. Ich sah nichts anderes als Licht. Ich bewegte meinen Körper auf diesen nicht reflektierenden Spiegel zu, schien mich aber mit großer Langsamkeit zu bewegen.

Die Oberfläche zerplatzte zu Blasen. Luft strömte in mich ein. Ich riß die Hände hoch, strich mir die Haare aus der Stirn und befreite mich vom Wasser. Am Rande meines Sehbereichs konnte ich die Frau sehen. Sie ließ sich auf dem Wasser treiben. Ihre Beine vollführten schnelle, entschlossene Bewegungen, ihr Körper schoß flußabwärts.

»Was für ein Sternzeichen bist du?« Sie rief die Frage laut, wie alle Menschen es beim Schwimmen tun, während sie auf das turbulente Wasser hinter sich zutrieb.

»Schwimm nicht so weit hinaus!« rief ich zurück. »Das Wasser dort sieht gefährlich aus!« Selbst in dem ruhigen goldenen Teich, wo wir schwammen, konnte ich eine Strömung spüren, die mich zu dem wilderen Wasser ziehen wollte.

Sie lachte. »Schon recht!« Sie wirbelte unerwartet herum, so daß das Weiß ihres Bikinis wieder oberhalb der Oberfläche zu sehen war. Ihre Arme schnellten rhythmisch in die Luft, entsprechend der Bewegung ihrer Beine. Sie schwamm auf mich zu.

»Siehst du? Ich bin eine gute Schwimmerin.« Das stimmte. Sie schien ganz in ihrem Element zu sein.

»Ich habe gefragt, was für ein Sternzeichen du bist.«

»Fische. Fische lieben das Wasser. Das ist herrlich.«

Ich konnte mich nicht daran erinnern, was für ein Sternzeichen ich war. Fische? Sheila Goldsmith hatte es mir einst gesagt. Ich strampelte mit den Beinen, um in flacheres Wasser zu gelangen, wo ich stehen konnte, dabei spürte ich die Strömung, die mich flußabwärts zog, zum weißen Wasser. Sie lachte erneut, in dem goldenen Bassin war nur ihr Kopf zu sehen.

2

»... denn ich möchte – auch das ist Teil meiner Zügellosigkeit bei Dir – direkt ins Zentrum des Lebens eines anderen eindringen, ich möchte imstande sein, das Geheimnis zu erfahren, welches diesem Zentrum innewohnt. Dort ist Gewalt, Risiko. Für mich ist das gegeben. Es steht auf gleicher Stufe mit dem anderen, dem Kern von Selbstinteresse und Passivität, dem notwendigerweise unveränderlichen Selbst.

Das andere findet sein Zuhause in Taten und Gesten. Wie soll ich es ausdrücken? Ich habe Angst, mich in der Sterilität der Worte zu verlieren. Ich möchte folgendermaßen anfangen: Als ich das letzte Mal versuchte, Dir zu schreiben, sagte ich etwas von einer ›geläuterten Welt‹ – die Welt, die frei von Beschreibungen ihrer selbst ist. Du hast verstanden, was ich mit diesem übertrieben dramatischen Ausdruck gemeint habe; und selbst wenn Du es nicht verstanden hast, Deine Haut hat es für Dich getan. Schließlich, wer lebt nicht in zwei verschiedenen Welten? Die Plötzlichkeit unserer Verständigung ist für mich das Signal, daß wir, wenn wir zusammen sind, in einer Welt leben, die frei von Beschreibungen ist: Beispielsweise ist es unvorstellbar, daß einer von uns ein Buch über unsere Affäre schreiben wird – billige Worte. Es würde unmöglich scheinen – all diese Taten, und keinerlei Motivation!

Du weißt, wir leben alle in vielen verschiedenen Augenblicken gleichzeitig. Ich gehe stets mit meinem Bruder einen Flur entlang, trage ein Frühstückstablett zum Schlafzimmer meiner Eltern. Dieser Augenblick ist voller Glück; eine gelbe Blume steht auf dem weißen Tuch über dem Tablett, der Frühstückstee dampft in das Dunkel des Flurs. In einer anderen Zeit, an einem anderen Ort, höre ich immer meiner Mutter zu, die betrunken und deren Haar wirr um ihren Kopf herum zerzaust ist, und die mir sagt, daß ich nicht liebenswert bin. Niemand wird mich jemals lieben, sagt sie. Ich bin nur eine halbe Person. Sie steht vom Tisch in der halbdunklen Küche auf und hält der Katze maunzend ein Stück Fleisch hin. ›Du bist eine Hexe, wie ich auch‹, sagt sie, während die Katze das Fleisch zerbeißt und in Stücke reißt. Wir müssen, zwischen uns beiden, hinter die Mechanismen der Psychologie blicken – sie sind lediglich ein Schleier zwischen uns und der Welt. Ich bin eine nordische Persönlichkeit. Wichtig für mich ist die Verbindung, die durch die Qualität der Erfahrungen, welche sie beinhalten, zwischen den einzelnen Augenblicken geschaffen wird.

Wir kennen einander jetzt, und nichts kann das ändern. Ich liebe Dich mit ganzem Herzen; das ist die bedeutendste Tatsache der Welt für mich. Sie verändert alles. Von meiner Mutter habe ich die Notwendigkeit gelernt, ehrlich zu sein. Sie war wie einer dieser Laserstrahlen, von denen man in der Zeitung liest – auf absolute, gräßliche Weise *präsent*, ein destruktives Eindringen. Nachdem mein Vater gestorben war, brachte sie uns nach London, meinen kleinen Bruder und mich, und steckte uns in ein großes und düsteres Haus, das sie um sich trug wie einen Mantel. Meine Freunde können die Beziehung nicht begreifen, die ich zu ihr hatte – und ich finde, sie vergeudeten ihr Mitleid, denn als ich mit ihr zusammenlebte, lernte ich alles über Chaos und Verlust und Desorientierung. Ich mußte nur lernen zu manövrieren. Als ich eine junge Frau war, brachte mein Mann die Dinge wieder ins Lot; bei Dir kann ich die Lektionen anwenden, die ich von meiner Mutter gelernt habe, kann sie wieder ans Licht bringen. Du enttäuschst mich nicht.«

Ich zitiere aus dem zweiten Brief, den mir die Frau geschrieben hat. Er wurde an meine neue Unterkunft in Dublin geliefert und kam zwei Wochen bevor Morgan aus Amerika eintraf. Zu dieser Zeit war ich ratlos vor Angst und Unentschlossenheit: ich spürte, daß ich mich weiterhin mit der Frau treffen mußte, ich mußte den Faden meines Schicksals und Charakters, der mit ihrem verwoben war, aufwickeln. Ich wußte, Morgan würde meine Privatsphäre respektieren, aber ich konnte mir die Verbitterung vorstellen, mit der sie diese spezielle Lage aufnehmen würde. Ich fürchtete, daß meine Untreue meine Ehe kaputt machen würde, dennoch war ich außerstande, ihr ein Ende zu machen. Von Anfang an präsentierte meine Fantasie mir die Situation mit der Frau als aussichtslos und zum Scheitern verurteilt; dem mythenschöpfenden Zentrum meines Verstandes erschienen sie und ich wie Kinder in einem Märchen, die durch unentwirrbar kompliziertte Zusammenhänge miteinander verbunden sind und durch die unvorstellbare Tiefe ihrer Beziehung vor einer Katastrophe gerettet werden, die anderweitig über sie hereinbrechen würde. Auch als dieses Gefühl am stärksten war, war mir klar, daß es kindisch war; aber ich konnte es nicht verdrängen.

Ihr zweiter Brief war bei weitem der längste, den sie mir schrieb, und ich möchte ihn nicht ganz zitieren. Der Brief bestand aus zehn eng beschriebenen Seiten ihres schönen Briefpapiers. Von dem Augenblick an, als ich ihn das erste Mal las, erschien er mir unverständlich. Sie begann einen Abschnitt mit einem Thema, und dann schweifte sie zügellos davon ab und verlor sich in aufwallenden Erinnerungen. »Wir kennen einander jetzt«, schrieb sie, und wenn es eine Einheit in diesem Brief gab, dann war es dieser Satz. Wir kannten einander in einer unterirdischen, hintergründigen Weise; um unsere intuitive, impulsive Beziehung zu vervollkommnen, mußten wir Ereignisse und Vorkommnisse aus unserer jeweiligen Vergangenheit austauschen. (Das schrieb sie nicht, aber für mich war es die implizite Botschaft des Briefes.)

Er kreiste, wie eine Geschichte, die in einem Traum erzählt wird, immer wieder um das Leben mit ihrer Mutter. Diese Abschnitte las ich mit einer angestrengten, erstaunten Empfänglichkeit. Ich hatte noch nie von einer solchen Kindheit gehört. Sie hörte sich an wie aus einem Roman von Dickens, an den ich mich dunkel aus meiner Schulzeit erinnerte. Aus den im Brief erwähnten Einzelheiten schloß ich, daß ihre Mutter eine selbstzerstörerische, willige Alkoholikerin gewesen war – das heißt, eine amerikanische Alkoholikerin. Sie mißbrauchte ihre Tochter tagtäglich (ihr Sohn, der jüngere Bruder, entfloh schon früh und suchte Zuflucht im Haus einer Tante, und er weigerte sich, von dort zurückzukehren – wieder ein Bezug zu Dickens!), und dennoch bestand ein Band inniger Gefühle zwischen ihnen. Genauer, es bestand eine Verwandtschaft zwischen ihnen. Die Frau hat mir einmal gesagt, daß sie während ihrer gesamten Jugend schreckliche Angst hatte, erwachsen und wie die Frau zu werden, mit der sie unter einem Dach lebte. Das jedenfalls ist meine Interpretation. Die Einzelheiten sind unwichtig.

Aber einen Abschnitt von der letzten Seite möchte ich noch anführen. Er handelt davon, wie sie während des Zweiten Weltkriegs aufwuchs, und während ich ihn las, dachte ich, er würde mir helfen, die Frau zu verstehen; später, nach unserer trennenden Schlußfolgerung, half er mir erneut zu klären, was geschehen war.

»Kein Amerikaner, den ich je kennengelernt habe, kann verstehen, wie unser Leben damals war.

Das Wichtigste an jenen Jahren war die Tatsache, daß das Leben unerfindlich und vollkommen normal zugleich war. In der Schule lebten wir in einer Welt, die geordnet, regelmäßig, geplant, sogar langweilig war. Wir lernten Mathematik, lasen Gedichte, bekamen Hausaufgaben auf. Dabei waren wir die ganze Zeit von allen Anzeichen internationalen Mordens umgeben. Ich erinnere mich noch sehr deutlich, wie ich eines Nachmittags in den Garten ging und Zeugin eines Luftkampfs am Himmel über unserem Haus wurde. Unser Flugzeug umkreiste ihres, es schlingerte und wippte, als litte es Schmerzen. Schließlich explodierte ein Flugzeug und ging als Regen von Wrackteilen hernieder. Ich erinnere mich nicht daran, welches. Ich erinnere mich nur daran, daß ich glücklich war, weil ich nun viele Sachen finden würde, mit denen ich spielen und die ich mit meinen Freundinnen in der Schule tauschen konnte.

Ringsum wurden Häuser durch die Explosion in Mitleidenschaft gezogen, aber unseres blieb unversehrt. Ich kann mich nicht dran erinnern, jemals wirklich Angst gehabt zu haben, daß uns etwas passieren würde. Ich hatte Freundinnen, die fast in den Schutzbunkern zu leben schienen, aber sie schienen unverändert. Wenn man amerikanisches Kaugummi oder ein amerikanisches Mars hatte, dann wagte man nicht, das zu essen, weil es den eigenen Status so sehr erhöhte. Die Amerikaner, denen ich seither begegnet bin, überfluten mich alle mit ihrem Mitgefühl, wenn sie die Umstände meiner Kindheit erfahren. ›Nein, es war gar nicht so‹, sage ich zu ihnen. ›Es war alles normal, vollkommen normal. Mein Leben zu Hause war der wirkliche Krieg.‹«

FÜNF

1

Ich fuhr mit dem Auto, das Morgans Vater ihr vor einer Woche als Geschenk überreicht hatte, vor ihrem Haus an den Straßenrand und parkte hinter einem Lastwagen. Männer in Jeans und grauen T-Shirts gingen um das Haus herum, als ich zur Tür ging. Sie wischten sich mit den Handrücken über die Stirn und hinterließen dabei Schmutzspuren. Ich lächelte ihnen zu, als ich mich ihnen näherte.

»Alles fertig?« fragte ich.

»Alles klar, Kumpel«, sagte einer der Männer. »Sie müssen nur noch hineingehen. Das machen wir alle irgendwann einmal.« Die Männer um ihn herum lachten.

»Nur zu, läuten Sie. Jetzt ist es zu spät für einen Rückzieher.«

»Viel Spaß!« rief ein anderer Mann. Ich ging zur Haustür und klingelte, wobei ich ihnen zuwinkte. Ich konnte ihr Lachen hören, als sie in den Lastwagen einstiegen. Als ich den Klingelknopf drückte, hupte der Fahrer mehrmals, *ta ta ta tüt tüt* und fuhr davon, während er mir etwas zurief, das ich nicht verstehen konnte. Die Tür öffnete sich mit einer Explosion von Farben und Geräuschen.

»Owen! Dein Anzug ist fabelhaft! Komm herein, aus der Hitze, mein Lieber, ich war gerade im Garten und habe die Männer überwacht, die die Zelte aufgestellt haben, und es ist einfach mörderisch dort draußen. Ich bete seit Wochen, daß es nicht regnet, und daher haben wir auch einen herrlichen Tag.«

Während sie plapperte, nahm Maxine meinen Arm und führte mich ins Haus. Kühle Luft umhüllte mich.

»Eine Klimaanlage ist ein Segen, nicht? Ich weiß gar nicht, was wir ohne sie tun würden – wahrscheinlich dunkelbraun werden und uns an den Kanten aufrollen. Ich hoffe, du und Morgan habt auch eine in eurer Wohnung.« Sie versetzte mir einen leichten Stoß.

Aus dem nächstgelegenen Zimmer konnte ich Stimmen hören. Hörte sich an wie eine Party.

»Inzwischen sind fast alle da. Ich dachte schon, diese Männer würden *nie* gehen. Aber ich bin so froh, daß du früh genug gekommen bist, unsere Gäste zu begrüßen. Joanie und Fred sind die einzigen, die noch nicht hier sind, aber wir erwarten sie jeden Augenblick. Sie sind vor fünf Minuten zu einer kleinen Spazierfahrt aufgebrochen.« Nach einer Sekunde: »Du wirst dich freuen, Joanie wiederzusehen. Als du sie das letzte Mal zu Hause gesehen hast, war sie noch ein Kind, nicht?«

»Nun, sie muß etwa zwölf gewesen sein«, sagte ich. »Aber sie war fast so groß wie Morgan.« Nicht gerade ein Kind, dachte ich: ein schwarzhaariges, selbstbewußtes, dreistes Mädchen in Blue Jeans, mit kleinen Brüsten, seltsam schüchtern und dabei intensiv beunruhigend.

Wie um die Anzeichen von Zorn abzuschütteln, die Maxine gezeigt hatte, als sie von ihrer jüngsten Tochter sprach, hielt Maxine mich eine Armeslänge von sich entfernt, ihre Hände auf meinen Schultern. Sie lächelte strahlend.

»Du bist ein Traum, mein Schatz. Alle Frauen werden neidisch auf Morgan sein. Und warte nur, bis du sie siehst! Sie ist heute erstaunlich. Sie hat eine Stunde beim Friseur verbracht, und sie ist bezaubernd. Natürlich kannst du sie jetzt nicht sehen, jammerschade, aber du kannst es mir glauben. Eine wunderschöne Braut.« Sie ließ ihre Hände auf meinen Schultern liegen und lächelte brillanter denn je, wobei sie ihre makellosen Zähne entblößte. »Und nun gib mir einen Kuß, Schwiegersohn!«

Unsere Köpfe stießen zusammen. Unter ihrem Parfüm konnte ich einen Hauch Gin wahrnehmen. Einen Augenblick leckte Maxines Zunge über meine Lippen. Ich zog verblüfft den Kopf zurück. »Huch«, sagte sie.

»Jetzt wollen wir dich den Gästen zeigen.« Sie ließ die Hände von meinen Schultern sinken. »Wo ist mein Drink? Ach, ist auch egal, ich werde uns beiden einen neuen holen.«

Wir betraten eines der großen, kühlen Zimmer im Erdgeschoß des Hauses. Er war voll von Männern in mittleren Jahren, die meisten davon waren dick und hatten rote Gesichter, und ihre Frauen hatten Sommerkleider von der Farbe von Dschungelvögeln an. An einem Ende des Zimmers befand sich eine große Traube, dort wo die Bar aufgebaut worden war, und dorthin führte mich Maxine.

»Das sind Mr. und Mrs. Fisch, Harold und Edna, das ist Owen, Robert und Bizzy Gladstone, der Mann der Stunde, Dr. Stern, er hat sich um Joanie gekümmert, unser künftiger Schwiegersohn, Mrs. Fleisch, Mr. Niedermayer, Ronnie Upp, Sandy Bosch, dies ist Owen, Owen, Sandy Bosch.«

Das alles sprudelte sie mit großer Hast hervor, während sie mich zur Bar führte. Ihre Gesichter, die aufrichtige oder vorgetäuschte Herzlichkeit ausdrückten, murmelten etwas vor meinem, wenn ihre Namen genannt wurden; jeder nahm meine Hand und gratulierte mir. Alle Anwesenden in der behelfsmäßigen Bar hatten diese subtile Aura der Selbstsicherheit und soliden Gönnerhaftigkeit, die in amerikanischen Kleinstädten mit Reichtum kommt. Als wir den weißgedeckten Tisch mit den Flaschen und Eiskübeln darauf erreichten, wandte die offensichtlich aufgeregte Maxine sich wieder an mich.

»Nimm dir einen Martini, Owen, ja, während ich versuche, Papa zu finden. Er ist so aufgeregt! Man könnte meinen, daß er heiratet!« Sie verschwand in der Menge am anderen Ende des Tisches, wo sie einen Augenblick aufgeregt plapperte, dann ging sie aus dem Zimmer.

»Trinken Sie einen Schluck, mein Junge, das kann nicht schaden.« Sandy Bosch stand dicht neben mir. Er sah blühend und auf derbe Weise humorvoll aus, wie ein Mann, der in einer Komödie von Ealing den Hochzeitsgast spielt.

»Danke, das mache ich«, sagte ich und gab dem Barkeeper meine Bestellung. »Schön, daß Sie zu diesem Abenteuer gekommen sind.«

Sandy beugte sich in der Taille nach vorn und lachte. Sein Gesicht lief purpurrot an, und er hustete in ein Taschentuch. »Schön von mir zu kommen, sagt er! Das ist gut, Junge, das ist gut! Ich will Ihnen etwas sagen: Es ist mir ein Vergnügen, hier zu sein, ein wirkliches, aufrichtiges Vergnügen. Ich kenne Ihre Braut schon jahrelang. Ich hielt sie immer für ein prachtvolles Mädchen. Intelligent. Joanie ist nicht zu verachten, ich kann Ihnen sagen, Sie können sich glücklich schätzen. Ein feines Mädchen, das Sie auf Trab halten wird.« Er legte die Hände auf den Tisch und beugte sich darüber, um nach dem Barkeeper Ausschau zu halten. »Barmann! Noch einmal dasselbe für meinen jungen Freund hier und mich.«

Dann wandte er sich wieder an mich. »Ich will Ihnen noch etwas sagen. Ihre Eltern halten große Stücke von Ihnen. Sie finden, Sie sind genau derjenige, den sie braucht. Ein Mann mit Köpfchen, das haben sie mir immer wieder gesagt.«

»Sie haben den falschen vor sich«, sagte ich. »Ich heirate Morgan. Joanie ist schon verheiratet.«

Sandys blühendes Gesicht welkte. »Bei Gott«, sagte er. »Umso besser. Prächtiges Mädchen, diese Morgan. Gut in der Schule. Nettes, stilles Mädchen. Gutaussehend.« Er kippte in seinen Drink. Als er wieder daraus hervorkam, schlug er mir auf die Schulter. »Wir sehen uns noch«, sagte er. »Sie werden doch nicht...?« Gleichzeitig nickte er. Er verschwand in derselben Traube, in der auch Maxine verschwunden war. Ich konnte sein breites rotes Gesicht dicht neben dem einer Frau sehen. Wahrscheinlich erzählte er ihr, was für ein angenehmer Gesprächspartner ich war.

Morgans Vater schien aus dem Nichts neben mir aufzutauchen, als wäre er lautlos unter dem Tisch hervorgekrochen. »Hallo, Owen«, sagte er. »Ich habe gerade gesehen, wie Sie mit Sandy Bosch gesprochen haben. Ich glaube, er hat schon etwas mehr als sein Pensum für diesen Nachmittag.« Er drehte sich um mich herum und sah zu Sandy, Furchen bildeten sich auf seiner Stirn. »Ein trauriger Fall«, sagte er. »Ein alter Schulkamerad von mir, und ein alter Freund von uns, aber in letzter Zeit ist er vollkommen durcheinander. Sei nicht zu streng mit ihm.« Dann – überraschend: »Aber auch nicht zu nachsichtig.«

Er deutete mit dem Daumen zum Fenster. »Herrlicher Tag, nicht? Die Männer, die das Zelt aufgebaut haben, sind gerade gegangen, also ist nun alles bereit. Die Blumen sind vor einer Stunde gekommen. Kann ich dir einen Drink holen? Hast du Joanie schon gesehen?«

»Nein, danke«, sagte ich. »Ich habe noch einen. Maxine sagte, Joanie sei noch nicht wieder zurück.«

Die Furchen auf Papas Stirn erschienen wieder. Er strich mit der Hand über die untere Gesichtshälfte. »Immer noch weg? Mein Gott, ich weiß nicht, was ich mit diesem Mädchen machen soll. Ich bin aber sicher, daß sie gleich wieder zurück sein wird, denn sie und Fred brannten darauf, mit dir zu reden.« Er sah zur Tür. »Ich bin sicher, daß sie kommen wird. Morgan ist oben und macht sich fertig. Sie sieht reizend aus. Maxine umschwirrt sie schon den ganzen Vormittag und macht sie zurecht, damit sie wie die Bienenkönigin aussieht.«

»Das ist unfair, Papa.« Maxine war zu uns gekommen, als sie mich mit ihrem Mann sprechen sah, und sie hatte seine letzten Worte gehört. Sie schien mit einer eigentümlichen Mischung aus Spannung und Humor zu vibrieren. »Jede Braut verdient es, an ihrem Hochzeitstag so gut wie möglich auszusehen, und ich wollte, daß Morgan ganz besonders gut aussieht. Weißt du, sie macht so wenig aus ihrem Haar. Dir muß ich das nicht sagen, Owen, denn du kennst sie schon seit Jahren, aber Morgan muß man immer ein wenig bedrängen, damit sie etwas aus sich macht. Sie hatte immer die Nase in einem Buch, schon als kleines Mädchen, und wir mußten immer hinterher sein, damit sie sich etwas besser kleidete. Ich bin sicher, Joanie hatte etwas damit zu tun. Du weißt ja, wie Schwestern sind.«

»Ich habe deinen Drink«, sagte ich.

»Du bist ein wahrer Gentleman, Owen«, sagte sie. Ich konnte sehen, wie ihre Unterlippe zu zittern anfing. »Wir haben dich beide sehr gerne, weißt du. Du wirst ein wunderbarer Ehemann sein, das weiß ich.« Sie trank aus ihrem Glas und sah mir ins Gesicht. »Wir machen uns nur ein wenig Sorgen wegen Joanie und Fred«, sagte sie.

»Fang jetzt nicht damit an«, sagte Papa. »Joanie kann jeden Augenblick wieder hier sein.«

Einen Augenblick lang, während ich sie betrachtete, wie sie durch die obskure Sorge um ihre Tochter vereint waren – denn es war deutlich, daß heute vormittag etwas Unglückliches geschehen sein mußte –, konnte ich Morgans Gesicht in einer bruchstückhaften, verzerrten Weise in den Gesichtern ihrer Eltern wiedererkennen. Sie schien wie latent dazusein, als eine Kraft, mit der ich nur andeutungsweise zurechtkommen konnte. Morgan hatte das hellbraune Haar und die braunen Augen ihres Vaters, während die glatten Gesichtszüge und das feste, kleine, unnachgiebige Kinn von ihrer Mutter stammten.

Mir waren diese Ähnlichkeiten schon früher aufgefallen, aber noch niemals in dieser absoluten Deutlichkeit.

»Ich weiß, ich weiß«, sagte Maxine. »Oh, ich bin so froh, daß wir einen so schönen Tag für die Hochzeit haben.«

Während wir uns unterhielten, hatte sich in unserer Nähe eine kleine Gruppe gebildet, die auf eine Pause in der Unterhaltung wartete. Ein kahler, sonnengebräunter Mann mit dunkler Brille und einem teuer aussehenden dunklen Anzug, sowie eine blonde Frau, die seinen Arm hielt, waren die ersten, die das Wort ergriffen.

»Ist dieser hübsche junge Mann der Glückliche?« fragte die Frau. »Sie sind sehr nett und *groß*.«

Ich nickte und verneigte mich ein Stück in ihre Richtung. Der kahle Mann mit der Sonnenbrille ergriff meine Hand. Er hatte überall denselben braunen Farbton, als wäre er aus Holz geschnitzt. »Gratuliere, junger Mann. Sie bekommen ein wunderbares Mädchen mit wunderbaren Eltern. Aber das wissen Sie natürlich, das muß ich Ihnen nicht sagen.« Er stieß mich in die Seite. »Wissen Sie, das sagt man zum Bräutigam, ›gratuliere‹ – zur Braut sagt man ›Viel Glück‹.« Er bellte ein Lachen gegen meine Brust, als würde er einen privaten Scherz mit mir teilen.

»Achten Sie nicht auf ihn«, sagte die Blondine. »Er hat schon zuviel getrunken. Wir haben von Ihren neuen Schwiegereltern schon soviel von Ihnen gehört, und wir wollten Sie unbedingt persönlich kennenlernen.«

Maxine schwebte an die Seite der Blondine. »Oh, darf ich vorstellen«, krähte sie. »Charles und Esther La Rochelle, dies ist Owen, Owen, Charles und Esther La Rochelle. Charles und Esther kennen unsere Mädchen schon jahrelang, und sie sind liebe Freunde von uns.« Wir schüttelten uns erneut die Hände, Morgan hatte mir von den La Rochelles erzählt. »Charles ist der Besitzer des Tennisclubs, er war früher Schmuggler«, hatte sie gesagt. »Aber dann wandte er sich größeren Dingen zu. Ich glaube, er ist ein Krimineller. Esther war seine Sekretärin, bevor sie geheiratet haben, waren sie der Lieblingsskandal meiner Eltern.«

»Ich habe auch schon von Ihnen gehört«, sagte ich. Maxine strahlte.

Einen Augenblick standen wir fünf beisammen, nickten verlegen, schwiegen und wußten nicht, was wir tun sollten. Papa unterbrach das vorübergehende Schweigen, indem er Maxine am Ärmel zupfte und sagte: »Entschuldigt mich einen Augenblick. Mein Mädchen und ich müssen noch eine kleine Konferenz abhalten.«

»Letzte Spielbesprechung!« bellte La Rochelle. »Dein Teil ist einfach. Du nimmst einfach Morgans Arm und versuchst, eine gerade Linie zu gehen.« Während er über seinen eigenen Witz lachte, tätschelte die Frau seinen Arm.

»Charles, sei jetzt still. Bitte.« Sie war das Ziel eines erstaunlich nüchternen Nickens ihres Mannes, dessen Gesicht einen Augenblick so hart und ausdrucksstark wie das eines Schauspielers war.

Papa führte Maxine ein paar Schritte beiseite und ließ die La Rochelles und mich an der Bar stehen. Sie waren so nahe, daß sie Papas lautes Flüstern deutlich hören konnten.

»Verdammt, ich werde verrückt«, sagte er. »Wo, zum Teufel, steckt sie? Richter Kampf kann jeden Augenblick hier sein, es ist fast vier Uhr, die Hochzeit soll anfangen, und sie fährt irgendwo mit ihrem ausgeflippten Ehemann in der Gegend herum!«

Maxine flüsterte etwas, das ich nicht hören konnte.

Die La Rochelles und ich sahen zu Boden und taten so, als könnten wir Papas wütendes Zischen nicht hören. Ich fand einen neuen Drink in meiner Hand – gereicht, vermutete ich, von Charles –, und damit beschäftigte ich mich, bis La Rochelle wieder sprach. Er hatte sich auf sein altes Benehmen besonnen, seine Stimme klang jovial, zumindest bei den ersten Sätzen.

»Ich will Ihnen etwas sagen, Owen«, sagte er. »Regen Sie sich niemals wegen anderer Leute Probleme auf.« Seine Sonnenbrille glitzerte einen Augenblick, als sich Licht vom Fenster darin fing. Sein breites braunes Gesicht war ausdruckslos und rätselhaft hinter der Brille. »Sie können nicht die Seelentante für die ganze Welt sein – hören Sie? Haben wir uns verstanden?«

Ich dachte schon, auch wenn es unwahrscheinlich schien.

In den folgenden fünf Sekunden fanden drei verschiedene Ereignisse gleichzeitig statt. Über den Kopf von Esther La Rochelle hinweg sah ich Sandy Bosch auf uns zukommen, sein großes, rosiges Gesicht verströmte einen Ausdruck unendlichen, hohlen Wohlwollens. Es sah aus, als wollte er zu Charles. Aber bevor er ihm auf die Schulter klopfen konnte, hörten wir durch das Fenster das Hupen näherkommender Autos, insgesamt drei. Maxine ließ Papa stehen, der mitten im Satz abbrach, Hände in den Taschen, Mund offen, während sie rasch ans Fenster ging, um nachzusehen, wer gekommen war.

»Joanie und Fred sind hier, und der Richter ebenfalls. Ich wette, sie haben das so ausgemacht«, sagte sie zu ihrem Mann. Dann drehte sie sich zu den Versammelten um.

»Alles hinaus in den Garten! Der Richter ist hier! Alles hinaus in den Garten!«

Ich erinnere mich nicht besonders deutlich an meine eigene Hochzeit. Als ich aus dem Haus in den Garten ging, sprach der Gin, den ich gerade getrunken hatte, auf das Sonnenlicht und die unerwartete Hitze an. Ich hatte nichts gegessen und war nervös. Als ich durch die Terrassentür in den Garten trat, mußte ich einen Augenblick stehenbleiben, um nicht umzukippen. Das Blut schoß mir in den Kopf, ich konnte spüren, wie mein Gesicht rot wurde.

Die Gäste standen in einer unregelmäßigen Gruppe an der Hecke, zwischen ihnen verlief ein Flur, durch den Papa den Richter zu einer grünen Fläche neben einem Windenbeet führte. Als sie den Rand der Menge erreicht hatten, ließ Papa den Richter vor den Leuten stehen; er sah in seiner schwarzen Robe unbehaglich und schwitzend aus. Papa kam zu mir auf die Terrasse bei den Fenstern.

»Geh einfach dorthin und stell dich links vom Richter auf«, sagte er leise. »Ich gehe hinauf und hole Morgan. Ich bin sicher, sie hat sich mittlerweile die Nägel bis auf die Knochen abgebissen.« Er ging nach drinnen.

Ich ging durch die Schneise in der formlosen Menge. Ich konnte sehen, wie sich mir ununterbrochen Gesichter zuwandten, die breiten Sommerhüte der Damen neigten sich mir wie Blüten entgegen. Ich vernahm das Murmeln von Unterhaltungen und drehte ab und zu den Kopf, wenn ich meinen Namen aufschnappen konnte. Aus dem Augenwinkel sah ich ein Paar, das auffällig fehl am Platze wirkte; der Mann hatte langes, wolliges Haar und einen Zapata-Schnurrbart, gekleidet war er in einen formlosen braunen Kordanzug. Die Frau neben ihm hatte einen weiten roten Rock an, und dazu eine weiße Bluse mit weiten Puffärmeln, wie eine rumänische Bäuerin. Joanie und Fred, die berühmten, dachte ich. Aber all diese Eindrücke registrierte ich kaum mit dem Bewußtsein. Die Verbindung der schrecklichen Hitze mit dem Gin, den ich getrunken hatte, beeinträchtigte meine Wahrnehmung noch, und mir war, als wäre ich beim Schwimmen, im Halbschlaf oder beinahe geblendet.

Der Richter lächelte, als ich mich vor ihm aufbaute. Wir hatten einander vor einer Woche bei einer Cocktailparty kennengelernt. Er machte einen müden und entspannten Eindruck, und er schwitzte in seiner würdevollen Amtsrobe. Ich nickte ihm zu.

»Hallo, Owen«, sagte er mit geschäftsmäßigem Tonfall. »Keine Bange. Dieser Teil ist einfach.«

»Danke«, antwortete ich von Herzen. Ich konnte den Druck von zweihundert Augen im Rücken spüren.

Hinter mir wurde die Terrassentür erneut geöffnet, mit einem effizienten, geölten Geräusch. Die Unterhaltungen in der Menge verstummten, dann setzten sie mit einem konzentrierten Summen wieder ein. »Ist sie nicht reizend?« sagte eine Frau. Allmählich erstarb die Unterhaltung wieder. Aus einem benachbarten Garten ertönte das ferne, bienenähnliche Surren eines Rasenmähers.

Nach fünf Minuten und dem Austausch von Ringen und einigen Worten war ich verheiratet. Morgan war reizend, wie die unbekannte Frau gesagt hatte. Ihr Haar war im Nacken geflochten und hochgesteckt, der Friseur hatte kunstvoll ein Band aus blauen Blumen in ihre Lokken geflochten. Am Ende, nachdem wir uns geküßt hatten, flatterte ein Schmetterling mehrmals um uns herum, bevor er im Garten verschwand.

2

Die Feier fand in den vier rot und weiß gestreiften Zelten statt, die die Männer aufgebaut hatten, denen ich am Morgen begegnet war. Sofort nach der Trauung waren scheinbar aus dem Nichts Männer in kurzen weißen Jacketts und mit Krawatten aufgetaucht und hatten damit begonnen, Drinks zu machen und Platten mit Häppchen und Früchten aufzustellen. Ein Fotograf, der wie ein Tourist mit Kameras und Filmrollen behängt war, machte Fotos von mir und Morgan, während wir durch die Menge der Gäste gingen, einander küßten, bevor wir ein Zelt betraten, ein Glas Champagner tranken. Ich bewunderte Maxines Organisationstalent. Die Männer in den weißen Jacketts trugen silberne Tabletts mit Sektgläsern herum, und ich nahm zwei für Morgan und mich selbst. Wir hatten gerade die Reihen der Gratulanten über uns ergehen lassen – Gelegenheit für Dutzende Fotos –, und ich war der Meinung, wir konnten beide etwas zu trinken vertragen.

»Auf Maxine«, sagte ich. »Für ihre hervorragende Planung. Ich finde, es ist eigentlich ihre Hochzeit.« Morgan nahm ihr Glas und sah mich mit einem ironischen, dankbaren Blick an.

»Ich wünschte, du wärst heute morgen hier gewesen«, sagte sie. »Sie hat mich fast verrückt gemacht. Alles ging schief, und Mutter brach alle zehn Minuten in herzzerreißendes Schluchzen aus. Es war die Hölle. Ich bin froh, daß es vorbei ist.« Sie sah mit stechendem Blick über die Menge, die augenblicklich überhaupt nicht auf uns achtete. An dem Tisch mit den Häppchen, abseits von allen anderen Gästen, stand ihr Vater alleine und scheinbar gedrückter Stimmung.

»Der arme Papa«, sagte sie. »Ich glaube, er fühlt sich schuldig. Er und Joanie hatten heute morgen einen heftigen Streit. Sie wollten, daß sie ein Kleid trägt, das Mutter für sie gekauft hat, und Joanie wollte das anziehen, was sie mitgebracht hat. Natürlich hat Joanie gewonnen.«

»Ich glaube, ich habe sie gesehen«, sagte ich. »Eine ziemlich rustikale, bunte Erscheinung.«

Morgan lächelte in sich hinein. »Ganz recht, das war Joanie. Ich frage mich, wo sie steckt. Sie sagte, sie und Fred wollten mit dir reden. Nun, die ganze Sache war so albern. Papa zieht im Streit mit Joanie immer den kürzeren. Es endet immer damit, daß er das Haus verläßt und spazierengeht. Aber Mutter hat ihm auch zugesetzt, und sie haben den ganzen Vormittag auf Joanie herumgehackt.« Sie ahmte die Stimme ihrer Mutter nach: »›Ich will dir natürlich nicht vorschreiben, was du tun mußt, Liebes, aber deine Kleidung, die du mitgebracht hast, mag zwar für verschiedene Anlässe recht und schön sein, freilich nicht für eine Hochzeit. Ich sage das nur zu deinem eigenen Besten.‹ Schließlich machte Joanie allem ein Ende, indem sie kreischte, sie wäre eine erwachsene Frau, und wenn sie nicht einmal anziehen dürfte, was sie wollte, dann würde sie auf der Stelle das Haus verlassen. Dann verließen sie und Fred es *tatsächlich*. Sie waren etwa sechs Stunden hier.«

Ich sagte ihr, was geschehen war, während sie oben war: daß ihre Schwester und ihr Schwager gleichzeitig mit dem Richter angekommen waren.

»Oh, armer Papa«, sagte Morgan. »Gehen wir zu ihm und reden wir mit ihm. Er sieht so kläglich aus.«

Wir gingen auf ihn zu, wurden aber schon nach wenigen Schritten aufgehalten. Ein Kusinenpaar von Morgan – oder von Papa, oder von Maxine, so sicher bin ich mir nicht – hatte sich in unserer Nähe aufgehalten, und kaum setzten wir uns in Bewegung, fiel es über uns her.

»Oh, wie reizend ihr ausseht«, gurrten sie. Ich konnte sehen, wie sich Morgan verzweifelt zu erinnern versuchte, was sie uns zur Hochzeit geschenkt hatten.

»Ihr seid beide so nett«, sagte sie. »Vielen Dank für das reizende Geschenk, das ihr uns gemacht habt. Es ist wirklich eine schöne Schüssel.«

»Schüssel«, wiederholte die Frau. »Silberschüssel. Wir haben der Tochter der Fleischs auch so eine geschenkt, als sie geheiratet hat, und sie sagte, es sei das Schönste gewesen, was sie bekommen hat.«

»Klingt gerade so, als würde sie sich die Füße darin waschen«, bemerkte ihr Mann.

Dieses Paar hielt uns fünf Minuten auf. Als wir sie loswurden, war Papa von seinem Platz am Tisch verschwunden.

Die vier Zelte standen parallel, und die zweihundert Gäste, die Maxine eingeladen hatte, gingen von einem zum anderen. Im Garten selbst schienen sich nur etwa fünfzig Personen aufzuhalten, die mit Drinks in Händen umherspazierten oder Teller voll Köstlichkeiten trugen. Ich war am Verhungern.

»Ich frage mich, wo mein unglücklicher Vater ist«, sagte Morgan. »Schlendern wir ein wenig herum. Wir können auch etwas essen, denn ich sehe an deinem Gesichtsausdruck, daß du hungrig bist. Vielleicht treffen wir Joanie und Fred. Wir haben noch etwa eine halbe Stunde, bevor wir den Kuchen anschneiden müssen.«

Ich sagte ihr, daß ich diese Zeremonie vollkommen vergessen hatte.

»Warte, bis du sie gesehen hast. Sie ist *Die Kinder des Olymps* der Torten.«

Wir nahmen Teller vom Stapel, und ich häufte meinen voll mit Roastbeef, Brötchen, zwei verschiedenen Salaten, *prosicutto*. Essend gingen wir zum zweiten Zelt, wobei wir am Rande nach Joanie und Fred Ausschau hielten.

Wir kamen langsam voran. Jedesmal, wenn wir ein Paar oder eine Gruppe verließen, wurden wir vom nächsten angehalten. Morgan überraschte mich, weil sie fast jedem für das Geschenk danken konnte, das er oder sie uns gemacht hatte. Sie schien dabei aber immer völlig spontan und auf eine frische, charmante Weise dankbar zu sein, als hätte uns das Paar, zu dem sie gerade sprach, das wirklich einzig wertvolle Geschenk gemacht.

Als wir eine Minute allein waren, fragte ich sie: »Wie

um alles in der Welt erinnerst du dich nur an die zahllosen Salatschüsseln, Gabeln und Toaster?«

»Ich habe zwei Wochen damit verbracht, Dankesschreiben zu verfassen«, sagte sie. Sie hielt die Hand hoch, als wären ihre Finger verkrampft. »Ich bin fast fertig damit. Oh – da ist Sandy Bosch. Bitte, Owen, tu so, als würdest du ihn nicht sehen. Er verwechselt mich immer mit Joanie, er säuft wie ein Loch, und etwas an ihm bringt mich immer durcheinander. Wenn ich ihn sehe, denke ich immer an Ärger.«

Wir mußten Sandy jedoch nicht aus dem Weg gehen, denn er winkte uns lediglich zu und verschwand im zweiten Zelt. Er schien sich wegen eines Problems zu grämen, was immer das auch sein mochte.

»Heute morgen fühlte ich mich so, wie er aussieht, aber das Essen wirkt wahre Wunder auf meine Verfassung«, sagte ich. »Möchtest du noch etwas trinken? Diesesmal etwas anderes als Champagner?«

Morgan nickte, und das blaue Blumenband in ihren Haaren bewegte sich in der Sonne auf und ab. Sie schien gleichzeitig müde und aufgekratzt zu sein, ihr schmales Gesicht war so schön, wie ich es noch nie gesehen hatte.

»Diese ganzen alten Damen haben recht«, sagte ich. »Du bist wunderschön. Ich liebe dich. Wie hat er diese ganzen Blumen nur dazu gebracht, in deinem Haar zu halten?«

Ihr Gesicht schwebte vor mir. »Ich kann es gar nicht erwarten, von hier fortzukommen«, sagte sie. »Ich denke schon den ganzen Tag an dich. Dies alles hier ist eigentlich nur für Mutter.«

Sie preßte die flache Hand auf meine Brust. »Wir werden nie jemand anderen brauchen, nicht?«

»Niemals«, sagte ich.

Wir hielten die Teller ungeschickt in Händen, während wir uns küßten. Ich liebte sie so sehr. Zum erstenmal an diesem Tag wurde mir klar, daß ich wirklich verheiratet war.

Ich hörte jemanden aus dem sonnigen Garten rufen.

»*Mor*gan! Oh, *Mor*-gan! Komm her!«

»Joanie«, sagte sie. »Gehen wir mit ihr reden. Das andere folgt später.«

Die beiden waren dreißig Meter entfernt, sie saßen inmitten von weißen Ringen auf dem grünen Rasen. Als wir näher kamen, entpuppten sich die Ringe als Teller voll Essen. Morgan und ich stiegen über die Teller und gesellten uns zu ihnen. Gerade als wir drinnen waren, kam ein Kellner mit Getränken herbei, und ich nahm einen Gin Tonic für mich, und einen für Morgan. Joanie und Fred sahen zu uns auf, wegen der grellen Sonne mußten sie die Augen zusammenkneifen.

»Möchtet ihr etwas trinken?« fragte ich.

Fred, der sitzen blieb, streckte die Hand aus. »Entspanne dich, Owen. Keine Drinks für uns, danke. Setz dich und erhol dich einen Augenblick von der Parade.« Der Kellner entfernte sich.

»Wir trinken nicht«, sagte Joanie. »Niemand macht das mehr. Nun, ihr wißt schon, was ich meine.« Sie kicherte. »Das andere Zeug, wißt ihr, das andere.« Sie schien durcheinander zu sein, wahrscheinlich die Nachwirkungen des Streits mit ihrem Vater.

Morgan und ich stellten behutsam die Teller ab, und ich schüttelte Fred die Hand. Unter seinem wilden Haarschopf machte er einen liebenswürdigen Eindruck, aber ich konnte den Grund für Maxines unausgesprochene Befürchtungen sehen. Er entspach nicht ihrer Vorstellung vom perfekten Schwiegersohn. Aber ich hatte ihn in Boston gemocht, und ich stellte fest, daß ich ihn immer noch mochte. Fred schien offen und freundlich zu sein, man sah ihm auch den New Yorker an. Er war ganz eindeutig jüdisch.

»Komm schon, setz dich, Mann«, sagte er. »Es ist verdammt zu heiß, um zu stehen.«

Ich setzte mich neben ihm ins Gras, und Morgan folgte meinem Beispiel, wobei sie das weiße Kleid glattstrich. »Ich bin schrecklich froh, daß du zurückgekommen bist«, sagte sie. »Sie rissen sich schon die Haare aus. Papa hat in seinen warmen Kleidungsstücken einen Spaziergang gemacht, und als er zurückkam, hat er mindestens eine halbe Stunde lang geduscht.«

Joanie kicherte erneut. »Na und? Was ist daran Neues? Das macht er doch immer. Ich kann dieses Herumkommandieren einfach nicht mehr ernst nehmen. Gefällt dir mein Aufzug?« Sie legte die Hand über die Augen, damit sie Morgans Gesicht sehen konnte. Dann kicherte sie wieder. »Ich bin sicher, sie wollte, daß ich aussehe wie eine dieser alten Schreckschrauben. Wenn ich ein Peck & Peck-Kleid *wollte*, dann hätte ich mir auch ein Peck & Peck-Kleid gekauft.«

»Es ist sehr schön«, sagte Morgan. »Mir ist es einerlei, was du anhast.«

»Sag mir eins«, sagte ich zu Fred. »Warum habt ihr die Teller so aufgestellt?« Ich fand, es hatte schon Spannungen genug gegeben, und ich hatte gespürt, daß Morgans Worte nicht ehrlich gewesen waren. Ihre Schwester war ihr nicht einerlei, und aus diesem Grund war sie sauer wegen Joanies Benehmen vor der Hochzeit.

Joanie antwortete, bevor ihr Mann es konnte. Morgans Vorwurf schien keinerlei Wirkung bei ihr zu zeitigen. »Das ist unser Hexenring. Um böse Geister fernzuhalten.« Plötzlich brach sie in schallendes Gelächter aus, und ihre Brüste hüpften unter der weißen Bluse.

»Sei still, Joanie«, sagte ihr Mann zu ihr. »Man könnte auf uns aufmerksam werden.«

Joanie preßte einen Finger auf die Lippen und beugte sich in meine Richtung. »Du törnst dich doch an, nicht?

Möchtest du dich mit Gras antörnen?« Sie sah über die Schultern zu den Leuten im Zelt, dann zu denen, die sich im Garten aufhielten. »Schon gut«, sagte sie zu ihrem Mann. Sie legte ihm eine Hand aufs Knie. »Es schaut niemand her.«

Sie drehte sich wieder zu mir um, und der Goldring an ihrem Ohr funkelte. »Wir haben eine Menge Gras von Boston mitgebracht. Ich verrate euch ein Geheimnis. Als wir gingen, sind wir einfach eine Weile in der Gegend herumgefahren, damit ich mich beruhigen konnte, und dann parkten wir in der Nähe des Hauses, damit wir sehen konnten, wann der Richter kommt. Wir waren beide unheimlich high.« Sie lachte erneut, wobei sie den Mund mit einer Hand bedeckte. »Ich bin immer noch high.« Nach diesem Geständnis sah Morgan amüsiert und verärgert zugleich aus.

»Nun, da jeder in das Geheimnis eingeweiht ist, möchtet ihr etwas?« sagte Fred. Er nahm die Hand hinter dem Rücken hervor und streckte sie aus. Eine verformte Zigarette lag auf der Handfläche. »Einfach einen tiefen Zug nehmen und so lange wie möglich in der Lunge halten.« Er führte es vor, indem er den Rauch hinunterschlang, bis seine Wangen vor Anstrengung ganz eingefallen wirkten. Er hielt den Atem an und reichte mir die Zigarette. »Guter Stoff«, keuchte er, ohne dabei den Rauch herauszulassen.

Ich sah zu Morgan. Sie nickte. »Versuchen wir es«, sagte sie. Ich ahmte Freds Zug an der deformierten Zigarette nach und gab sie Morgan. Der süßliche, weinartige Geschmack war ein angenehmer Schock für mich. Ich hatte eine Wiederholung der herben Mischung aus Pfeifentabak und Zigarettenpapier erwartet – daraus hatte ich mir als Junge einmal selbst eine Zigarette gedreht.

Wir hielten den Atem an, bis die Zigarette die Runde gemacht hatte, dann wiederholten wir die Prozedur.

Nachdem sie zum drittenmal herumgegangen war, mußte ich einen kräftigen Schluck nehmen; der Stoff in der Zigarette hatte angefangen, meinen Mund und den Rachen auf unangenehme Weise auszutrocknen. Sie ging wieder herum.

»Ich bin gut drauf«, sagte Fred. »Ihr auch?«

»Ich weiß nicht«, sagte ich. »Ich fühle mich noch genau so. Vielleicht ein wenig benommen, weil ich so lange den Atem angehalten habe.«

»Ich spüre überhaupt nichts«, sagte Morgan. »Wann soll es denn wirken?«

»Vielleicht gar nicht. Viele Leute werden beim erstenmal nicht high. Warten wir einfach ab.«

Wir reichten die Zigarette herum, bis sie nur noch aus wenigen Millimetern angekohltem Papier bestand. Fred nahm einen letzten Zug, der sie fast vollkommen verzehrte, dann trat er sie mit der Schuhsohle aus.

»Wenn deine Eltern keinen Bullen eingeladen haben, dann ist das der sicherste Trip, den ich je hatte«, sagte er. »Essen wir etwas.« Er bediente sich von einem Teller aus dem Kreis um uns herum. »Pot macht immer hungrig.«

Joanie öffnete die Augen. Sie sah sehr entrückt aus. »Mich auch«, sagte sie. »Ich verhungere.«

Ich war nicht hungrig, fühlte mich aber ein wenig benommen. Ich trank noch einen kräftigen Schluck und genoß den Kontrast zwischen dem kühlen Gin und meiner aufgerauhten Kehle.

Morgan streckte die Beine vor sich aus und stützte sich auf die Hände. »Vielleicht ist doch etwas mit mir geschehen. Ich fühle mich plötzlich so entspannt. Wie fühlst du dich, Owen?«

Ich antwortete nicht sofort, denn ich stellte fest, daß mit dem Rasen eine eigenartige Veränderung vor sich ging. »Nur ein wenig albern«, sagte ich schließlich. »Es ist so heiß hier draußen.« Ich spürte kalte Schweißtropfen an meinen Schläfen hinabrinnen.

Fred drehte mit Zubehör aus seiner Hosentasche eine neue Zigarette. Als er fertig war, zündete er sie an und gab sie Joanie.

»Hör zu, Joanie«, konnte ich Morgan sagen hören. »Ich muß dir etwas Komisches von Papa erzählen, das sich zugetragen hat, nachdem du weg warst.«

Joanie schnaubte lachend, Rauch kam aus ihren Nasenlöchern. »Ich wette, das wird eine la-a-a-a-nge Geschichte.«

»Eigentlich nicht. Er wollte sich nur unterhalten, aber nicht gleich. Als er von seinem Spaziergang zurückkam, saß ich auf der überdachten Veranda, und er kam dorthin. Ich glaube, er wollte nur in meiner Nähe sein. Er beschäftigte sich eine Weile mit seinem Drink, dann fing er an, mir Fragen über dich zu stellen. Er horchte mich aus, als hätte er beim Spazierengehen einige Ideen gehabt, die er nun herausfinden wollte.«

»Was für Ideen?« Joanie hörte sich sofort besorgt an. Ich sah sie an; sie war hochgeschnellt, der lächerliche Rock lag um sie herum wie der Hut eines Pilzes. Sie sah, daß ich sie betrachtete, und entspannte sich. »Ich kann das nicht leiden«, sagte sie. »Immer macht er das.«

»Er wollte wissen, ob du mir erzählt hättest, du seist schwanger, oder ob du sonstige Probleme hättest, von denen du ihm nichts gesagt hast. Aber das wollte ich eigentlich gar nicht sagen.« Morgans Stimme schien langsamer als normal zu sein.

»Oh, Junge! Er ist unglaublich!« Joanie kicherte, aber ich konnte ihr ihren Zorn deutlich anmerken.

»Nein, hör zu«, sagte Morgan. »Ich sagte ihm, darüber wüßte ich nicht mehr als er. Und das war nicht einmal gelogen, wie du weißt. Wir redeten weiter, und schließlich sagte ich zu ihm: ›Papa, du weißt, Joanie und ich lagen als Kinder immer im Wettstreit.‹ Ich sagte ihm, ich wäre vielleicht nur deinetwegen so geworden, wie ich bin: weil du grob zu ihm warst, versuchte ich, artig zu sein. Und ich sagte: ›Das ist der einzige Grund, warum ich als Kind immer so ein Herzblatt war. Wir haben einander nie toleriert.‹ Dann sagte ich ihm, er sollte sich deinetwegen nicht immer so aufregen. Ich sagte ihm, er würde sich unmöglich benehmen.«

Joanie ließ sich ins Gras zurücksinken. »Himmel! Meine Schwester, die Vermittlerin!« Sie reichte mir die Zigarette. Morgan, die sich ganz auf ihre Geschichte konzentrierte, hatte abgewinkt.

»Aber das ist noch nicht alles. Als ich fertig war, sagte er: ›Ich weiß nicht, wovon du sprichst. Du und Joanie, ihr hattet noch nie einen Wettstreit. Gib mir ein Beispiel.‹ Ich sagte: ›Wenn du darum bitten mußt, dann hast du nie mitbekommen, was vor sich ging – es war ein unablässiger, tagtäglicher Konkurrenzkampf zwischen uns beiden.‹ Das glaubte er nicht.«

»Er ist ein Musterbeispiel für Freud«, sagte Joanie. Sie sah zu Fred.

»Nein, so war es eigentlich nicht«, sagte Morgan. »Es ist mehr prä-Freudianisch. Wie er die Welt sieht.«

»Ich weiß nicht, was du erwartet hattest. So ist er immer gewesen. Mich hat das fast verrückt gemacht.« Sie lachte wieder, aber es hörte sich gezwungen an. »Oh, Morgan, Morgan. Manchmal denke ich, du solltest den Shirley Temple Friedenspreis bekommen.«

»Darüber seid ihr jetzt alle hinaus. Warum lassen wir das Thema nicht fallen?« Fred hörte sich an, als versuchte er, Frieden zwischen den Schwestern zu stiften. Ich mochte ihn mehr denn je.

Diese Unterhaltung drang wie vom anderen Ende einer Röhre zu mir, dennoch konnte ich sie mit ungewöhnlicher Klarheit hören. Ich spürte Morgans Zorn auf ihre Schwester, und mir war klar, daß sie den durch die Geschichte von der Unterredung mit ihrem Vater hatte ablassen wollen. Das war typisch für Morgan, so wie ›grobe Unverblümtheit‹ typisch für Joanie war. Ich hatte früher schon ähnliche Geschichten von Joanie gehört. Doch während sie sich unterhielten und ich mit einer Art übernatürlicher Aufmerksamkeit zuhörte, konzentrierte ich meine Wahrnehmung eigentlich auf einen seltsamen Zwischenfall, der sich etwa dreißig Meter entfernt zwischen den Zelten zutrug.

Charles La Rochelle war, eine Zigarre rauchend, aus dem Zelt herausgekommen. Er hatte nichts mehr von dem lärmenden Dickschädel an sich, als den ich ihn vor der Hochzeit kennengelernt hatte; während er allein neben dem Zelt stand und rauchte, schien La Rochelle ganz und gar kein Narr mehr zu sein. Seine Haltung drückte eine Art von Selbstsicherheit und Selbstzufriedenheit aus. Er sah irgendwie kalt entschlossen aus, als hätte er eine Mission, an der niemand sonst auf der Party teilnehmen konnte. Das hatte etwas Bedrohliches an sich.

Kurz vor La Rochelle, in meinem Sehbereich links – in Wirklichkeit mußte er vier bis fünf Meter von ihm entfernt gewesen sein –, hatte Sandy Bosch sich mit Dr. Stern unterhalten. Seit ich ihn zum letztenmal gesehen hatte, mußte er ununterbrochen weitergetrunken haben. Er benahm sich mit dem unsicheren Selbstvertrauen eines Betrunkenen. Als La Rochelle aus dem Zelt kam und sich allein daneben postierte, konnte ich sehen, wie Bosch den Ärmel des Psychiaters losließ und ihm etwas zumurmelte, um sich zu entschuldigen. Dr. Stern schüttelte den Kopf und flüsterte Bosch ein paar Worte ins Ohr. Bosch schien sie nicht zu hören; er starrte Charles La Rochelle an wie eine Maus, die von jemand mit einem Schürhaken in die Ecke gedrängt wurde. Natürlich ist das lediglich meine Rekonstruktion der Ereignisse: Ich konnte zu dem Zeitpunkt nicht sagen, ob er Angst oder Zorn empfand. Bosch ließ den Doktor stehen und gesellte sich zögernd zu La Rochelle. La Rochelles Lippen bewegten sich, als würde er ihn begrüßen. Bosch hatte mir nun den Rücken zugewendet, und ich konnte sehen, wie er die Hände aneinander rieb. La Rochelles Brillengläser funkelten, als sich die Sonne darin spiegelte wie vorhin, als er mir seinen rätselhaften Rat gegeben hatte. Boschs Rücken drehte sich etwas zur Seite, er riß die Arme mit nach oben gekehrten Handflächen hoch. Er sah wie ein Mann aus, der um etwas bittet – einen Job, Geld, die Möglichkeit, etwas auszubügeln, was er verdorben hatte. Fünf Jahre später sollte ich dieselbe Haltung, dieselben Gesten bei den bettelnden Kindern in Dublin sehen, die mit ausgestreckten Händen auf der Grafton Street um Pennys flehten.

Bosch machte drei rasche, schüchterne Schritte und stand nun direkt vor La Rochelle. Anscheinend immer noch redend, ergriff er den Ärmel des anderen Mannes. La Rochelle entzog ihm die Hand und hielt sie einen Augenblick mit offensichtlichem Abscheu hoch. Sein Gesichtsausdruck war, als hätte man ihn geschlagen. Dann nickte er mit dem Kopf seitlich, und die beiden Männer gingen an uns, in unserem Kreis aus Tellern, vorbei; sie schritten kaum zehn Meter entfernt vorüber. Sie sahen nicht in unsere Richtung, und ich war der einzige aus unserer Gruppe, der ihnen zugewandt war, daher war ich auch der einzige, der sie bemerkte.

Die beiden Männer gingen, La Rochelle voraus, Bosch hinterher, zum anderen Ende des Gartens. An einer Stelle etwa fünfzig Meter von mir entfernt blieben sie stehen. Dort unterhielten sie sich noch ein paar Minuten, wobei Bosch ununterbrochen zappelte. La Rochelle nahm die Zigarre aus dem Mund und trat sie nur Zentimeter von Boschs Fuß entfernt im Gras aus. Dann hob er die Hand und schlug zweimal in Boschs feistes Gesicht, auf jede Seite einmal. Die Schläge hörten sich auf diese Entfernung lediglich wie das Schlagen einer winzigen Uhr an, wie ein Mann, der mit dem Stock auf den Gehweg pocht.

»Darüber seid ihr jetzt alle hinaus. Warum lassen wir das Thema nicht fallen?« hörte ich Fred am anderen Ende des Rohres sagen. Ich spürte, wie dankbar ich auf seine Stimme reagierte.

»Wovon lebt Charles La Rochelle eigentlich wirklich?« fragte ich.

»Was?« sagte Morgan.

»Ich glaube, ihm gehört der Tennis Club, nicht?« sagte Joanie. »Was hat das damit zu tun?«

»Er ist ein sonderbarer Mann«, sagte ich.

»Ich finde ihn interessant«, sagte Joanie.

Während ich in der Sonne saß, ließ das Gefühl der gesteigerten Wahrnehmungsfähigkeit rasch nach und wich einer betäubten Mattigkeit. Morgan, die spürte, daß ich, ebenso wie sie, nicht eben gut auf Joanie zu sprechen war – auch sie konnte Fred gut leiden und war später betroffen, als Joanie mitteilte, sie habe ihn verlassen –, ließ sich von einem vorübergehenden Kellner einen Drink für mich bringen. Als Maxine kam, um uns wieder in eines der Zelte zu holen, fühlte ich mich, als wäre ich in eine dicke Watteschicht eingehüllt.

»Ich bin froh, daß ihr euch alle so gut versteht«, sagte sie. »Es freut mich zu sehen, daß wir alle eine große, glückliche Familie sind. Aber, Morgan und Owen, seid ihr nicht schon schrecklich lange hier draußen?«

»Mutter, kannst du ihnen nicht ein wenig Ruhe gönnen?« Joanies taktlose Art, ihre Eltern vor den Kopf zu stoßen, wurde mir allmählich klar. »Immerhin«, fuhr sie fort, »heiraten sie heute.«

Morgan stand auf. »Sei still«, sagte sie. »Owen, ich finde, wir sollten wirklich wieder hineingehen.«

Ich war fast aufgestanden. »Einverstanden«, sagte ich.

Wir gingen wieder zu den Zelten und widmeten uns in der folgenden halben Stunde Maxines Gästen. Morgan demonstrierte wieder ihre hervorragende Erinnerung daran, welches Paar welches Geschenk geschickt hatte. Ich spürte, wie sich in der kühlen Atmosphäre des Zelts mein Kopf allmählich klärte. Morgan ging dazu über, mir kleine Sandwiches anstatt Drinks zu geben.

Als ich mir gerade vorkam, als wäre ich in einem Goldfischglas, von wo ich zusah, wie Lippen bewegt und Münder von Lächeln geteilt wurden, wie in einer üppigen Parodie auf Gesten, platzte Joanie in meine Stimmung hinein und machte mir wieder meine gesteigerte Wahrnehmung bewußt. Sie wartete neben Morgan, bis diese mit der Unterhaltung fertig war, in die sie vertieft war, dann sprach sie sie ungeduldig an.

»Hör zu, Morgan, laß uns Freunde sein, ja? Ich weiß, du bist ein wenig böse auf mich, und Papa auch, aber ich möchte, daß wir Freunde sind. Können wir es nicht versuchen?«

(Ich glaube, als sie das sagte, war Joanie wirklich ehrlich und aufrichtig. Im Augenblick wünschte sie sich Verbundenheit zwischen ihr und ihrer Schwester. Solche Stimmungen waren bei Joanie nichts Ungewöhnliches. Sie schrieb oft lange Briefe an Morgan, in denen sie versuchte, die nur halb verstandene Feindschaft aus der Welt zu schaffen, die am Tag unserer Hochzeit zwischen den beiden Schwestern entstanden war, als wir vier in einem Kreis von Tellern auf dem Rasen saßen. Doch als Joanie und ich Jahre später miteinander ins Bett gingen, nachdem wir im Yacht Club, an der Reling über dem Hafen, eine lange und intime Unterhaltung gehabt hatten, eine Unterhaltung voll versteckter sexueller Anspielungen, sagte sie zu mir: »Das geschieht Morgan recht, dieser Hexe.« Dieser Impuls war es – Morgan nannte es Joanies ›Egoismus‹, aber mir kam es mehr wie Neid und Eifersucht vor –, weshalb sie Morgan, als die beiden zusammen in Israel waren und gemeinsam am Strand von Eilat schliefen, von unserer kurzen Affäre erzählte. Da Morgan zu dem Zeitpunkt aber bereits von meiner Beziehung zu der Frau wußte, hatte diese Eröffnung nicht den von Joanie gewünschten Effekt – ein vier Jahre zurückliegender Ehebruch war weiß Gott keine aufregende Neuigkeit für sie.)

Morgan wurde weich, während sie ihre Schwester ansah. Als die beiden sich gerade die Hand reichten, kam Maxine herbeigeeilt und sagte uns, daß nun der Zeitpunkt gekommen wäre, die Hochzeitstorte anzuschneiden.

Danach gibt es nicht mehr viel zu erzählen. Wir posierten für den Fotografen hinter der paradiesischen Torte und schnitten ein Stück von der untersten Schicht ab, dann nahm mir ein Koch das Messer aus der Hand und verteilte die Stücke an die Gäste. Morgan und ich aßen unser Stück, dann gingen wir ins Haus, um das anzuziehen, was Maxine unsere ›Reiseausstattung‹ nannte. Als wir nach unten kamen, standen alle Gäste am Fuß der Treppe, bis auf den Rasen hinaus. In der Menge sah ich, wie Papa Joanie hastig etwas ins Ohr flüsterte; sie machte einen gelangweilten und desinteressierten Eindruck. Morgan warf den Brautstrauß. Er wurde, glaube ich mich zu erinnern, von einem zehnjährigen Mädchen aufgefangen, einer Nichte von Maxine, die später, als Erwachsene, zum Katholizismus bekehrt und Nonne wurde. Jahre danach kam sie zu bescheidenem Ruhm, als sie den Gärtner des Stifts heiratete, wo sie unterrichtete, und einen Orden verheirateter Nonnen gründete. Man hielt sie für eine brillante Theologin. Charles La Rochelle und seine Frau standen am Fuß der Treppe, als wir nach unten kamen, und er schlug mir im Vorbeigehen auf den Rücken. »Alles Glück der Welt«, bellte er. Seine Frau zupfte ihn am Ärmel. Ich hielt nach Sandy Bosch Ausschau, konnte ihn aber nicht sehen. Wahrscheinlich war er an der Bar, dachte ich.

Am nächsten Tag kauften wir die Zeitung und sahen Morgans Bild darin; mit dem blauen Blumenband sah sie wirklich entzückend aus. Ein anderes Bild zeigte uns vier, Joanie, Fred, Morgan und mich, wie wir in dem Kreis aus Tellern saßen und Fred uns die deformierte Zigarette hinhielt. Die Bildunterschrift lautete: »Hochzeitspaar und unbekannte Gäste bilden bei High Society Fest eine Kommune.« Als wir nach einem langen Essen und einer Flasche gekühltem Weißwein ins Hotel zurückkamen, fanden wir einen Brief von Papa vor, in dem er uns mitteilte, daß Sandy Bosch gegen alle Warnungen darauf bestanden hatte, selbst nach Hause zu fahren, und daß er auf dem Freeway das Auto gegen einen Betonpfeiler gefahren hatte. Er selbst war unverletzt. »Der Narr fuhr direkt darauf zu«, schrieb Papa. »Ich glaube, der Herr beschützt Schläfer, Narren und Betrunkene.« Später erfuhren wir, daß Joanie und Fred am Tag nach der Feier inmitten eines bitteren Streits mit Maxine und Papa, weil Fred die Universität verlassen hatte, nach Boston zurückgefahren waren. Joanie schrieb Morgan einen langen erklärenden Brief über den Streit, den wir in den Flitterwochen in Charlotte Amalie erhielten.

3

»Glauben Sie an die Sterne? Glauben Sie an Astrologie?«

Sheila Goldsmith, die eine durchsichtige Bluse aus einem glitzernden Material trägt, darunter keinen BH, und einen Rock, der sich eng an ihre unglaublichen Hüften schmiegt, sieht mir direkt in die Augen. Ich fühle mich von ihrer Art hypnotisiert. In ihrem dunklen ovalen Gesicht hat Sheila Augen, die so blau wie Saphire sind, von goldenen Flecken durchsetzt, deren Faszination man sich nicht entziehen kann. Wie viele dunkelhäutige Frauen umgab auch Sheila eine Aura potentieller Ruchlosigkeit.

»Überhaupt nicht«, sage ich. »Sie glauben doch nicht an diesen Unsinn, oder? Großer Gott, Sheila – die Zukunft vorhersagen!« Ich fülle mein Glas an der Teacher's-Flasche auf der Theke nach. Ein lautes Summen hallt von den Wänden.

»Einen Augenblick«, sagt sie. »Ich muß die Tür aufmachen. Ich habe keine Ahnung, wo Jack wieder steckt.« Sie entfernt sich von mir, nicht ohne mir noch einen vorwurfsvollen Blick zuzuwerfen, und verschwindet in der Menge. Ich warte einen Augenblick.

Als wir nach London gezogen waren, hatte Morgan Sheila in einer Metzgerei in Bloomsbury kennengelernt. Sie hatten sich zurückhaltend miteinander unterhalten, wie Amerikaner es tun, wenn sie ihren Akzent in einem fremden Land hören. Überraschenderweise und durch einen jener seltsamen Zufälle, der Fremde dazu bringen kann, erste zögernde Schritte einer Annäherung zu unternehmen, waren sie gut miteinander ausgekommen. Eine Woche später hatte Morgan Sheila und ihren Mann auf ein paar Drinks in unsere Unterkunft eingeladen; seither hatten wir uns einige Male in Pubs getroffen; wir hatten Freundschaft geschlossen. Ich war der einzige Geschäftsmann, den sie kannten. Sie waren meine Freunde im wahrsten Sinne des Wortes. Auf diesem unzureichenden Fundament, einer Beziehung unzulänglicher Archetypen, hatten wir begonnen, einander zu sondieren und festgestellt, daß wir unsere Labels als Bezugspunkte für unsere Konversation benützen konnten, aber bald brauchten wir das nicht mehr. Sheila hatte Morgan in den vergangenen Wochen häufig angerufen, die beiden führten gedämpfte, private Gespräche, die manchmal länger als eine Stunde dauerten.

Über ein Feld identischer Köpfe hinweg konnte ich sehen, wie die Tür vom Türrahmen zurückschwang. Das Murmeln der Stimmen schwoll etwas an. Nach ein paar Minuten kam Sheila wieder aus der Menge zu mir zurück.

»Die Naftalins«, sagte sie. »Mark ist unglücklich wegen seines Doktorvaters, und er spielt mit dem Gedanken, die Universität zu verlassen.«

All diese Leute hatten Doktorväter, und alle schrieben Examensarbeiten oder Dissertationen. Jack Goldsmiths Examensarbeit war über die Natur der Realität bei Melville und Hawthorne; wenigstens zeitweise. Hauptsächlich jedoch schien sie über Partizipien zu handeln. Auch er spielte mit dem Gedanken, die Universität zu verlassen. »Ich bin es leid«, sagte er bei unserer letzten Begegnung zu mir. »Ich glaube nicht mehr an die Funktion der Kausalität.«

»Ich auch nicht«, hatte ich ihm gesagt. »Aber das hat mich noch nie gestört. Wenn Ereignis A nach Ereignis Z stattfindet, dann versuche ich eben, das als Phänomen anzuerkennen.«

»Natürlich«, sagte er. »Sie sind Geschäftsmann. Sie müssen nicht einmal moralisch aufrichtig sein.«

»Wie geht es Jack jetzt?« frage ich Sheila.

Sie sieht mich an, als hätte ich einen amateurhaften

Zug beim Bridge gemacht. »Unverändert«, sagt sie. »Er ist nicht sehr glücklich. Er mag England, aber er scheint keinerlei Ambitionen mehr zu haben. Er macht sich wegen etwas Albernem Sorgen.« Ihr Ton drückt deutlich den Befehl aus, daß ich dieses Thema nicht weiter verfolgen sollte.

Dieser Unterton ihrer Stimme bringt mich aus dem Gleichgewicht; trotz aller scheinbaren Freundlichkeit ist das, was sie sagt, doch todernst gemeint. Auf der Suche nach einem Themenwechsel sehe ich mich in dem Raum um, betrachte die schlecht geschnittenen Bärte und Kordjacken, die die Männer tragen, und die Frauen mit dem leicht abgenutzten, halb-befreiten Ausdruck, den Mädchen bekommen, wenn sie mit Akademikern verheiratet sind oder lange genug mit ihnen zusammengelebt haben.

»Diese Menschen sind sich alle so ähnlich«, sage ich. »Abgesehen davon, daß sie alle gleich aussehen.«

Sie betrachtet mich mit einer Spur mehr Interesse, ihr Blick gleitet ebenfalls über die versammelten Gäste hinweg. »Unsere Freunde, meinen Sie?« Sie grinst mich an. »Wieviel haben Sie schon getrunken?«

»Nun, ich wollte nicht unhöflich sein, Sheila. Sie scheinen lediglich alle deprimiert von ihrer Arbeit zu sein, aber kein Interesse zu haben, etwas anderes zu tun. Sie scheinen ausgelaugt zu sein, die Engländer mehr als die Amerikaner, aber die Amerikaner auch. Sie sicher nicht, aber die meisten anderen scheinen so ohne alle Energie zu sein.«

Während ich mit Sheila spreche, spüre ich, wie allmählich eine Röte von meinem Nacken den Hals entlang zum Gesicht kriecht. Ich habe nicht beabsichtigt unhöflich zu sein, und es beschämt mich zu sehen, daß sich Sheila taktvoll für mich zu entschuldigen versucht. Vielleicht bin ich betrunken; aber was ich ihr gesagt habe, beschäftigt mich bereits, seit Morgan und ich ihre Wohnung betreten haben: obwohl viele Menschen anwesend sind, herrscht keine freudige, ausgelassene Atmosphäre. Sie scheinen sich in einer resignierten Weise über Literatur zu unterhalten. Ein Junge mit langem blondem Haar links von mir sagt: »*Selbstverständlich* ist Rupert ein Miststück, das ist es ja eben! Aber anstatt etwas zu *unternehmen*, streitet er einfach handgreiflich mit einem anderen Mann!«

Der dicke, bärtige Mann, mit dem er spricht, sagt: »Nun, hast du die *pensées* über Homos gelesen?«

»Überwältigend«, seufzt der blonde Junge.

Sheila betrachtet noch einmal ihre Gäste. »Was machen denn die Gäste bei Ihren Partys?« fragt sie. »Sich betrinken und alte Kameradenlieder singen?«

»Ich glaube nicht, daß wir in letzter Zeit irgendwelche Partys hatten, bei denen Sie nicht eingeladen waren. Ich nehme ein oder zwei Geschäftsessen davon aus, und die waren sterbenslangweilig.«

Sie lächelt; meine versteckte Anspielung auf ihre Eitelkeit hat ihren Zorn verrauchen lassen. »Nun, vielleicht sind sie heute abend langsam. Warum legen wir nicht eine Platte auf und sehen zu, ob sie das auf Trab bringt?«

Sie führt mich zur Stereoanlage, einem glänzenden Ding aus Plexiglas und Holz auf dem Boden. »Was sollen wir spielen?« Sheila kauert vor dem Plattenregal und sieht die Platten durch. Ich setze mich auf den Boden neben sie: Boheme.

»Etwas Lebhaftes.«

Der Summer ertönt wieder. Sheila hebt die Hand und winkt, als wollte sie ihm befehlen, damit aufzuhören. Er hört auf.

»Oh, hier ist etwas Nettes«, sagt sie. »Das legen wir zuerst auf. Dann etwas Lebhafteres.« Sie zieht eine Schallplattenhülle heraus. Dann geht sie die anderen

Platten durch und gibt ab und zu einen mißbilligenden Laut von sich. Schließlich hat sie zwei weitere Platten gefunden. »Die hier«, sagt sie. »Das sind neue Platten von amerikanischen Gruppen.«

Sie steckt drei Langspielplatten auf den Plattenwechsler, eine Praxis, die mir die Frau abgewöhnt hat. Dann befestigt sie den geschwungenen Stützarm und drückt einen Knopf an dem Plattenspieler. Eine der Platten fällt wie ein Teller auf den kreisenden Plattenteller. Die Nadel senkt sich auf die Platte. Fröhliche, muntere Musik tönt aus den Lautsprechern. Was ist das?

Die murmelnden Stimmen schwellen mehrere Dezibel an. Ich sehe von der Stereoanlage zur Tür und erblicke Jack Goldsmith, der ins Zimmer geeilt kommt. Er bleibt einen Augenblick stehen und sieht sich nervös um; ich kann sehen, wie er Morgan ansieht, ihr zulächelt und dann den Raum mit noch größerer Dinglichkeit absucht. Die Leute zwischen uns drängen sich einen Augenblick zusammen, und ich verliere ihn aus den Augen, bis sie sich wieder teilen, dann sieht er mich und seine Frau neben dem Plattenspieler kauern. Seltsamerweise sieht er erleichtert aus. Dann verändert die Gruppe wieder ihre Position, und ich sehe die Kehrseite eines kräftigen jungen Mannes in Levis und einer Jeansjacke. Ich sehe wieder in Sheilas Gesicht.

»Was ist das für eine Musik? Ich weiß, daß ich sie kenne, aber ich kann mich nicht erinnern...«

Sheila legt mir die Hand auf die Schulter. Ihr dunkles Gesicht nähert sich meinem.

»*Nächte in spanischen Gärten* – perfekte Fische-Musik.« Sie scheint sich über einen privaten Scherz zu amüsieren, denn ihre leuchtenden Saphiraugen strahlen, der Mund ist zu einem warmen Lächeln verzogen.

»Warum? Sind Sie Fische?« Ich verstehe die Anspielung nicht und fühle mich etwas verspottet.

»Ja«, sagt sie. »Aber Sie auch. Das hat Morgan mir gesagt.«

Sie stützt sich mit der Hand auf meiner Schulter und steht auf, ich bleibe neben der Stereoanlage kauern. Anstatt mich der unausgesprochenen Aufforderung zum Aufstehen zu fügen, lasse ich mich ganz auf den Boden zurücksinken und strecke die Beine aus. Sheila, die vor mir steht und aufgrund meiner Perspektive verzerrt ist, scheint nur aus Beinen und Brüsten zu bestehen.

»Ich habe gerade Jack hereinkommen gesehen. Er schien wegen irgend etwas aus dem Häuschen zu sein.« Das Strahlen in ihrem Gesicht erlischt einen Augenblick. Sie kniet wieder an meiner Seite.

»Gerade eben?«

»Als wir die Platte aufgelegt haben.«

Sie atmet aus und bläst dabei die Wangen auf. »Das ist nett von ihm. Ich war nicht sicher, ob er zurückkommen würde.«

Ihre Stimme und ihr Benehmen sind seltsam unbeteiligt – ich spüre, daß sie im Grunde genommen besorgt ist, was den Erfolg ihrer Party anbelangt. Sie neigt sich wieder zu mir, eine wunderschöne Hexe in einer Pantomime.

»Hören Sie«, sagt sie. »Ich weiß, er wird mit Ihnen reden. Er denkt, daß Sie der einzige wirklich erwachsene Mensch sind, den er kennt. Aber glauben Sie nicht, was er Ihnen sagen wird.«

Ich muß so skeptisch aussehen, wie mich ihre Worte gestimmt haben. Jacks Gesicht unter der Tür war voll Kummer und Anspannung gewesen, nicht das Gesicht eines Mannes, der eine vorsätzliche Lüge erzählt. Sheila neigt das Gesicht einen Augenblick und senkt den Blick.

»Nun, ich wollte nicht sagen, daß er Sie belügen wird. Akzeptieren Sie einfach nicht nur seine Version.«

Ich möchte sie fragen, was los ist, aber statt dessen

empfinde ich Zärtlichkeit für sie und ihr gehütetes Geheimnis. Im Augenblick scheint alles einfach zu sein, alles wird verstanden. Der Alkohol, den ich zu mir genommen habe, löst in meinem Kopf vertraute Reaktionen aus. Ich streichle ihre Wange. Ohne Hast oder Mißfallen nimmt sie die Hand weg.

»Was haben Sie ihm angetan?« frage ich.

Ihr Gesicht erstrahlt wieder; sie ist erfreut von diesem Ausdruck für das, was zwischen ihnen vorgefallen ist und Jacks normalem gelassenen Gesicht diesen gestreßten Ausdruck verliehen hat.

»*Ihm* habe ich überhaupt nichts angetan«, sagt sie und betont dabei das erste Wort besonders nachdrücklich. »Er hat mit der ganzen Sache überhaupt nichts zu tun.«

Ich nehme eine kräftigen Schluck aus meinem Glas, während mir allmählich ungefähr aufgeht, welche Geschichte mir Jack Goldsmith erzählen wird. Die Gleichgültigkeit ihrer Erwähnung von Jack macht mir klar, warum Jack so erleichtert war, als er mich bei Sheila auf dem Boden sitzen sah. Da sie bei mir war, konnte sie nicht bei dem anderen sein, wer immer er sein mochte. Ich bin etwas enttäuscht von Sheila. Ihr Geheimnis ist ein so durchschnittliches. Ich drehe das Glas in meiner Hand und verspüre plötzlich den unsinnigen Wunsch, Sheila von der Frau zu erzählen. Meine Geschichte, denke ich, wird uns enger zusammenschmieden, sie wird sie erleuchten. »Sheila ...« beginne ich. Ich ergreife ihre Hand. Einen Augenblick ist ihr ganzes Wesen eine Andeutung der Kraft, die ich schon vorhin gespürt habe: ein alles niederwalzender Ernst.

Sie steht entschlossen auf und trennt die Verbindung unserer Hände. »Ich werde Ihnen zeigen, wovon ich rede«, sagt sie. Sie drängt sich durch eine Gruppe in der Nähe, geht zum Bücherregal und nimmt etwas von einem Stapel Papier, der auf den Büchern liegt. Als sie zu mir zurückkommt und sich setzt, hat sie eine Ausgabe des *Evening Standard* in der Hand, der auf einer Innenseite aufgeschlagen ist.

»Kennen Sie Katina?« Sie hält mir die Zeitung hin. Immer noch verwirrt, ergreife ich sie.

»Wer ist Katina?« frage ich dümmlich.

Sie deutet auf eine Spalte der Zeitung. Die Horoskope.

»Das?«

»Sheila, um Himmels willen...« Ich sehe auf das Datum, um mich zu vergewissern, ob es die heutige Ausgabe ist. 1. August.

»Lesen Sie.«

FISCHE: Venus in Ihrem Haus hat eine lange romantische Verwirrung zur Folge. Mit Ihrem bisherigen Partner sollten Sie behutsam umgehen. Viele Fische werden sich auf eine bevorstehende aufregende Reise freuen können. Handeln Sie nicht übereilt oder impulsiv, aber holen Sie das beste aus Ihrer Erfahrung heraus. Die Finanzen sind geordnet. Ein guter Abend für eine Party mit Freunden.

»Sehen Sie?«

Die Stunden, die sie und Morgan am Telefon verbracht haben, kommen mir mit schrecklicher Klarheit ins Bewußtsein.

»Ich glaube nicht an so etwas, wenn Sie das meinen.« Dennoch bin ich durch den Satz der Astrologin erschüttert und befriedigt zugleich. Ihre Aussage steigert das Gefühl des Unausweichlichen, welches ich in meiner Beziehung zu der Frau habe. Sheila antwortet darauf, indem sie mit der zusammengefalteten Zeitung winkt, eine So-ist-es-nun-einmal Geste.

»Das ist ein Tagtraum, Sheila, eine Methode, aus der Verantwortung zu entfliehen.«

»Woran glauben Sie?«

Ihre wiederholte Frage ruft die Gefühle in mir wach, die ich in Dublin empfand, als ich der Frau zum erstenmal begegnete – das Gefühl einer endlosen Komplexität und einer magischen, unmoralischen Energie.

»Das Selbst«, sage ich. »Ich glaube nur an das Selbst. So komplex und vielfältig es sein kann.« Ich habe das Gefühl, als würde ich eine profunde Wahrheit aussprechen.

»Das ist so altmodisch«, sagt sie. »Es ist eine Entschuldigung dafür, blind gegenüber den Gefühlen anderer Menschen zu sein. Sie und Andrew Carnegie.«

»Sie und Madame Blavatsky.« Ich lache, und unsere Bereitwilligkeit, einander in bestimmte Kategorien zu stecken, verblüfft mich aufrichtig. »Was habe ich getan, daß ich diese Predigt verdiene? Gefällt es Ihnen denn nicht, ein Selbst zu sein? Diese albernen Horoskope werden überall von irgendwelchen Computern geschrieben – sie können alles sagen, auf irgen jemanden wird es schon zutreffen. Wie Glückskekse.«

»Sie sind betrunken«, sagt sie. »Ich versuche, Ihnen etwas zu sagen.«

Sie sieht mich an, als würde sie für einen Anzug Maß nehmen. »Ich hole Ihnen einen Kaffee«, sagt sie und steht auf. Als sie weggeht, hört die Musik auf und eine andere Platte fällt auf den Plattenteller. Ich zucke zusammen, als ich an die empfindlichen Rillen denke.

Jack Goldsmith nimmt die Stelle seiner Frau ein. »Hallo, Jack. Haben Sie die hausgemachte Prophezeiung gelesen?« Als ich das sage, höre ich meine eigene undeutliche und nuschelnde Stimme: Ich bin betrunken, oder ich nähere mich rasch diesem Stadium.

Der hagere Jack beugt sich über mein Gesicht, als wollte er mich küssen. Als er so nahe bei mir ist, kann ich Whiskey riechen. Auf seiner Stirn und auf den Wangen sind beängstigend rote und weiße Flecken. »Ich muß mit Ihnen reden«, flüstert er. »Verschwinden wir von hier.«

Er steht auf und zieht mich in die Höhe. Ich sehe ihm

nach, wie er zickzackförmig zwischen den tanzenden Paaren verschwindet, dann erst wird mir klar, daß ich ihm folgen soll. Ich leere mein Glas und gehe auf die Tür zu, wo er nervös steht. Die Tänzer sind eine Wolke der Bewegung, durch die ich mich ungeschickt hindurchbewege, wobei ich Schultern anremple und auf Füße trete.

Kurz vor der Tür nimmt Morgan meine Hand und sieht mir ins Gesicht, sie sieht überrascht und erbost aus. »Was ist geschehen? Gehst du weg?«

Ich strecke die andere Hand aus. Sie hält die leere Flasche Teacher's. »Jack und ich gehen nur einen Augenblick weg. Gleich um die Ecke ist ein Spirituosenladen.«

Jacks fleckiges Gesicht schaut um die Ecke. »Wir sind gleich wieder hier, Morgan. Machen Sie sich keine Sorgen um ihn.« Dann nimmt er mich am Ellbogen und schiebt mich zur Tür hinaus.

Auf dem dunklen Flur, der lediglich vom Licht hinter der halb geöffneten Tür erhellt wird, ergreift Jack meinen Arm und führt die andere Hand zum Kopf, als wollte er dort im Wind einen Hut festhalten.

»Ich werde verrückt! Ich muß mit Ihnen reden! Und dort unten wartet eine Frau, die Sie sprechen möchte. Sie hat mich angesprochen, als ich hoch ging. Hören Sie, können Sie nicht diese alberne Flasche wegstellen?«

Er schiebt mich zum Ende des Flurs und öffnet eine Tür, die ins Treppenhaus führt. Er flüstert immer noch eindringlich. »Ich werde einfach verrückt, Owen, und es ist wegen Sheila. Sie ist an zwei Abenden in der Woche weg, sie kommt zurück und riecht nach Zigarren, sie redet nicht mehr mit mir, sie bekommt merkwürdige Telefonanrufe, und derweil reiße ich mir die Haare aus!« Er rudert im Flur wild mit den Armen, die ungestüme Geste ist ein schroffer Kontrast zu seinem Flüstern.

»Was kann ich tun, gottverdammt, ich liebe sie, und sie flattert herum! Wissen Sie etwas davon? Können Sie mir sagen, wer es ist? Ich wüßte nur gerne, wer der Dreckskerl ist!«

Ich frage: »Wer wartet unten auf mich? Eine Frau?«

»Verdammt, *hören Sie mir zu*! Sheila hat eine Affäre mit jemandem! Sie redet ununterbrochen mit Morgan am Telefon – sie müssen sich doch darüber unterhalten – wissen Sie etwas darüber? Scheiße, hören Sie mir überhaupt zu?« Jack trampelt im Flur auf und ab.

»Ich sehe, wie diese Sache sich hinzieht, aber ich verstehe es nicht!« Inzwischen brüllt er fast. »Sie müssen es mir sagen!«

Der Kopf einer Frau schaut aus der nächstgelegenen Tür in den Flur heraus. »Guten Abend, Mr. Goldsmith«, schnieft sie. »Ich bin sicher, Sie wollen uns nicht stören, aber könnten Sie sich vielleicht etwas mäßigen? Es ist wirklich etwas laut.« Eine etwas verwaschene Cockney-Stimme: mit Bloomsbury-Akzent. Sie sieht uns böse an, dann verschwindet sie wieder hinter der Tür.

»Entschuldigung, Entschuldigung, Mrs. Vetch.« Jack betrachtet den jauchefarbenen Teppich. »Verdammte Nachbarn! Machen nie etwas anderes als das verdammte *Coronation Street* in ihren verdammten Fernsehern anglotzen. Hört man durch die verdammten Wände.« Er hat die Stimme gesenkt: die Unterbrechung scheint ihn etwas beruhigt zu haben.

»Hören Sie«, sagt er, »Sie sind der einzige, dem ich vertrauen kann. Sie sind unbeteiligt, Sie sind der einzige Erwachsene in dieser ganzen Bande. Wissen Sie, was los ist?« Sein immer noch fleckiges Gesicht ist aufgedunsen und verzerrt. Plötzlich wird mir klar, daß er weinend um den Platz gegangen sein muß.

Ich empfinde – ohne im geringsten über seine Situation nachzudenken – eine atavistische, durch und durch primitive Verachtung für ihn. Ich habe zwei Frauen, er kann eine nicht behalten.

»Ich bin sicher, Sie machen aus einer Mücke einen Elefanten, Jack«, sage ich. »Es gibt keine echten Beweise gegen Sheila. Alle Ehen machen diese Probleme einmal durch...«

»Nein!« unterbricht er mich brutal. »Ich bin ganz sicher! Halb möchte ich sie verlassen, halb möchte ich sie umbringen. Für mich ist das kein ›Problem‹, für mich ist es ein Alptraum!« Er verzieht das Gesicht, als wollte er weinen.

»Nun, als erstes sollten Sie sich beruhigen«, sage ich hastig. »Es nützt nichts, wenn Sie brüllen oder wütend werden. Haben Sie nicht gesagt, daß unten jemand auf mich wartet?« Er nickt mit gesenktem Kopf. »Ich erwarte einige Unterlagen von meiner Sekretärin, und ich habe ihr gesagt, daß ich heute abend hier sein würde.«

Er streicht sich mit der Hand über das Gesicht. »Mein Gott, Owen, es tut mir leid. Ich verliere nur einfach den Kopf, weil Sheila so komisch ist und meine Arbeit zum Teufel geht! Ja, unten im Foyer wartet eine Frau. Sie hat einen großen Ordner bei sich. Sie wollte nicht heraufkommen.«

Noch bevor er aufgehört hat zu reden, haste ich die Stufen hinunter. Im Schatten bei der Eingangstür kann ich den Regenmantel der Frau glitzern sehen. Sie steht gleich neben der Tür und sieht zu mir auf. Ich gehe langsam die letzten Stufen hinab. Ihr Gesicht ist wild und wütend.

»Komm mit mir«, flüstert sie. »Sofort. Ich muß mit dir reden. Ich ertrage das nicht länger.«

Ich winke ihr zu, was bedeuten soll: *Bin gleich wieder da.* Dann eile ich die Treppe wieder hinauf. Jack ist oben, er kickt mit den Schuhen gegen den Sockel.

»Es ist unmöglich, aber ich muß weg«, sage ich ihm. »Etwas Wichtiges steht auf der Kippe. Wenn Sie wieder hineingehen, dann sagen Sie Morgan, ich bin bald wieder da.«

»Was, zum Teufel, ist hier los?« Jacks Gesicht wird wieder weich; er tritt mit solcher Wucht gegen den Sokkel, daß dieser an einer Stelle splittert. Er lehnt den Kopf an die Wand. »Können Sie nicht bleiben?«

»Bin gleich wieder da«, sage ich. »Ich muß etwas mit meiner Sekretärin klären, dann komme ich wieder. Wird keine Stunde dauern. Machen Sie sich wegen Sheila keine Sorgen. Sie ist ein ehrliches Mädchen. Wenn etwas Ernstes im Gange ist, werde ich versuchen, es herauszufinden.«

»Ich gehe wieder nach unten«, sagt er. »Ich möchte noch ein wenig spazieren gehen. Ich warte unten auf Sie.«

Ich drücke ihm kurz die Hand, womit ich ihm sagen möchte, er soll sich keine Sorgen machen, während ich weg bin, dann haste ich wieder die Treppe hinunter. Die Frau wartet immer noch neben der Tür, ihr Regenmantel glitzert in der Dunkelheit wie eine Auster. »So eine Beleidigung«, sagt sie, als sie mich sieht. »So eine *Beleidigung*.« Sie hat eine große schwarze Tasche in der Hand.

Eine halbe Stunde später sitzen wir in meinem Auto, sie fährt ziellos um den Regent's Park herum. »Diese gräßlichen kleinen Studenten und ihre verhurten Weiber«, sagt sie. »Wie kannst du sie nur ertragen?« Sie schäumt vor Wut. »Ich hasse den August«, sagt sie. »August ist immer randvoll Blut.«

Der Tag zuvor war unser Tag im Park House, und ich hatte ihr ohne böse Hintergedanken gesagt, was Morgan und ich heute abend vorhatten. Sie ist mit dem Taxi zum Haus gefahren, wo die Goldsmiths wohnen, und sie hat eine Stunde lang verfolgt, wie die Gäste den Summer gedrückt haben und nach oben gegangen sind. Sie schäumt. Ich finde, sie ist betrunken. Ihre hohen Wangen sind gerötet, ihre Stimme überschlägt sich.

Sie sagt: »Diese elenden kleinen Studenten, dieser Abschaum. Das ist deiner nicht würdig, eine Beleidigung für dich.« Sie reißt heftig das Lenkrad herum und fährt nach Bloomsbury zurück.

»Ich werde heute abend dein Auto nehmen. Du mußt zur Party zurück, aber ich muß noch eine Weile herumfahren. Ich kann nie selbst irgendwohin fahren. Hol es morgen ab. Ich stelle es in eine Garage, 24 Russel Mews. Sie gehört uns.«

»24 Russel Mews.« Ich nicke.

Vor dem Haus der Goldsmiths fährt sie an den Straßenrand und macht den Motor aus. »Laß es uns machen, gleich hier«, sagt sie. »Ich habe unter dem Mantel nur einen Slip und einen Pullover an.« Mit einer Hand knöpft sie den Regenmantel von unten nach oben auf. Fünfzehn Minuten später, ich bin immer noch atemlos betrunken, strenge ich mich schrecklich an, den Höhepunkt zu erreichen, aber ich schaffe es nicht. Mein Kopf prallt unabsichtlich gegen das Lenkrad; die Hupe ertönt.

Wir, die Frau und ich, stehen unter einer triefenden Eiche in Aix-en-Provence in einem öffentlichen Garten, über dem ein Sommersturm tobt. Es ist zehn Uhr abends; wir sind allein im Park. Um uns herum ragen Bäume auf, von denen Wasser herabstürzt. Ich fühle mich isoliert, befreit, triumphierend.

»Du elender Dreckskerl«, sagt sie zu mir. Ihr breites, sonnengebräuntes Gesicht, das mir reizender denn je erscheint, ist vom Weinen verzerrt. »Du dummer, puritanischer, verblendeter, egoistischer Dreckskerl! Wenn du mich verlassen willst, dann geh doch! Geh! Oh, du unglaublicher Schlappschwanz!«

SECHS

1

»... warum Du so lange nichts von mir gehört hast. Ich habe alle Briefe zerrissen, die ich Dir geschrieben habe. Ich habe nicht erwartet, daß Du schreiben würdest, aber ich wagte dennoch wochenlang zu hoffen; ich wußte die ganze Zeit, seit der ersten Nacht in Aix, wie Du auf den Schmerz reagieren würdest, den ich Dir zugefügt habe, aber ich habe auch gewußt, wie dankbar du deswegen sein würdest: Du möchtest allein sein und fühlst Dich immer unbehaglich, wenn Du Dich nicht als isoliert betrachten kannst. Das ist Deine größte Schwäche – Deine Unfähigkeit, mit dem Strom zu schwimmen. Hier im Krankenhaus hatte ich Gelegenheit, über Dich und Deine Reaktion auf die Magruder-Episode nachzudenken. Ich war wütend, als ich mit ansehen mußte, wie Du fortgingst, aber im Verlauf dieses Monats habe ich begriffen, was Du mit dem gemeint hast, was Du während des Regensturms sagtest. Wir konnten beide voneinander lernen, und als das nicht mehr möglich war, war es auch für uns aus. Das bedeutet nicht, daß ich Dich nicht weiterlieben werde. Du bist die einzige Person, die ich durch und durch kenne. Ich kenne Dich, ich kenne Dich, und wenn das eine Illusion ist, dann ist nichts in meinem Leben real.

... und daher macht es mich betroffen, daß etwas so *Richtiges* ein so schnödes Ende finden konnte. Du bist in London und hast Dich in Deine Ehe zurückgezogen, Magruder ist auf seinem Berg und wartet auf Visionen, und ich bin... nur hier und kann nur weiße Wände anstarren. Ich wollte, ich könnte die Hand ausstrecken und Dich berühren.«

Drei Wochen nach dem Unfall – dem ich ohne die geringste Verletzung entkam –, schrieb sie mir diesen Brief aus dem Krankenhaus in Paris, in das ihr Mann sie gebracht hatte. Als ich ihn las, da dachte ich, es würde mein letzter Brief von ihr sein, aber einen Monat später erhielt ich noch eine kurze Nachricht, und das war dann wirklich der letzte. Aus verschiedenen Gründen, zureichenden oder unzureichenden, beantwortete ich keinen von beiden.

2

Siehe, mein Geliebter, du bist schön und lieblich.
Unser Lager ist grün.
Die Balken unsres Hauses sind Zedern,
Unsere Täfelung Tannen.

»Hör auf«, sagte ich. Ich hob die Ausgabe von *Le Députation* vom Fuß des Bettes auf und klopfte sanft auf ihren Kopf. »Es ist zu früh am Tag, Gedichte zu rezitieren. Lies statt dessen ein wenig Henry James.«

»Dein Französisch ist gräßlich.« Sie richtete sich auf und blinzelte zum zugezogenen Vorhang. »Wie spät ist es? Scheint bereits ein sonniger Tag zu sein.« Sie streckte sich, wobei sie die Arme in einer Art und Weise über den Kopf hob, die mich an primitive Skulpturen denken ließ, ganz Vitalität und Animismus.

Ich sagte ihr die Uhrzeit: Sieben Uhr dreißig.

»Ziehen wir uns an und besuchen das Théâtre Antique und Les Alyscamps. Sie werden dir gefallen, und mich freut es, sie wiederzusehen. Dann können wir Mittagessen gehen und auf dem Boulevard des Lices etwas trinken.«

Als wir unsere Reise in Paris planten, hatte sie von dieser früheren Reise gesprochen, die sie mit ihrer Mutter unternommen hatte, um der Familie ihres Vaters zu entkommen. Es war eine Keystone-Kops-Tragikomödie gewesen – sie waren Anwälten entflohen, indem sie sie aus Taxis hinauswarfen oder in letzter Minute auf anfahrende Züge aufsprangen. Sie waren vor Beginn der Dämmerung in Arles aufgebrochen, wobei sie versehentlich einen ihrer Koffer zurückgelassen hatten, und waren in einem klapprigen Bus nach Aix gefahren, wo ihre Mutter darauf bestanden hatte, im teuersten Hotel zu wohnen, das sie finden konnte. Wenngleich es nicht geplant war, vollzog unsere Reise einige Stufen des damaligen hektischen Sommers nach.

Als wir das Hôtel Gauguin verließen, gingen wir in einen weiteren wolkenlosen Tag hinaus, der barbarisch, tropisch heiß war. Hitzeflimmern stieg von unserem staubigen Auto auf, die Plastikbezüge der Sitze verbrannten die Haut durch die Kleidung hindurch, ähnlich der Heizspirale eines Tauchsieders.

»Großer Gott, fahren wir. Im Auto ist es wie in einer Folterkammer«, sagte ich.

Sie drehte den Zündschlüssel herum. Wie am Tag zuvor, gab der Wagen lediglich ein heiseres Krächzen von sich. »Verdammt«, sagte sie. Sie versuchte es noch einmal, diesesmal wurde aus dem Krächzen ein leises Knirschen, als wäre der Motor mit alten Blättern verstopft.

»Verdammte Hertz«, sagte sie. »Was sollen wir jetzt machen?«

»Wir gehen ins Hotel zurück und bitten den Manager, eine Werkstatt anzurufen und ihnen zu erklären, daß die Batterie aufgeladen werden muß. Vielleicht können sie die Rechnung an Hertz schicken. Dann hoffen wir nur, daß wir keine neue kaufen müssen. Wo ist der Mietvertrag?«

Bevor sie antworten konnte, drückte ich auf den Knopf des Handschuhfachs. Nichts geschah. Ich drückte noch einmal auf den Knopf. Das Fach ging nicht auf. »Jesus Christus«, sagte ich. »Das ist eine Verschwörung.« Sie lachte und machte die Tür auf, um auszusteigen. Nachdem ich zweimal mit der Hand dagegen geschlagen hatte, gab ich den Versuch auf, das Handschuhfach zu öffnen.

»Werd nicht wütend«, sagte sie. »Ich rede mit dem Manager und komme sofort zurück.« Ich sah ihr nach, wie sie über den Platz ging, ihr weißes Kleid war das kühlste Ding in Arles.

Nach wenigen Minuten kam sie zurück, und ihr ganzes Gesicht strahlte hinter der riesigen Brille. »Sie machen es! Sie sagten ihm, sie hätten schon einen Wagen losgeschickt, ich gab ihnen die Autonummer und eine Beschreibung, wo wir parken. Das bedeutet, wir werden heute vormittag zu Fuß gehen müssen, sollten aber am Nachmittag nach Aix aufbrechen können.«

Das schien eine Lösung zu sein. Das Theater und Les Alyscamps waren wenig mehr als einen guten Fußmarsch vom Hotel entfernt, daher griff ich in den Schmelzofen des Autos hinein und holte den Michelin-Führer Provence heraus, den wir auf dem Vordersitz liegen hatten.

Um das Théâtre Antique von Arles zu betreten, muß man durch ein schmiedeeisernes Gitter gehen, das anachronistisch in Stein verankert ist. Dann geht man ein paar Stufen hinunter und sieht sich einer unglaublich dicken Frau gegenüber, die im Schatten unter den Bäumen beim Eingang an einem Holztisch sitzt. Die dicke Frau sieht einen an und rollt zwei rosa Eintrittskarten von der Rolle ab, die sie vor sich liegen hat. Neben der

Rolle, auf tiefhängenden Zweigen der Bäume, zu ihren Füßen zusammengerollt, überall sind Katzen. Die Katzen sind so mit der Prozedur des Kartenreißens vertraut, daß sie sich nicht einmal mehr die Mühe machen und die Augen öffnen, wenn dieses Spektakel des Kommerzes stattfindet.

Während die Frau die Karten bezahlte und der schläfrigen Frau mit ihren schläfrigen Katzen die Francs über den alten Holztisch zuschob, las ich im Michelin-Führer:

»*Cet édifice, qui date l'époque d'Auguste, c'est-à-dire de la fin du lier avant J.-C., a encore plus souffert que les arènes des injures du temps es surtout des hommes... Vient le moment ou des habitationet les jardins le recourent entièrement. Il ne reste debout qu'un élément du pourtour, transforme en réduit fortifié: c'est la tour de Roland actuelle.*«

Die alte Frau am Tisch hustete und bekam einen baseballgroßen Klumpen Schleim in die Kehle. Die Falten ihres Gesichts hatten sich zu einem Ausdruck großer Fröhlichkeit arrangiert. Sie hob eine ihrer fettigen Hände zum Mund und hustete noch heftiger, wobei sie am ganzen Körper bebte. Die ihr am nächsten liegende Katze streckte sich, blinzelte eine Sekunde in die Sonne und schlief dann weiter.

»Die Franzosen sind schreckliche Snobs, was ihre Sprache anbelangt«, sagte ich.

»*Merci*«, sagte die Frau zu der dicken Frau, die immer noch in die Faust hustete. Sie machte dieses kaum hörbare Klick über dem r, wie es die Franzosen tun und das ich immer verschlucke. Sie nahm meine Hand.

»Nun, das war nicht gerade Französisch«, sagte sie. »Aber es kam von ganzem Herzen.«

Bei dem Anblick, der sich uns bot, als wir den Fuß der Treppe erreichten und in den Ruinen des Theaters standen, hörten wir auf zu reden. Es war eine riesige leuchtende Grube, die mit Bruchstücken übersät war. Im hinteren Teil des Amphitheaters befand sich eine Treppe aus Stein, wie die Tribüne eines Fußballstadions, die sich gegenüber einer auf dem Gras errichteten Holzbühne befand. Ein ganz eindeutig amerikanisches Paar saß auf dieser behelfsmäßigen Tribüne, als würden sie ein unsichtbares Schauspiel betrachten. Die gelbe Jacke des Mannes paßte zur Haarfarbe seiner Frau; sie schienen auf betörende Weise aus dem Grau des Steins herauszuleuchten. Wir betrachteten sie nur einen Augenblick, dann sahen wir zur Seite, wo die Bühne an einer Reihe behauener weißer Steine endete, weiter hinten erblickten wir verzierte Giebel und zerbrochene Säulen.

Eine lange Reihe von Fundamentsteinen bildete das Ende des Theaters. Auf den meisten davon standen gebrochene Säulen, die etwa einen Meter über der Basis von einer unvorstellbaren Kraft zerschmettert worden waren. Auf einem Stein jedoch stand eine noch unversehrte Säule, die sich scheinbar fünfzig Meter der Sonne entgegenzustrecken schien. Sie hätte eine vereinzelte, weniger weltliche Verwandte der Säulen sein können, die wir am Place du Forum gesehen hatten. Die Dimensionen des gesamten Bauwerks waren unermeßlich gewaltig: Ich mußte sofort daran denken, wie es sein würde, dort oben, hinter den Steinstufen zu sitzen, zwergenhaft neben den Fresken und Säulen, und hinabzublicken auf Hunderte Meter entfernte winzige Gestalten, deren Stimmen man so deutlich wie durch ein Hörrohr oder über einen Lautsprecher vernehmen konnte, während die grotesken Masken vor den Gesichtern fast ununterscheidbar wären und menschliche Gesten der Wut oder Freude durch die Entfernung zu zweideutigen Gebärden würden.

»Was ist das? Was ist das?« sagte die Frau. Sie klammerte die Hand um meinen Arm. »Der Geist dieses Orts ist genau wie der der Arena! Aber er ist wilder, weniger geordnet. Als würde man eine Tragödie unmittelbar nach einer Komödie spielen – *Lear* nach *Wie's euch gefällt*.«

Wir haben die Arena tags zuvor besucht; im Michelin-Führer stand, einst beheimatete sie ›*Les fauves et les bêtes exotiques: lions, tigres, panthères, éléphants, rhinocéros...*‹ Dies muß der Ursprung des Vergleichs mit einer Komödie der Frau gewesen sein. Tatsächlich diente die Arena vielen verschiedenen Zwecken, die meisten davon weit weniger unschuldig, als diese exotische Liste vermuten läßt. Manchmal diente das Theater als Verteilungsstelle von Brot für die Armen im römischen Arles!

»Wie groß ist es?«

Ich sah wieder in den Führer. »Sie mißt einhundertzwei Meter im Durchmesser und... *pouvait contenir* etwa siebentausend Zuschauer.«

Als wir an die siebentausend denken, sehen wir beide die Stufen der Tribüne hinauf. Die Frau und der Mann sind aufgestanden und haben die Hände in die Hüften gestemmt, als müßten sie urteilen – oder als würden sie an einen Kauf denken. Der Mann nickte mit dem Kopf, ein kaum merkliches Auf und Ab, und Licht blitzte dort auf, wo seine Augen sein sollten. Eine Sonnenbrille. Er weckte etwas in meiner Erinnerung, aber ich konnte es nicht festhalten.

Die Frau ging vor mir über das Gras. Ihr weißes Kleid inmitten der weißen Steine schien für die Hitze nicht empfänglich zu sein. Die Elemente des Theaters, Stein, Gras und Bühne gruppierten sich einzig um sie herum, wie es zuvor schon mit der Stadt der Fall gewesen zu sein schien. Das Theater wurde zu einer Fotografie seiner selbst: Ich konnte es als Ganzes sehen, eine große graue Masse von Sitzplätzen, einen doppelten Eingang, doppelte Foyers, eine riesige Bühne und ein doppelter Säulengang, das alles zwischen Reihen von Fresken, auf denen ausgestreckte Hände und offene Augen und Münder vertraute und tragische Szenen repräsentierten, die an sich wiederum nur Repräsentationen waren. Eine Sekunde lang schien sich das gesamte Theater um die Frau herum zu formen. Dann ging mir ein Licht auf.

»Ich erinnere mich!« rief ich.

Die Frau sah von dem Sockelstein auf, den sie betrachtet hatte. »Woran?«

»Dieser Mann! Diese Leute!« Ich drehte mich wieder zum Stadion um, aber sie waren nicht mehr an ihren Plätzen.

Ich sah zu dem Eingang, durch den wir hereingekommen waren, sah aber lediglich die dicke Frau, die im Schatten der Kiefern döste. Sie waren im grell erleuchteten Teil des Theaters nirgendwo zu sehen. Ich ließ den Blick wie ein Raubvogel am Rand der Fundamente entlangschweifen, die, unterbrochen von zerschmetterten Säulen, das Stadion säumten. Noch während ich nach ihnen Ausschau hielt, wußte ich, daß ich mich getäuscht haben mußte, aber der Eindruck, welcher in dem Augenblick gekommen war, als der Geist des Theaters in der stickig heißen Mulde sich um die Frau herum zusammenballte, war so übermächtig, daß ich ihn nicht einfach abtun konnte. Ich war sicher, wer der Mann war, dessen Sonnenbrille zwischen den Steinen aufgeblitzt hatte.

Dann sah ich ihn, und im selben Augenblick verstärkte sich meine Gewißheit. Ich deutete auf ihn, und die Frau drehte sich zum anderen Ende der Reihe geborstener Säulen um, wo er und seine Frau gerade hinter der letzten Säule hervorgekommen waren und einen schattigen Pfad zum daruntergelegenen Park und dem Boulevard des Lices hinabgingen. Ihr Griff um den gelben Ärmel des Mannes, sein bronzefarbener kahler Kopf, die muskulösen Schultern, das alles verstärkte meine Gewißheit.

»Er *muß* es sein«, sagte ich. »Aber es ist unmöglich.«

»Wovon redest du die ganze Zeit?« fragte sie.

»Dieser Mann war bei meiner Hochzeit anwesend, ich bin ganz sicher. Er war ein Freund von Morgans Eltern.«

Bevor der Mann im Schatten der Bäume verschwand, die den Pfad zum Park und Boulevard säumten, sah ich, wie sein Kopf ruckartig in unsere Richtung schnellte. Ich erinnerte mich an die ungewöhnliche Akustik des Theaters. Hatte er mich gehört? Er drehte sich wieder um und verschwand im Schatten.

»Dann kannst du von Glück sagen, daß er nicht gemerkt hat, wie du hinter ihm hergehüpft bist. Du hast dich aufgeführt, als hättest du das Phantom der Oper gesehen.«

»Aber das ist es ja! Er kann nicht hier sein!« sagte ich. »Der Mann heißt Charles La Rochelle, aber er kann es nicht sein, weil La Rochelle im Gefängnis sitzt. Er hat vor zwei Jahren einen Mann ermordet und wurde zu lebenslanger Haft verurteilt.«

»Oh!« Sie hob die Hand vor den Mund und strauchelte auf seltsame Weise rückwärts, als hätte ich sie geschlagen. Durch die plötzliche Bewegung wirbelte das Haar um ihre Schultern und breitete sich wie ein Fächer aus, als sie in der weißen Steinmulde bei Rolands Turm zur Seite trat.

Was ich für Angst oder Beunruhigung gehalten hatte, hatte eine simplere Erklärung. Die Frau hatte sich von der Säulenreihe abgewandt, wo das amerikanische Paar verschwunden war, und sah an mir vorbei zum Eingang am anderen Ende des Theaters. Sie wich zurück und trat beiseite, wobei sie den Kopf drehte, um über meine Schulter hinweg sehen zu können, dann hob sie den Arm und winkte. Ich drehte mich auch zum Eingang um und sah eine große, schlaksige Gestalt in ausgebeulten

Hosen die Stufen an der Frau mit den Katzen vorbei herunterkommen.

»Wem winkst du? Wem?« Ich sah wieder zu dem Mann, der auf uns zukam, und dann erkannte ich ihn. Es war Magruder, minus der weißen Lammfelljacke. Sein großes rosa Mondgesicht war glücklich, verwundbar, überrascht, so offen wie ein unbeschriebenes Blatt Papier.

»So! So!« rief er. »Das Treffen im Garten! Wie geht es Ihnen, Mann?«

»Wir haben den Geist eines Mörders gesehen!« rief die Frau zurück.

Magruder nahm kichernd meine Hand. »Wie in einem Hitchcock-Film, das Böse unter der Sonne. Was ist das für einer, wo ein Mann mitten auf dem Marktplatz von einer Bazooka erwischt wird und er dennoch bis zu Jimmy Stewart taumelt?« Er ahmte den Gang des sterbenden Mannes nach. »So etwa. Dann bricht er in Jimmy Stewarts Armen zusammen. Jimmy Stewart ist ein Tourist.« Magruder legte sich ins Gras, den Kopf auf einen weißen Stein. Er preßte die Hände auf sein Baumwollhemd. »Dann flüstert er die Kodeworte. ›Öl auf Froschschenkeln. Nächste Woche ist das chinesische Neujahrsfest, nach Donnerstag wird keine Wäsche mehr angenommen.‹ Dann stirbt er einen schrecklichen Tod.« Magruder starb einen schrecklichen Tod.

»Sie werden Gift für die Mönche sein«, sagte die Frau.

»Gute Laune ist gut für die Seele«, sagte Magruder und machte es sich im Gras bequem. »Erinnern Sie sich an Fürst Myschkin? Aber ich nehme nicht an, daß ich dort oben viele Filme sehen werde. Ich glaube, sie haben nicht einmal elektrischen Strom.« Er lächelte in sich hinein, eines dieser Lächeln, die wie ein Röntgenstrahl nach Innen gerichtet sind, ohne Wärme.

Er stand behender auf, als ich ihm zugetraut hätte.

Gras klebte an seinem Hemd, es bildete wie eine Karte die Beschaffenheit des Bodens ab, wo er gelegen hatte.

Wir gingen zusammen mit Magruder um die Bühne und die Bruchstücke von weißem Stein herum, ohne viel zu sprechen. Ich fragte mich, wie das Theater, das so sehr von dem weißen Stein, von Ruhe und Beschaulichkeit geprägt war, wie die Friese, welche in Paneelen an den verwitterten Wänden des Theaters angebracht worden waren, auf jemanden wie Magruder, mit seinem seltsam gespaltenen Charakter, wirken mußte. Seine Bemerkungen gaben mir wenig Hinweise auf seine Reaktion, denn es handelte sich nur um aus einem Wort bestehende, typisch amerikanische Wertschätzungen – ›Fantastisch‹, ›Herrlich‹, ›Erstaunlich‹. Als wir das Theater zum zweitenmal umrundet hatten, mittlerweile in der vollen Hitze des Tages, hatte ich eine Gelegenheit, die über die nichtssagenden Adjektive hinausging.

Magruder schlug vor, was der Frau und mir bisher nicht in den Sinn gekommen war, auf die graue Tribüne über der Bühne zu gehen, von wo aus man das gesamte Theater überblicken konnte. »Sie werden sehen«, versprach Magruder, »wir sehen alles so, wie sie es gesehen haben.« Es schien ein vernünftiger Vorschlag zu sein, auch wenn wir in Wahrheit nur etwa ein Hundertstel dessen sehen würden, was sie gesehen hatten.

Mit fünfzehn oder sechzehn hatte mich die Musik von Henri Roussel fasziniert, eine jener fatalen, blinden Leidenschaften der Pubertät, und ich war begierig gewesen, seine Musik jedem vorzuspielen, der sie hören wollte. Eines Abends brachte ich eine Schallplatte Roussels zu einem Nachbarn mit, der endlich eingewilligt hatte, sie sich mit mir zusammen anzuhören. Ich legte sie auf den Plattenteller und lehnte mich zurück, und ich wartete darauf, seine erste angenehm überraschte Reaktion zu sehen. Am Anfang hörte sich die Platte so an wie immer; aber nach einer Weile hatte ich ein vollkommen neues Erlebnis: ich hörte die Platte so, wie er sie hörte. Anstelle des Charmes und der Energie, die ich vom früheren Anhören in Erinnerung hatte, hörte ich etwas Schlüpfriges und Frivoles. Ich begriff, daß ich durch einen Trick der Sympathie die Musik mit den Ohren meines Nachbarn hörte. Es hörte sich schrecklich an. Ich nahm die Platte vom Plattenteller und machte höfliche Konversation, wobei ich versuchte, die Mauer des schlechten Geschmacks niederzureißen, die ich so unerwartet entdeckt hatte. In einem geringeren Ausmaß hatte ich ein ähnliches Gefühl, als wir drei auf der Tribüne über den Ruinen des Theaters saßen.

Während ich neben Magruder saß, verspürte ich denselben unwillkürlichen Reflex geteilter Vision, den ich vor Jahren erlebt hatte. Meine eigene Wahrnehmung des Raums vor uns löste sich unter dem Druck von seiner auf. Was Magruder sah, spürte ich mit entschiedenster Gewißheit, war ein weites Feld, wo die weißen Steine über dem Rasen zu schweben schienen. Hinter dieser Säule konnte man sich verstecken; auf jenem gesprungenen Fundamentstein konnte man spielen. Jeder einzelne behauene Stein war ein isoliertes Phänomen, welches sich als ein Objekt, ähnlich allen anderen Objekten auf dem Feld, darbot. Durch seine Augen sah ich die Einzelheiten der Steine deutlicher als zuvor – man könnte sagen, die Bruchstücke drängten sich nachdrücklicher als bisher in meine Wahrnehmung. Magruders Fotografie des Theaters wurde über meine gelegt.

Wir waren alle drei stumm. Je länger ich Magruders Version des Feldes betrachtete, desto schwebender und einladender sah es aus. Es war die Welt, die wir heraufbeschwören, wenn wir sagen, daß etwas ›fantastisch‹, ›herrlich‹, oder ›erstaunlich‹ ist. Es ist immer noch unser eigen, aber wie auf geheimnisvolle Weise in eine andere Tonart übertragen. Magruder sah den Umriß des Theaters überhaupt nicht, und die Stapel weißer Steine hatten für ihn eine magische Unordnung, eine beinahe göttliche Irrelevanz.

Auf der anderen Seite neben mir saß die Frau. Ich versuchte, so wie in Magruders in ihr Bewußtsein einzudringen, und für eine Sekunde – aber nur so lange – nahm ich eine Version des Theaters wahr, in der die Umrisse, die ich gesehen hatte, und Magruders zusammenhanglose Steinhaufen im Schatten der Holzbühne unter uns verschwanden. Aber dann verblaßte es wieder, es war zu bewußt erzwungen; ich konnte nicht sagen, ob es lediglich meine Vorstellung von dem war, was sie sehen würde.

Ich stand auf und sah über die gleißende Mulde. Ein junger Mann und eine Frau, beide in Levis und Baumwollhemden, kamen von der schläfrigen Kartenverkäuferin die Treppe herunter. Sie fingen an, um das gegenüberliegende Ende der Bühne herumzugehen, wo sie, wie wir, die Steine betrachteten. Das Mädchen schaute zu uns herauf, dann blickte sie nervös zu dem jungen Mann, als wäre sie überrascht, uns zu sehen. Ich wandte den Blick ab, weil es mir peinlich war, daß sie mich dabei erwischt hatte, wie ich sie anstarrte, und sah zu den fernen Säulen und den Bäumen hinüber, unter denen das ältere Paar verschwunden war. Mir wurde klar, daß wir genau an der Stelle saßen, wo die ›La Rochelles‹ gesessen hatten, als wir die Stufen herunterkamen. Ich nahm mir vor, heute abend genau in die Cafés hineinzusehen.

Magruder schlug sich mit den Händen auf die Schenkel. »Verdammt großartig, nicht? Der Stein ist so weiß, daß er wie Salz aussieht!« Er stand ebenfalls auf. Ich konnte einen strengen, sauren Schweißgeruch an ihm wahrnehmen. Sein blaues Hemd war voller feuchter Flecken.

»Es muß ein großes Theater gewesen sein«, sagte die Frau. »Hier könnte man perfekt den *Sommernachtstraum* aufführen.«

»Sie und Ihre Bücher«, sagte Magruder und wischte sich die Stirn ab. »Wenn Sie einen Geist gesehen haben, dann muß es der von Shakespeare gewesen sein. Oder von Henry James.« Sie lachte.

Magruder ging mit uns nach Les Alyscamps, von Mr. Michelin und seinen Nachfolgern *›le plus célèbre nécropole du monde‹* genannt. Er mochte das Wort *nécropole* und machte seine Späße damit, während wir die Rue de Président Wilson hinab zum Boulevard des Lices gingen, am Park vorbei und dann durch die Allee, die zu Alyscamps führte.

»Kommt mit mir zum Nekropol, nicht zum Nordpol, O Nekropol, sie werden dir die Haare kämmen und die Lippen schminken, laßt eure Sorgen draußen, aber mich könnt ihr nicht in eurem Nekropol einsperren, ich gehe lieber zum Barbierpol im Hotel Provencal!« Er sang zu mehreren Melodien, angefangen mit *Avalon*, er hörte mit *Granada* auf. Die Passanten um uns herum starrten Magruder an, der so achtlos Unsinn über einen Friedhof hinausschmetterte. Er schien es nicht zu bemerken.

Les Alyscamps beginnen mit einem langen, staubigen Schotterweg, der von Bäumen gesäumt ist, dazwischen Steinsarkophage, in die Passanten Zigaretten kippen, Zeitungen und Bonbonpapier geworfen haben. In diesen Sarkophagen ruhten einst die sterblichen Hüllen römischer Soldaten, sie waren mit Verzierungen geschmückt und innen wie die Leichen geformt, die darin lagen. Heute sind die Leichen verschwunden, ohne eine Spur hinterlassen zu haben, die Sarkophage verwittert. Der Weg wird von Bäumen überschattet, die zwischen den entweihten Gräbern stehen, der Pfad selbst ist kühl und wegen der Schatten angenehm abwechslungsreich, und zwar bis direkt zur Kirche St. Honorat, die am Ende des Weges im Sonnenlicht steht wie eine oft besiegte alte Frau, die sich dennoch weigert, auch nur einen Zentimeter zu weichen. In der Kirche selbst gibt es eine Vielzahl von Sarkophagen und Gräbern, teils leer, teils in Gebrauch.

Die Frau und ich hatten draußen vor der Tür verweilt, um dann in die Gruft zu gehen, die drinnen errichtet worden war, und als wir die dunkle Kirche betraten, sahen wir Magruder zuerst nicht. Der kalte Steingeruch des Inneren und die Finsternis wirkten auf die Sinne betäubend. Sekunden, nachdem wir die Kirche betreten hatten, kam ich mir vor, als wäre ich in einem Salzkeller eingesperrt. Dann wurden im Dunkel allmählich Einzelheiten deutlich, in Stein gemeißelte Gesichter, eine riesige Rosette an einer Wand. Die Beschaffenheit des Inneren begann sich zu offenbaren. An einer Seite konnte ich eine große Kammer sehen, die an der gegenüberliegenden Wand in zahlreiche leere Krypten unterteilt war. Vor uns, von der Wand mit der Rosette abgeteilt, waren zwei Räume mit Altären. Beide schienen gleichermaßen verlassen zu sein, auf beiden lagen Bruchstükke von Steinen, auf allem lastete die drückende Atmosphäre von Jahrhunderten ohne Sonnenlicht. Ich ging in den Raum links von mir und sah zur Decke hinauf, und als ich ins zentrale Kirchenschiff zurückkam, stieß ich beinahe mit der Frau zusammen, die vor einer kleinen Kammer stand, die mir gar nicht aufgefallen war, als wir eingetreten waren. Etwas schien sie zu verwirren. Als ich fast gegen sie stieß, flüsterte sie mir zu: »Schau dort hinein. Siehst du ihn?«

Ich sah in die dunkle Kammer. Magruder kauerte über einem uralten Grab, und es dauerte ein paar Sekunden bis mir klar wurde, daß er betete; er wippte sanft auf den Füßen und hatte die Hände fest vor dem Mund gefaltet.

3

»Natürlich habe ich gebetet. Ich finde, man kann überall beten, auch wenn man eigentlich nicht genau weiß, wofür man betet, und warum.«

»Ich finde nicht, daß das logisch klingt«, sagte die Frau.

»Wahrscheinlich nicht, aber weshalb sollte es logisch klingen? Es ist keine rationale Tätigkeit. Ein Gebet ist nur eine Verrichtung, eine Handlung. Das ist alles. Es kommt nur auf die Absichten an.« Magruder lächelte sie an, dann griff er nach seinem Bier auf der Tischplatte, das der Kellner am Rand des Tisches auf einem Tablett abgestellt hatte. Ich sah, daß immer noch einige Grashalme an seinem verschwitzten Baumwollhemd klebten.

»So können Sie etwas nicht verteidigen«, sagte ich. »Oder besser gesagt, mit diesen Worten könnten Sie alles rechtfertigen. Im College hatte ich einen Freund, der behauptete, seine Kurzgeschichten wären langweilig, weil sie von langweiligen Menschen handelten.«

»Ich meinte«, sagte die Frau, »mir ist nicht klar, weshalb der Platz, wo man betet, eine Beziehung zu den Gründen hat, weswegen man betet.«

»Man könnte sagen, das ist eine Frage der Atmosphäre«, antwortete Magruder. »Beten ist eine Reaktion auf etwas. Man kratzt sich, weil es juckt.«

»Und wenn die Atmosphäre ein Gebet verlangt, dann beten Sie einfach, ganz egal wofür?«

»Alle Gebete sind eins. Abgesehen davon finde ich Ihre Vorstellungen großartig. Es kommt hauptsächlich darauf an, alles am Rollen zu halten. Man muß sich zum Narren machen, dann versteht man alles.«

Er biß in sein Sandwich und unterbrach damit unsere Versuche, seine Religion zu verstehen. Ich sah mich auf der Terrasse des Cafés um. Alle Tisch waren besetzt. Als wir den umzäunten Teil mit den Tischen des Boulevard des Lices erreichten, hatte ich mich nach dem Mann in der gelben Jacke umgesehen, aber er war nirgends zu sehen gewesen, weder in diesem Café, noch in den anderen, an denen wir vorbeigekommen waren.

»Wie lange werden Sie noch in Arles bleiben?« Magruder hatte diese Frage gerade Sandwich kauend gestellt, als ich am Rand meines Gesichtsfeldes etwas Gelbes sah. »Wir reisen heute ab«, hörte ich die Frau sagen, während ich in der Menge nach Touristen Ausschau hielt, die am Café vorbeischlenderten. Dann sah ich das Paar erneut. Aus dieser Entfernung sahen sie Charles und Esther La Rochelle noch ähnlicher. Ich legte der Frau die Hand auf den Arm.

»Da sind sie wieder. Erinnerst du dich an sie?«

Sie sah mich an.

»Bin gleich wieder da«, sagte ich. »Ich muß etwas überprüfen.«

Während ich meine Erklärung gab, holte ich zwei Zehnfrancscheine aus dem Geldbeutel und legte sie auf den Tisch. »Ich muß meine Geister sehen. Trinkt noch etwas, ich bin gleich wieder zurück.« Magruder wandte die Augen von der Frau ab und lächelte mich an.

Als ich mich zwischen den Tischen hindurchgezwängt hatte und auf dem Gehweg stand, konnte ich das Paar nicht mehr sehen. Aber ich wußte, in welche Richtung sie gegangen waren, als sie an uns vorbeigingen, und ich glaubte, ich könnte sie innerhalb eines Blocks oder so einholen, wenn sie nicht vom Boulevard abgewichen waren. Sie waren mit der Geschwindigkeit eines Paares in mittleren Jahren gegangen, das keine Eile hat, und ich vermutete, daß es nicht länger als zehn Minuten dauern würde, sie wieder zu finden und mich zu vergewissern, daß mein Verdacht nicht zutraf, daß es sich bei dem Paar nicht um Charles und Esther La Rochelle handelte.

Auf dem Gehweg drängten sich Touristen. Ich mußte zwei verschiedenen Gruppen französischer Teenager vor mir ausweichen, dann behinderte mich ein Paar, das schon beinahe grotesk dick war. Der Mann hatte seine Frau untergehakt, zusammen beanspruchten sie den gesamten Gehweg für sich. Eine Schlange ungeduldiger Passanten ging auf der Straße an ihnen vorbei, und ich hüpfte hinter ihnen auf und ab und versuchte, die gelbe Jacke zu sehen, dann hüpfte ich auf die Straße und versuchte, mich durch den entgegenkommenden Strom zu drängen. In dem Augenblick, als ich auf die Straße trat, stieß ich mit einem Mann mit Nickelbrille zusammen, der mich böse anfunkelte, dann aber vorbei ließ. Einen Augenblick sah ich voraus die gelbe Jacke und das gelbe Haar der Frau; sie verweilten einen Block weiter vor einem Geschäft. Ich umging die Schlange der Passanten, die die Straße entlangkamen, um dem dicken Paar auszuweichen, und stand schließlich wieder vor ihnen auf dem Trottoir. Ich begann zu laufen.

Als ich an der Ecke anlangte, hatte die Ampel gerade umgeschaltet, und ein großer Lastwagen kam aus der Rue Jean Jaurès, so daß ich den nächsten Block nicht mehr sehen konnte. *Meuble Rivière*, in riesigen Lettern auf die Seite des Lastwagens gemalt, kroch vorbei. Hinter dem Lastwagen folgte eine ganze Schlange kleinerer Autos, die vorbei wollten. Ich legte die Hand auf die Haube eines blauen Renault, und der Fahrer bremste verblüfft. Bevor er Zeit zum Nachdenken hatte, lief ich vor seinem Auto vorüber, sprang behende durch die zweite Autoreihe und stand schon wieder auf der anderen Seite des Gehwegs. Ich konnte die dünne Hupe des Renaults hinter meinem Rücken aufheulen hören. Das Paar stand nicht mehr vor dem Geschäft. Auf der langen Strecke bis zum Boulevard Clemenceau konnte ich nichts Gelbes mehr sehen. Das Paar war entweder weit genug gegangen, so daß sie hinter den anderen Passanten verborgen waren, oder sie waren in eine der Nebenstraßen abgebogen, die ins Stadtzentrum führten.

Ich zögerte einen Augenblick. Wenn ich weiter nach dem Paar in Gelb suchen wollte, dann mußte ich mich entscheiden, in welche Richtung ich gehen wollte, entweder weiter den Boulevard entlang, oder in eine der Nebenstraßen; in beiden Fällen würde ich länger vom Café entfernt sein, als ich ursprünglich gedacht hatte. Die Frau und Magruder hatten ihre erste Überraschung wegen meines Verschwindens wahrscheinlich überwunden und warteten auf meine Rückkehr – ich hielt es für wahrscheinlich, daß die Frau Magruder erklären würde, was ich mit ›Geister‹ gemeint hatte, und daß sie darauf warteten, das Ergebnis meiner Suche nach dem Paar zu hören. Unter diesen Umständen war es auch wahrscheinlich, daß Magruder die Frau ziemlich schnell langweilen würde. Aber wenn ich jetzt zurückkehrte, dann konnte ich ihnen nichts erzählen, davon abgesehen, daß ich nicht imstande gewesen war, ein besonders auffälliges Paar in mittleren Jahren zu finden, das langsamer als ein durchschnittlicher Einkaufsbummler gegangen war. Ich fing wieder an zu laufen. Trauben von Touristen: Ich lief noch schneller, an einem Mann in himmelblauen kurzen Hosen vorbei, dann mit großer Geschwindigkeit um die Ecke der Avenue de Président Wilson herum. Ich traf meine Entscheidung in dem Augenblick, als ich sie ausführte

Die Avenue war dicht gedrängt mit Fußgängern. Nachdem ich beinahe mit einem großen, professorenhaften Mann zusammengestoßen war, bei dem es sich um einen britischen Touristen gehandelt haben mußte, machte ich etwas langsamer. Als ich ›*Pardon*‹ sagte, drehte er den Kopf, um mich vorbeisprinten zu sehen, und verbeugte sich ironisch. Wieder hatte ich das Gefühl, daß in meiner Erinnerung etwas wachgerufen wurde, aber ich konnte es nicht greifen und dachte nicht weiter darüber nach. Als ich mich von dem Mann abgewendet hatte, ließ ich den Blick über das wogende Meer von Köpfen vor mir schweifen. Ich sah vier Blondinen, bei denen es sich um die fragliche Frau handeln konnte. Ich begann wieder zu laufen und versuchte, alle vier Köpfe im Auge zu behalten.

Als ich nur noch Meter von dem ersten Kopf entfernt war, teilte sich die Menge. Unter dem Haarschopf sah ich einen weiten Sweater und Jeans. Es war ein Junge. Ich lief wieder schneller und spürte einen stechenden Schmerz in der Seite. Die drei anderen blonden Köpfe hatten bereits den nächsten Block erreicht, ich hastete weiter durch die Menge und achtete nicht auf das Stechen. Ein Mann mit einer Hasenscharte und einem riesigen rosa Gewächs, beinahe faustgroß, am Hals, griff nach meinem Ellbogen und hätte mich beinahe auf die Straße gezogen. Ich schlug mit der Hand nach seinem Arm und winkte ungeduldig. Er rief etwas Gedämpftes und Unverständliches hinter mir her.

Ich sah nach vorn und erblickte eine der drei Blondinen in dem Meer von Köpfen vor mir, dicht neben ihr ging ein schwarzer Haarschopf, und ich ließ sie unbehelligt in eine *allée* abbiegen. Die beiden anderen blonden Köpfe waren sehr dicht beisammen und etwa fünfzehn Meter vor mir in einem Gewimmel von Touristen im nächsten Block, aber ich konnte nicht erkennen, von wem sie begleitet wurden: ich sah mehrere braune, kahle Köpfe, die Charles La Rochelle sein konnten. Ich stieß einen Mann beiseite und sprang in eine Lücke vor ihm, wobei ich die Beschleunigung des Sprunges noch ausnützte, um an einer Touristengruppe vorbeizukommen, die, in Regenmänteln und mit Hüten angetan, wie eine Formation die Straße entlangmarschierten und dabei einem Mann zuhörten, der in ein Mikrofon sprach. »Die Straße, auf der wir uns befinden, wurde nach dem Ersten Weltkrieg nach dem allseits beliebten Präsidenten Veelson benannt...« Die beiden verbleibenden blonden Köpfe waren jetzt dicht vor mir, und ich versuchte zu entscheiden, welcher der von Esther La Rochelle war. Nur wenige Schritte von der Blonden rechts von mir entfernt ging ein kahler Mann, aber das Haar der Blondine zur Linken war zerzauster, *bouffant*, wie das von Esther gewesen war, soweit ich mich erinnerte.

Ich lief vor den Autos vorüber, die hupend aus einer Nebenstraße kamen und schritt am nächsten Block, wo ich immer noch meine Seite hielt, langsamer aus. Die beiden blonden Frauen waren jetzt so dicht beisammen, daß sie miteinander spazieren hätten sein können; der kahle Mann, dessen Jacke ich in der Menge nicht sehen konnte, ging einige Schritte voraus. Ich schritt so schnell aus, wie ich konnte, während ich eine Hand gegen meinen verkrampften Körper preßte, bis ich so dicht bei ihnen war, daß ich zu erkennen vermochte, was sie anhatten. Dann blieb ich unvermittelt stehen. Die beiden Frauen betraten gemeinsam ein Geschäft, während der kahle Mann allein weiterging. Über der Tür des Ladens war ein Schild mit der Aufschrift *A. Duhamel*. Eine metallische Stimme hinter meinem Rücken sagte: »... die ersten wirklich modernen Büros, sehr schön...« Ohne nachzudenken rannte ich zu der Tür und stürzte in den Laden hinein.

Niemand sah mich eintreten. Helle Reihen Kleider und Badeanzüge hingen von Stangen herunter, etwa ein Dutzend Frauen sahen sie durch. In dem Laden wimmelte es von Blondinen. Dann beruhigte ich mich. Die Frauen an den Stangen wühlten in den Kleidern. Die anderen, die in auffälligen Posen weiter hinten im Laden standen, waren Schaufensterpuppen. Ich ging um die erste Reihe der

Kleider herum und sah in einem Spiegel die beiden blonden Frauen, denen ich gefolgt war. Im Profil waren ihre Gesichter verkniffen, sie hatten lange Nasen und sahen sich zum Verwechseln ähnlich. Zwillinge. Ich atmete stöhnend aus. Ich ging zur Tür des Ladens und trat wieder auf die Straße hinaus. Das Seitenstechen ließ nach. Am Ende des nächsten Blocks sagte die metallische Stimme etwas auf deutsch. *»Krieg... Krieg«*, konnte ich blechern hören.

Die La Rochelles, wenn sie es waren, mußten die schmale Nebenstraße entlanggegangen sein, an der ich vorbeilief, als ich den Zwillingen folgte. Im Laden hatte ich etwa eineinhalb Minuten verloren, aber wenn ich schnell genug in die Nebenstraße kam, konnte ich sie vielleicht sehen, denn ich erinnerte mich, daß es eine lange, gerade und schmale Gasse war, die parallel zum Boulevard des Lices verlief, ohne Abzweigungen, bis zur Rue Jean Jaurès. Das bedeutete, daß das Paar im Grunde genommen den Weg zurückging, den wir genommen hatten, wobei sie entweder ziellos in jede Straße schlenderten, die einladend aussah, oder mir bewußt aus dem Weg gingen.

Ich rannte den Block entlang zu der Nebenstraße. Der Fremdenführer befand sich auf dem Rückweg, er sagte: »Die romaneske Fassade ist üblich...« als ich an ihm vorbeilief. Die metallische Stimme verstummte. Die ersten Paare seiner Gruppe starrten mich mit offenen Mündern an. Ich blickte über die Schulter und stellte fest, daß sie mir nachstarrten. »Entschuldigung!« rief ich. »Bin in Eile!« Ihre Gesichter regten sich nicht, als wären sie zu Stein erstarrt. »Entschuldigung!« rief ich nochmals.

Als ich mich wieder umdrehte, stand ich allein in der Seitenstraße. Es war eine lange, staubige Gasse zwischen den beiden Hauptverkehrsstraßen, die in die Stadt führten, altmodische Feuerleitern verunzierten die Fassaden der Häuser, altmodische Straßenlampen den Gehweg. Am anderen Ende der Gasse konnte ich die Menschen sehen, die im grellen Sonnenlicht auf der Rue Jean Jaurés vorübergingen. Es war, als würde ich durch das falsche Ende eines Teleskops blicken, winzige Gestalten eilten im Licht vorbei. Wenn das Paar durch diese Gasse gegangen war, dann mußte es sie wieder verlassen haben, während ich in dem Laden war oder mich bei der Reisegruppe entschuldigte. Ich lief so schnell ich konnte die Gasse entlang. Meine Absätze erzeugten schallende Laute auf dem Kopfsteinpflaster, die durch die ganze Straße hallten.

Während ich lief, überlegte ich mir, daß sie auf der Straße nach links in Richtung Innenstadt gegangen sein mußten, anstatt zum Boulevard zurückzugehen. Wenn sie lediglich spazierengingen, dann waren sie bereits auf dem Boulevard gewesen; wenn sie mir entkommen wollten, dann konnten sie das in den schmalen Straßen der Altstadt besser tun. Die senkrechte weiße Säule am Ende der Gasse wurde breiter, mehr Einzelheiten ersichtlich: ein Mädchen im Badeanzug, eine Autoschlange, eine Gruppe alter Männer, zwei Frauen in schwarzer Witwenkleidung. Als ich den Weg durch die Gasse zur Hälfte zurückgelegt hatte, fing das Seitenstechen wieder an, und als ich aus der Mündung der Gasse in die Rue Jean Jaurès stürzte, schien meine gesamte Seite in Flammen zu stehen.

Hätte ich sie nicht in diesem Augenblick gesehen, wäre ich umgekehrt und zum Café zurückgegangen. Der lange Lauf durch die Gasse hatte mir Atem und Entschlossenheit geraubt. Nachdem ich die Gasse hinter mir hatte, hörte ich auf zu laufen und schritt keuchend weiter. Dann sah ich sie. Sie waren zwei Blocks voraus in der dünneren Menge, die zum Regierungsviertel hinaufging. Die gelbe Jacke des Mannes leuchtete wie eine Fahne im

Wind. Was auch immer sie bisher gemacht hatten, jetzt schlenderten oder bummelten sie nicht mehr. Der Mann in der gelben Jacke hatte seinen Arm unter den der blonden Frau gelegt und schien sie voranzutreiben, und zwar schneller als sie laufen konnte, denn sie stolperte einmal gegen ihn. Er zog sie grob wieder hoch und ging weiter, wobei er sie mit sich riß. Wie ich Charles La Rochelle nach unserer Begegnung vor vier Jahren einschätzte, entsprach dieses Verhalten genau seinem Charakter. Von diesem Augenblick war mir klar, daß ich ihn erwischen mußte.

Als ich wieder etwas zu Atem gekommen war, lief ich wieder los, den langen Block entlang bis zum Platz. Als ich mich ihnen bis auf zehn Meter genähert hatte, verschwanden sie plötzlich. Zwischen uns waren keine Menschen mehr, abgesehen von dem Mädchen im Badeanzug und den beiden Witwen, die ich zuvor gesehen hatte; vor uns befand sich ein großer Platz, der ringsum von Gebäuden gesäumt war und keinen Zugang hatte, abgesehen von der Straße, auf der wir uns befanden. Ich sah nur die rechte Hälfte des Platzes, aber den hatten sie nicht betreten, abgesehen davon hielt sich dort niemand auf, außer einer Gruppe Müßiggänger und einem großen jungen Mann, der die Kirche St. Trophime fotografierte. Das Paar war auf mittlere Entfernung nirgendwo zu sehen, weder auf dem Platz noch auf der Straße.

Weitere zehn Sekunden Laufen bewiesen das eindeutig. Ich rannte auf den fast menschenleeren Platz: Stadthalle, Geschäfte, Kirche, triste graue Fassaden über dem Kopfsteinpflaster. Der junge Mann und seine Kamera. Zwei Männer mit blauen Mützen und ausgebeulten weiten Hosen saßen auf der Treppe des Hôtel de Ville, zwei andere lehnten am Becken des Springbrunnens. Es war denkbar, daß das Paar ins Hôtel de Ville geeilt war, um durchzugehen und auf der anderen Seite am Place de

Cour wieder herauszukommen, aber in diesem Fall hätte ich sehen müssen, wie sie den Platz betraten. Dasselbe Argument entkräftete die Möglichkeit, daß sie in die Kirche gelaufen waren, um irgendwo zwischen ihr und dem Théâtre Antique zu verschwinden. Sie konnten nirgendwo sonst hingegangen sein. Irgendwie hatten sie sich in Luft aufgelöst.

Ich stand in der Mitte des Platzes und drehte mich verwirrt von einer Seite auf die andere. Ich versuchte, mich an die Position des Paares in Gelb zu erinnern, als ich sie aus den Augen verloren hatte. Ich war nicht weiter als einen normalen Block von ihnen entfernt gewesen, und die drei Menschen vor mir hatten mir den Sichtkontakt nur einen Augenblick lang unmöglich gemacht, als sie auf die Kirche zugingen, die der junge Mann fotografiert hatte. Ich hielt verzweifelt nach dem jungen Mann Ausschau. Er stand vor dem Hôtel de Ville und machte eine Aufnahme von dem Springbrunnen. Seine Kamera klickte.

»Merci, Monsieur«, sagte ich zu ihm. *»Avez-vous vu un homme dans jaune? Avec une femme?«* Innerlich verfluchte ich mein unzureichendes Französisch.

Der junge Mann drehte sich zu mir herum, sein Gesicht hatte einen Ausdruck höflicher Verständnislosigkeit angenommen. *»Pardon, je parle pas Français.«* Er lächelte, weil er offensichtlich mit seinem Satz zufrieden war.

Ich schäumte vor Ungeduld. »Englisch? Sprechen Sie Englisch?«

»Pardon?«

»Deutsch?« bellte ich.

»Ja, Deutsch. Ich bin ja Deutscher.« Er nickte erfreut mit dem Kopf.

Ich versuchte verzweifelt, mich an mein Schuldeutsch zu erinnern. Mir fiel das Wort für Gelb nicht ein.

»Haben Sie einen Mann und seine Frau hier gesehen? Jetzt nun? Ich muß sie finden.«

Der Junge machte sich an der Einstellung seiner Kamera zu schaffen. Er schien nachzudenken. *»Hier?«*

»Ja!« brüllte ich. *»Der Mann hat ein...«* Mein Deutsch setzte aus. »Yellow! Yellow!« sagte ich und hielt den Saum meiner Jacke hoch.

»Gelb?«

»Ja, ja, gelb gelb«, schrie ich.

Er lächelte noch breiter als vorher. *»Ach ja, ich habe ihn gesehen.«* Er klopfte mir auf die Schulter.

»Wo?« fragte ich.

»Hier. Sie waren hier rechts!« Er grinste und freute sich, daß er so hilfreich sein konnte.

»Aber wo? Wohin sind sie gegangen?« sagte ich auf englisch und gestikulierte wild, ließ den Blick über den Platz schweifen und hielt wie ein Späher die Hand über die Augen. *»Wohin?«*

»Da rüber.« Er deutete auf eine solide Mauer.

Ich sah wieder den Jungen an, der mich breit anlächelte und den Arm immer noch in Richtung der kahlen Kirchenfassade ausgestreckt hielt.

»Sehen Sie?« fragte er. Und dann sah ich es.

Am Ende der Kirche war ein schmaler Durchgang zwischen ihr und dem nächsten Gebäude. Er war nicht breiter als achtzig oder neunzig Zentimeter, und die Schatten von der anderen Seite des Platzes hatten ihn vor meinen Blicken verborgen.

»Danke!« rief ich dem Jungen zu und rannte zu dem Schlitz in der soliden Mauer. Ich spähte hinein. Der Durchgang war vielleicht dreißig Meter lang und stockdunkel. Auf der anderen Seite konnte ich undeutlich einen Ausschnitt des Feldes erkennen, der zum Théâtre Antique führte. Von dem Paar war keine Spur zu sehen, kein bißchen Gelb.

Ich sah zu dem Jungen. Er muß die Schatten des Zweifels auf meinem Gesicht gesehen haben, denn er deutete mit der Hand herüber und grinste noch einmal. *»Ja, ja«*, rief er. *»Dort hinein!«* Ich atmete ein. Ich füllte meine Lungen mit Luft, als würde ich unter Wasser schwimmen, dann trat ich in den Durchgang. Er war so eng, daß ich seitlich gehen mußte, und ich mußte hüpfen, um überhaupt schnell vorwärtszukommen. In den Fugen zwischen den Platten wuchs Gras, was dem Boden eine weiche, nachgiebige Beschaffenheit verlieh. Der Durchgang schien endlos zu sein. Als ich die Gasse entlang zur Rue Jean Jaurès gelaufen war, hatte ich gesehen, wie die Straße vor mir allmählich breiter zu werden schien, aber mit dem Gesicht einer dunklen Wand zugewandt, sah ich lediglich eine rauhe Fläche wie ein Schild vor mir. Am Rand des Schilds fiel ein wenig Licht von der jenseits des Gangs liegenden Wiese ein. Als ich den Durchgang halb passiert hatte, nahm das Licht immer mehr zu, und es wurde heller, je weiter ich ging. Als die Wand vor mir ganz hell zu sein schien, drehte ich den Kopf zur Seite und sah, daß ich nur noch wenige Meter vom Ende des Durchgangs entfernt war.

Als ich den Durchgang hinter mir hatte, fiel ich praktisch in das sonnige Feld hinaus. Ich spürte, wie Gesicht und Körper Wärme abstrahlten, als deren Ursprung, deren logisches Zentrum ich lediglich den Krampf in meinem Inneren ansehen konnte. Ich wischte mir das Gesicht ab. Schmutz kratzte mir über die Stirn. Ganz links von dem Feld sah ich das Paar, das gerade auf dem Gehweg erschien. Der Anblick der gelben Jacke vermittelte mir ein irrationales, anregendes Triumphgefühl, als wäre ich ein Jäger, der das Wild erblickt hat. Ihr Verhalten, das von Tieren unter der Mündung eines Gewehres, spornte mich weiter an: La Rochelle packte seine Frau wieder am Ellbogen und zwang sie, mit ihm zu kommen. Beide gingen gebeugt, als wären sie außer Puste. Luft und Energie strömten in meinen Körper. Ich wußte, ich würde sie erwischen.

Als ich durch das hohe Gras des Feldes lief, waren sie am Ende der Straße, die am Theater vorbei führte. Nur wenige Touristen waren zwischen mir und den La Rochelles, und ich sah, wie sie die Stufen am Ende der Straße hinaufhasteten und durch das Eisentor gingen, das zu der schläfrigen Frau mit den Katzen führte. Hinter dem Tor beginnt die Straße steil anzusteigen, und die Stufen folgen der Straße ein paar Meter, bevor sie auf einen nach oben führenden Fußweg münden. Als ich das Tor passiert hatte und drei Stufen auf einmal hinaufsprang, sah ich, wohin sie gingen.

Auf dem Hügel, umgeben von gelben Hütten und spanischen Armen, ragt ein gewaltiges Bauwerk auf, das einer Hochzeitstorte ähnelt. Es ist kreisförmig und aus verwitterten Steinen erbaut, die sich zu Bögen und Fenstern und Stufen und fantastischen Türmchen krümmen; die Arena ist um einen weiten offenen Platz herum erbaut, etwa von der Größe einer Stierkampfarena, der als Brennpunkt der blutigen römischen Spiele diente. Unwillkürlich fällt mir die Liste ein, die ich der Frau vorgelesen habe: *lions, tigres, panthères, éléphants, rhinocéros.* Das schien der unweigerliche Schauplatz für das Ende meiner Jagd nach den La Rochelles zu sein.

Als ich das Plateau erreichte, wo die Straße sich zu einer Plaza verbreitert, sah ich über die Versammlung von Hippies und Touristen zu meiner Rechten hinweg und entlang der Krümmung der Arena bis zu ihrem Eingang. Die beiden waren dort; die Frau hielt die Handtasche hoch und suchte darin nach dem Eintrittsgeld. Ich rannte durch den Verkehrslärm und die Hitze auf sie zu. Unter mir flatterte eine Taube davon, sie suchte ihr Heil in panischer Flucht. Das Schlagen ihrer Flügel übertönte einen Augenblick das Hupen der Autos.

Ich erreichte den Eingang zur Arena in dem Augenblick, als die La Rochelles ihre Karten gekauft hatten, denn ich sah seine gelbe Jacke im Schatten am Ende des Gangs verschwinden, ebenso das blonde Haar seiner Frau. Ich holte einen Fünffrancschein aus der Tasche und schob ihn unter dem Gitter durch. Der alte Mann in der Kabine ergriff mit zittrigen Fingern das Ende der Kartenrolle und riß eine ab. Ich streckte die Hand soweit es ging unter dem Gitter hindurch und riß sie ihm aus der Hand. Die La Rochelles hatten die Arena bereits erreicht und befanden sich wahrscheinlich in einer der Kammern an den Wänden um das Bauwerk herum, oder in einem der Gänge, der in den staubigen Mittelbereich führte.

Das Bauwerk glich einem riesigen Rad, in dem es Arkaden und Säulengänge gab, Kammern und Hallen. Wenn ich nicht schnell genug in die Eingangshalle kam, konnten sie in einer der beiden Arkaden verschwinden, die von dort aus in die zahlreichen kleinen Nebengänge führten, und dann hätte ich sie wirklich verloren. Nachdem ich dem verblüfften alten Mann die Karte aus der Hand gerissen hatte, warf ich mich in die Menge der Touristen, die sich vor einem Fremdenführer drängten. Ich stieß mich quer durch, entschuldigte mich ununterbrochen und arbeitete mich so vor, bis ich dem Führer meine Karte in die Hand drücken und ins Innere laufen konnte. Vor mir lag der Gang zur offenen Arena – verlassen –, zu beiden Seiten zweigten die beiden großen Arkaden ab.

In der rechten Arkade sah ich eine ganz in Rot gekleidete Familie, ein blondes Mädchen, das ich zuerst für die Frau hielt und dann die Krümmung der Mauer. Ich sah nach links. Direkt vor der Mauerkrümmung, hinter zwei jungen Männern, die an der Wand lehnten, als wollten sie einen Steinquader wegschieben, sah ich die gelbe Jakke um die Biegung verschwinden. Ich lief wieder los und spürte, wie das Seitenstechen mit dreifacher Heftigkeit zurückkam. Ich stöhnte, lief aber weiter und hielt meine Seite. Staub flog in Wolken von meinen Füßen empor. Einer der jungen Männer rief »He!« als ich vorbeistürmte.

Ich bog um die Ecke, wo ich die gelbe Jacke hatte verschwinden sehen. Auf der anderen Seite des Ganges war alles kalt und ruhig. Ich befand mich in einer anderen, kürzeren Arkade, die parallel zur größeren verlief, welche die Arena ganz umrundete. In dem kleineren Gang herrschte eine tote, echolose Atmosphäre. Der Staub auf dem Boden schien Jahrtausende alt zu sein. Ich versuchte mich zu erinnern, was die Frau über die Arena gesagt hatte: etwas von einer Komödie. Dann hörte ich am Ende des Ganges zu meiner Rechten hastige Schritte. Ich hastete durch den Staub zum anderen Ende und sah das Paar erneut, wie es eine Kammer betrat. Sie schienen es nicht mehr eilig zu haben, sondern gingen ganz normal, fast schlendernd, wie sie es getan hatten, als sie an unserem Tisch auf dem Boulevard vorbeigekommen waren. Mein Herz machte einen Sprung, als ich ihre Sorglosigkeit erkannte. Ich zählte die Eingänge bis zu der betreffenden Kammer, damit ich nicht vergaß, in welche sie gegangen waren.

Ich stapfte hinter ihnen her. Das Ende des kleineren Durchgangs hatte durch einen Torbogen in einen weiteren Gang geführt, der von den Eingängen zu Zimmern oder Kammern unterbrochen war, die sich am anderen Ende einst zur Arena hinaus geöffnet hatten. Ich dachte daran, daß die Römer in diesen Kammern vielleicht ihre Tiere gehalten hatten, während ich mich derjenigen näherte, in die sie gegangen waren, oder diejenigen, die dazu verurteilt waren, mit diesen Tieren zu kämpfen. Die La Rochelles waren in die vierte davon gegangen, die sich in diesem schmalen, staubigen Gang befand. Seit ich die Hauptarkade verlassen hatte, war die Atmosphäre immer gruftähnlicher geworden, daher überraschte es mich zuerst nicht, daß ich überhaupt kein Geräusch hörte, als ich am Eingang der winzigen dunklen Kammer stand. Ich konnte spüren, wie mein Herz heftig in der Brust pochte. »Hallo?« sagte ich.

Niemand antwortete mir. Der Raum war vollkommen leer. Die Kammer war von der offenen Arena durch einen undurchdringlichen Bretterverschlag getrennt, der mit Bolzen in der Steinmauer befestigt war. Es war ein runder, völlig stiller Raum, eine ausgehöhlte Zelle in einem Ei aus Stein. Ich ließ die Luft aus meiner Lunge entweichen. Der Stein absorbierte das Geräusch auf der Stelle.

Zu meinen Füßen sah ich etwas in der Dunkelheit schimmern. Einen Augenblick dachte ich, die La Rochelles hätten mir eine Nachricht hinterlassen, die alles erklärte; aber als ich das weiße Dinge aufhob, handelte es sich lediglich um ein abgerissenes Stück altes Zeitungspapier. Das Papier fühlte sich unter meinen Fingern trocken und brüchig an. Ich hielt es vor meine Augen und versuchte zu lesen, was darauf stand. Im Dämmerlicht in der Zelle konnte ich die Buchstaben erst allmählich entziffern.

lage von Ersheim
im dreizehnten und vierzehnten Jahrhun
über den Neckar und kam unter das Protektorat
von Burg Hirschhorn.
Die kleine Kirche von Ersheim ist sehr alt, und kann
bis ins Jahr 773 zurückverfolgt werden. In ihrem
Inneren beherbergt sie eine Reihe von Grabsteinen
berühmter Ritter zudem einige ungewöhnliche
frühe Fresken. Auf dem Friedhof steht der berühmte
›Kummerstein‹, etwa aus dem Jahre 1412, wo sich
ein ›ewiges Licht‹ zum Trost der armen Seelen
befand, deren Knochen im Gebeinehaus dahinter
verwahrt wurden.

4

»Du klammerst Dich an eine Vorstellung von Wahrheit, die Du wie eine Geliebte hältst... Ein Roman, der Dir gefallen würde: *Anna Karenina*... Fällt mir ein, daß Du ihn... mir empfohlen hast.

Ich schreibe nicht aus Boshaftigkeit. Mehr als alles andere fühle ich, daß ich die Kanäle offen halten muß – jetzt mehr denn je – zu jedem Augenblick meines Lebens, zu den halb vergessenen Selbsts, die ich war, als ich in den jeweiligen Abschnitten steckte. Ich möchte nichts verraten, das ich einst gewesen bin.

Das bedeutet, ich muß noch einmal versuchen, Dir begreiflich zu machen, was Magruder mit unserem Leben angestellt hat. Ich kenne Dich, und ich weiß, wie Du es aufgenommen hast – auf jeder Ebene. Du hättest niemals zugeben können, daß Du Dir, mindestens mit Deinem halben Denken, gewünscht hast, wieder in Camden Town bei Deiner Frau zu sein, daß Du ein selbstzufriedener Geschäftsmann sein wolltest, der ein wenig zuviel trinkt und sich ein klein wenig modischen Terror kultiviert. Du wußtest, daß unsere Fahrt enden mußte und daß wir danach niemals wieder wie früher leben konnten.

Ich habe immer gewußt, daß Du Deine vollste Befriedigung in Augenblicken erlebst, wenn Du Dich als unabhängig und allein definieren kannst. Also bist Du in Dir selbst eingesperrt, ein Gefangener. Gescheitert, glaube ich, bezüglich dessen, was du sein könntest. (Sein konntest, vielleicht.) Ich kann Dir keinen Rat und keine Tips geben. Aber letztendlich glaube ich, wirst Du dazu verdammt sein, mich nachzuahmen. Letztendlich wirst Du beim Augenblick verweilen müssen – Du wirst ihn erschüttern, abkratzen, reinwaschen müssen, und dann wirst Du so tief hineinsehen, wie Du nur kannst. Ein Beispiel: Der Nachmittag, als Du Magruder und mich in dem Café in Arles hast sitzen lassen, während Du diesen Leuten nachjagtest, die Du Deine ›Geister‹ nanntest. Du bist weggelaufen, als wärst Du froh gewesen, diese Ausrede zu haben. Als Du eineinhalb Stunden später zurückgekommen bist, waren Magruder und ich fort – in seinem Hotel, wie ich Dir später gesagt habe. Du wirst von Deinem eigenen Willen gezwungen sein, Dir selbst diese Minuten immer wieder aufzuzählen und zu durchdenken, um zu sehen, was geschehen ist, um den Augenblick zu lesen.

Uns ist folgendes widerfahren. Magruder versuchte höflich, eine Unterhaltung in Gang zu halten, er erzählte dauernd von Hermann Hesse und Satie – was für eine vorhersehbare Persönlichkeit er war! – und kaufte mir einen *pastis*. Er trommelte mit den Fingern auf die Tischplatte. Er sagte, Du würdest jeden Augenblick zurückkommen. Er hustete. Er bestellte noch ein Bier. Seine ganze Fröhlichkeit und Unbekümmertheit schien aufgesetzt, unehrlich zu sein; ich versuchte, ihn dazu zu bringen, über sich selbst zu reden – eigentlich, um sich zu erholen, denn er schien niedergeschlagen zu sein, während er so da saß. Als er schließlich redete, überraschte mich seine aufrichtige Freundlichkeit, seine Offenheit. Ich spürte, daß er zwei verschiedene Welten in sich hatte: eine war unbekümmert, redselig und seicht, und die andere war tatsächlich bedeutend, die Welt des Mönchs, der er sein wollte. Und das brachte mich dazu, mit ihm zu gehen, ich finde jedoch, daß Dich das nicht unbedingt etwas angeht. Vielleicht gerate ich ins Schwafeln.

Doch was sollte ich tun? Wenn Du jemals in einem Krankenhaus gewesen bist, besonders in einem französischen, und der Aufenthalt hat länger als eine Woche gedauert, dann weißt du, wie sehr sie einen in sich selbst zurückdrängen, wie langweilig sie sein können: genau der rechte Ort, um Ouida zu lesen! (Ich bin immer noch bei James, und dafür bin ich Dir dankbar. Das war wirklich überraschend aufmerksam.) Mein Mann wird bald hier sein, daher muß ich aufhören. Und außerdem ist sowieso alles aus, nicht? Ich glaube, Du hast Dich entschieden. Ich glaube, wir haben einander enttäuscht. Und doch... liebe ich Dich immer noch. Bitte schreibe mir.«

Als ich in das Café zurückkam, saß ein dicker Mann mit Sonnenbrille an unserem Tisch, der eine unförmige Frau im Hosenanzug dabei hatte. Ich sah in das Café hinein, aber Magruder und die Frau waren nirgendwo in diesem Alptraum aus Chrom und Kunststoff zu sehen. Von dem Augenblick an, da ich das Café betreten hatte, fühlte ich mich wie von Profis verprügelt. Ich trank ein Bier, ging ins Hotel zurück und schlief.

Eine halbe Stunde später wurde das Licht eingeschaltet. Sie stand im Zimmer und wusch sich vor dem Spiegel das Gesicht.

»Hast du sie gefunden?«

»Sie verschwanden in der Arena in einer Wand.«

»Bevor Sie verschwanden – hast du sehen können, ob es die Leute waren, die du gesucht hast?«

»Ich weiß nicht. Möglich. Ich glaube, es waren diese Leute. Ja.«

Die Frau trocknete sich das Gesicht an einem der Handtücher des Hotels ab. Vom Bett konnte ich die reizende Linie ihres Haars und den geraden Kiefer sehen: das Gesicht im Spiegel vor ihr sah müde aus. Ich richtete mich auf und rieb mir die Augen.

»Ich kann mir das nicht erklären«, sagte ich. »Ich habe sie bis in die Arena verfolgt, ging hinein und folgte ihnen durch eine Arkade in ein Zimmer ohne andere Ausgänge. Und als ich dort hinkam, waren sie verschwunden. Ich sah sie in die Kammer gehen, aber sie waren einfach verschwunden. Und sie sahen genauso aus wie das Paar, das ich in Amerika kannte, der Mann, der einen anderen Mann umgebracht hat.«

»Ich bin müde. Leg dich zu mir, ja?« Sie zog das weiße Kleid aus und kam auf mich zu, wobei sie es zu Boden fallen ließ. Ich hielt sie wortlos im Arm; mir war, als wären wir beide auf einem Schiff gegen die Strömung, eine Richtung, die wir vorsätzlich ausgesucht hatten. Als ich versuchte, ihr eine Frage zu stellen, preßte sie einen Finger auf meine Lippen.

5

An einem außergewöhnlich kalten Oktobertag in diesem Jahr unternahm ich einen außergewöhnlich langen Spaziergang die Camden High Street hinab bis nach West End. Ich nickte dem Bloomsbury Hotel zu, als ich daran vorbeiging, und mußte an den netten alten Mr. Franciscus denken, der hier bei uns gewesen war und uns zum Essen eingeladen hatte – nur zwei Monate bevor er sein Leben auf der Straße aushauchte, dann ging ich achselzuckend weiter, den Mantelkragen aufgestellt, bis zum Trafalgar Square, wo ein paar einsame Kinder in erbärmlichen Jacken die Lichter im großen Springbrunnen bestaunten. Auch ihnen war es kalt, und ich sah wohlgefällig, daß sie einige Decken auf den kalten Steinbänken ausgebreitet hatten.

Ich ging zur Nordseite des Platzes und stand schließlich vor der frostigen weißen Fassade der National Gallery, und dann ging ich weiter die Charing Cross Road entlang, wo ein Monat des Regens und bitterkalten Wetters die Kreidebilder von Jesus Christus, verschiedenen Popsängern und zahlreichen anonymen blonden Mädchen weggespült hatte, die von den Pflastermalern dorthin gemalt worden waren. Ich hatte vorgehabt, die ganze Strecke zu Fuß zu gehen, aber vor dem Thèâtre Adelphi strich mir der Wind wie ein eisiges Tuch übers Gesicht, und ich nahm den Bus Nr. 24 nach Camden Town. Auf der Rückfahrt schlief ich auf dem schaukelnden Sitz fast ein.

Als ich heimkam, war Morgan bereits zu Bett gegangen. In dem beinahe wortlosen Waffenstillstand zwischen uns beiden hatte sie das Licht im Wohnzimmer angelassen, so daß ich nicht im Dunkeln über die Sessel stolpern mußte, um es einzuschalten. Es war nett von ihr, eine ›Geste‹, wie wir jetzt sagten. Ich warf meinen Mantel über einen Sessel und ging in die Küche, um mir einen Drink zu machen. Auf dem Küchentisch lag eine Packung Silk Cut – Joanies Zigarettenmarke. Ich nahm eine und zündete sie mit den Streichhölzern an, die auf dem Gasherd lagen. Es war meine erste Zigarette seit zwei Wochen. Joanies gestreifter Pelzmantel lag unordentlich auf einem Stuhl vor einer Kaffeetasse und einem Untersetzer voll Zigarettenkippen. Ich spülte Tasse und Untersetzer mit kaltem Wasser aus und hing den Mantel an einen Haken, bevor ich wieder in die Küche ging, um die Whiskeyflasche und ein Glas zu holen. Als ich zwei Finger breit Scotch in das Glas gegossen hatte, klingelte das Telefon im anderen Zimmer.

Aus dem Hörer kam ein schrilles Pfeifen, durch das ich gerade die Stimme des Fernamts hören konnte, die meinen Namen nannte. »Das ist richtig«, sagte ich.

»Wir verbinden Sie«, sagte sie.

Eine französische Stimme sagte etwas, das ich nicht hören konnte. Das Zischen im Hörer schien die Tonart zu wechseln, als würde bei einem Sturm eine Tür geöffnet werden. »Sie können jetzt sprechen«, sagte eine Stimme.

»Hallo?«

»Hallo?«

»Ist das Owen?« Durch den Windsturm erkannte ich Magruders Stimme. Ich sagte nichts, sondern nahm den Hörer vom Ohr und hielt ihn in einiger Entfernung.

»Owen, hören Sie mich an. Ich mußte per Anhalter bis zu diesem verdammten Dorf fahren, und es regnet wie der Teufel, und ich gebe mein letztes Geld für dieses Gespräch aus. Also hören Sie mir zu, ja? Meine verdammten Füße bluten, Owen.«

»Ich höre zu.«

»Haben Sie einen Brief von ihr erhalten?«

»Ja, habe ich.«

»Ich auch.«

»Ich weiß«, sagte ich. »Das ist mir einerlei.«

»Nun, deswegen habe ich eigentlich nicht angerufen. Ich wollte nur wissen, ob Sie etwas von ihr gehört haben.«

»Habe ich.«

»Ich wollte Ihnen nur sagen, ich habe diese Ikone. Sie kam gestern vom Dorf herauf.«

»Ja?«

»Ich will sie nicht behalten. Ich finde, das wäre nicht richtig, verstehen Sie? Sie macht mich unbehaglich, weil sie hier so auffällig ist. Ich ertrage es kaum, sie in meinem Zimmer zu haben. Wie dem auch sei, ich verlasse St. Martin irgendwann nächsten Monat und gehe nach Katmandu, und ich möchte sie nicht mitnehmen. Ich könnte sie verlieren oder beschädigen.«

Ich fragte: »Und?« Obwohl ich genau wußte, was er sagen wollte.

»Nun, deshalb habe ich angerufen. Ich finde, Sie sollten sie bekommen. Ich weiß nicht, warum sie sie mir geschickt hat.«

»Mir egal«, sagte ich. »Machen Sie damit, was Sie wollen.«

»Nun, soll ich sie Ihnen schicken oder nicht? Glauben Sie, sie wußte, daß ich das tun mußte?«

»Was tun?«

»Sie anrufen.«

»Gut, schicken Sie sie«, sagte ich.

»Sie haben sich geirrt. Das wissen Sie, nicht? Sie waren so dumm. Sie hat sie die ganze Zeit geliebt. Ich habe nicht einmal angefangen, sie zu berühren. Wir haben überhaupt nichts getan, um Himmels willen.«

»Schicken Sie sie her, wenn Sie möchten«, sagte ich.

»Sobald ich wieder ins Dorf komme. Oh, noch etwas?«

»Und das wäre?«

»Nun, sie ist doch wertvoll, nicht? Für wieviel soll ich sie versichern?«

Joanie kam durch die Dielentür in die Küche. Sie hatte ein rosa Nachthemd an, und ihre Füße sahen auf dem roten Fußboden kalt und weiß aus. Sie rieb sich das verschlafene Gesicht.

»Du hast meinen Mantel aufgehängt«, sagte sie.

»Ja«, sagte ich. »Geh wieder ins Bett.«

SIEBEN

1

Am Freitag ging ich nervös wie ein Schuljunge ins Eblana, um sie zu besuchen, wie sie in ihrem Brief geschrieben hatte. Der Tag war ein Beispiel für Dublins typisches Arrangement von drohenden Regenwolken und einer wilden, deftigen Süße in der Luft, der Geruch von Torf und der Abdeckerei und der Liffey, unter einem Himmel, an dem dunkelgraue Wolken dahinzogen. Männer in weißen Regenmänteln gingen über St. Stephen's Green und die Dawson Street hinab, und sie sahen an diesem dunklen Tag erstaunlich hell aus.

Als ich das Zimmer betrat, war es unerwartet hell. Sie hatte nicht das Licht eingeschaltet, aber ein Sonnenstrahl, der durch die dichten Wolken drang, fiel auf ein Flachdach unter ihrem Fenster und wurde von dort reflektiert. Der Effekt des sonnenhellen Zimmers in der dunklen Stadt steigerte noch das Gefühl, daß alles anders als sonstige Erfahrungen war, das mich stets überkam, wenn ich an die Frau dachte. Tatsächlich gab es nichts Vergleichbares zu unserem letzten Treffen – die rasche Übereinstimmung und später die Perfektion dessen, was sich in diesem Zimmer zwischen uns abspielte –, das nicht seinesgleichen in dem ständigen Reigen von Neuheiten hatte, den das Leben darstellt. Daß ihr Zimmer so aussah, als wäre es in seiner Gesamtheit direkt von einem anderen Kontinent hierher versetzt worden, entsprach in jeder Beziehung dem Eindruck, den seine Bewohnerin auf mich machte. Ich schien eines anderen Leben zu leben. Sie nahm mich bei der Hand und führte mich in ihre goldene Mulde des Lichts. Es war Nachmittag.

Ich zog den Mantel aus und hing ihn in den kleinen Schrank neben der Tür. Die Frau ging zu einem Nachttisch neben dem Bett und nahm eine Zigarette aus der Schachtel. Sie ging zum Fenster, am Tisch vorbei, berührte ein Buch, nahm auf einem grünen Sessel Platz.

»Nun, da du hier bist, was fange ich mit dir an?«

Ich beugte mich hinab und küßte sie. »Das geht mir auch so«, sagte ich. Ich setzte mich ihr zugewandt aufs Bett.

»Was hast du heute gemacht?«

»Ich habe mit einem Großhändler über ein paar Verträge gesprochen, die er abschließen möchte, ich habe mich um Einfuhrbestimmungen und Grundstückskauf gekümmert, ich habe zum vierzigstenmal deinen Brief gelesen... was hast du gemacht?«

Sie lächelte mir ins Gesicht. »Ich dachte darüber nach, wie glücklich ich bin«, sagte sie.

Die ganze Zeit, während ich ihren breiten Mund und die perfekte Haut betrachtete, die eskimogleich straff über die Wangenknochen gezogen war, während ich ihren Liebreiz auf mich wirken ließ, bedrängte etwas, das ich nicht bewußt wahrnahm, das ich nicht ganz gesehen hatte, den Rand meiner Wahrnehmung. Es war etwas, das nicht in dieses Zimmer gehörte, das zu lebhaft dafür war. In dem grün-goldenen Raum war es wie ein konstantes Geräusch.

»Sprechen wir nicht über meinen Brief«, sagte sie. »Ich mußte dir das schreiben. Wenn ich mich mit etwas beschäftigte, mußte ich immer aufschreiben, was mich verwirrte, womit ich nicht fertig wurde. Mein Schreibtisch daheim war voll von solchen Briefen. Die einzige Gefahr ist jetzt, mehr denn je, daß ich in Klischees verfallen könnte. Ich habe Angst, daß ich die Dinge bloß in Worte verwandle, wenn ich versuche, damit klar zu kommen.«

Sie senkte den Blick, dann sah sie mich wieder an und biß sich auf die Lippen.

»Ich glaube, ich verstehe, was du meinst«, sagte ich. »Es ist für mich auch wichtig, daß wir verstehen, was mit uns geschieht. Gleichzeitig dürfen wir es nicht zu ernst nehmen. Das erstaunliche ist, wie glücklich du mich machst.«

»Ich?« Der Tonfall rührte alle meine Zweifel auf.

»Zu wissen, daß ich dich kenne, und daß ich diese Beziehung zu dir habe. Mir ist, als hätte ich eine andere Person entdeckt, die in meiner Haut lebt. Mir ist, als würde ich aus mir selbst herausprojeziert werden. Das ist schön.«

Dies ist so zerbrechlich, dachte ich, *so vergänglich. Nichts wird klappen.*

»O Gott, du machst mich glücklich«, sagte sie. Sie kam mit einer einzigen straffen Bewegung herüber, ich konnte das weiche Band ihres Haares an der Wange spüren.

»Gott sei Dank«, sagte ich. »Ich hätte nicht gedacht, daß noch jemand an so etwas glaubt. Ich fühle mich in der Falle meiner Skepsis. Ich bin froh, daß du mich herbestellt hast.«

»Es sind unsere Geister, nicht? Die uns so empfinden lassen?« Sie wich wieder in ihren Sessel zurück, ließ aber ihre Hand auf meiner liegen.

»Es muß so sein«, sagte ich. »Teilweise ist es auch das, was du mich empfinden läßt.«

»Das ist die Gabe«, sagte sie. »Wir müssen wissen, wie wir damit zurechtkommen.«

»Also müssen wir uns nur wegen der Geister Gedanken machen?« Ich konnte nicht mit einer so nachdrücklichen Überzeugung streiten.

»Wie wir mit ihnen leben können.«

Ich lächelte sie an. »Wie können wir das?«

»Indem wir nicht lügen«, sagte sie.

Wir redeten weiter. Durch einen perversen psychologischen Mechanismus hatte ihr Ausbruch das Unbehagen zwischen uns aus der Welt geschafft, und wir unterhielten uns, als würden wir uns schon jahrelang lieben. Morgan und der Ehemann der Frau – unsere ›Geister‹ – würden immer bei uns sein, sagte sie, stets eine Qualifikation für jede Aussage oder These, die wir verkündeten. Für mich war das hinreichend realistisch. Wenn ihre Präsenz verblaßte und wir feststellten, daß wir uns ins reine Licht bewegt hatten, ohne Schatten der anderen, dann konnten wir aufrichtig von einer Zukunft sprechen. Aber soweit würde es nie kommen. Wir würden stets das füreinander sein, was wir beim erstenmal gewesen waren – eine Überraschung, eine unglaubliche Verknüpfung von Fakten und Begehren, ein natürlicher Zauber. Wir machten einander glücklich mit unserer Tollkühnheit. Wenn sie nach Paris zurückkehrte und Morgan zu mir kam, würden wir einander schreiben. Sie konnte so oft sie wollte nach Dublin kommen, aber London war wesentlich bequemer für sie; meine Arbeit in Dublin würde in einem Jahr erledigt sein, und dann wollten wir nach London ziehen. Es war unmöglich; aber es würde funktionieren.

Während wir uns so angeregt unterhielten, kämpfte ich mit einem gespaltenen Bewußtsein. Ich wurde das Gefühl nicht los, daß etwas mit dem Zimmer nicht stimmte. Meine Aufmerksamkeit galt ihrem Gesicht und wurde voll und ganz von ihren sorgfältigen Ausführungen gefesselt; aber sie wurde durch ein unbekanntes Summen abgelenkt. Die Frau beantwortete die Frage, die ich nicht gestellt hatte, indem sie unvermittelt in die Hände klatschte und ausrief: »Aber fast hätte ich es vergessen! Dabei brenne ich darauf, es dir zu zeigen!«

Sie stand von ihrem Sessel auf und ging rasch zum Kopfende des Bettes, über dem sich ein Bücherregal befand, wo das Gleißen der Sonne am stärksten war. Während unserer Unterhaltung hatte dieser Teil des Zimmers als gelbes Leuchten in meinen Augen gebrannt. Sie ging jetzt dorthin und nahm einen rechteckigen Gegenstand vom Bücherregal. Dann drehte sie sich um und zeigte ihn mir. Aus meiner Sicht wurde ihr Kopf durch den Gegenstand verdeckt, den sie nun wie eine Maske vor sich herschob. Die Sonne fiel auf das Gold darauf und wurde reflektiert, und damit verwandelte es den Gegenstand in einen stumpfen Halbspiegel, in dem sich das Licht brach.

»Sieh dir das an! Gefällt es dir?« sagte sie und hielt den Gegenstand vor sich.

14. Sept.

Liebe Morgan, lieber Owen,

mein Mädchen und ich sind glücklich, daß Ihr beiden wieder wohlbehalten in London seid, den Karten und Briefen, die wir erhalten haben, entnehmen wir, daß Ihr beide herrliche Ferien verbracht habt! Ich glaube, Mutter und ich sind zu alt, um die Gründe für getrennte Ferien zu begreifen, aber wenn Ihr es so wolltet, dann war es ganz sicher richtig, daß Ihr es so gemacht habt. Nun, da es vorbei ist, braucht man kein Wort mehr darüber zu verlieren, dennoch bin ich der Meinung, es wäre besser gewesen, wenn Ihr beide zusammen nach Israel gefahren wärt. Ich sage das nicht wegen Euch – wenngleich es Euch hätte gefallen können, eine Art zweiter Flitterwochen, könnte man sagen –, sondern wegen Joanie. Ich will Euch erklären, weshalb ich das sage. Wie Ihr wißt, hat Joanie in den vergangenen drei Jahren gefühlsmäßig eine stürmische Zeit durchgemacht. Ich bin sicher, Ihr könnt Euch vorstellen, wie es für ein sensibles Mädchen wie Joanie ist, nach sieben Jahren Ehe allein zu sein. Keine leichte Sache, da bin ich sicher. Es gibt eine Menge Trümmer

wegzuräumen, und das können nur die Beteiligten machen. Ich finde nur, Joanie hätte auch Deinen Rat brauchen können, Owen, und Du weißt, daß wir mit Freuden die Reise für Dich bezahlt hätten, anstatt Dich nach Frankreich zu lassen. Natürlich bist Du in Europa sehr erfolgreich (ich schicke Dir den Artikel aus dem *Courier* über Dein Unternehmen in Irland aus der letzten Sonntagsausgabe mit), und Deine finanzielle Position ist ausgezeichnet. Ich wollte Dich nur wissen lassen, daß das Angebot noch steht.
Nun, vielleicht bin ich ein alter Tattergreis, der nichts mehr versteht. Wenigstens seid Ihr drei jetzt zusammen. Ich habe nie gebilligt, daß Joanie israelische Staatsbürgerin wird – aber das ist mittlerweile eine uralte Geschichte. Ich hoffe nur, daß Ihr beide mit ihr reden könnt – damit sie wieder auf den rechten Weg kommt. Wenn sie wieder mit der Ausbildung weitermachen möchte, dann kann sie ja die Universität von London besuchen, und wir wären mehr als glücklich, wenn wir das finanzieren dürften. Ich finde, wir alle sollten alles Menschenmögliche tun, um sie wieder ins Gleis zu bringen. Ich finde, sie sollte wieder heiraten, diesesmal vernünftig, wenn sie es kann.
Genug davon. In der Zeitung steht, daß es verdammt kalt in London ist. Wir hier erfreuen uns immer noch am letzten Rest des Sommers, und ich sitze mit einem Drink auf der Veranda und schaue dem Wechsel der Jahreszeiten zu. Gestern hatte Maxine mit ein paar anderen Mädchen ein Essen im Yacht Club, und sie sagte, mehrere Leute hätten sich nach Deinem Befinden erkundigt, Owen – und nach Morgan und Joanie. Du hast immer noch Freunde hier. – Oh, ich weiß nicht, wie ich das vergessen konnte. Ich weiß nicht, ob es euch interessieren wird, aber für uns und die wenigen Freunde, die Charles La Rochelle noch auf der Welt

hatte, war es eine tragische Neuigkeit. Nach jener ersten schrecklichen Tat – die ich nie verstehen werde – haben sich die meisten Freunde der La Rochelles zurückgezogen, wie Ihr Euch denken könnt. Natürlich hatte auch der arme Sandy Freunde, und ich war einer davon. Bei der Gerichtsverhandlung, das habt Ihr vielleicht erfahren, gab es einiges Gerede, Charlie hätte vor einigen Jahren das Geschäft von Sandys Vater übernommen und deswegen habe es Verstimmungen zwischen den beiden gegeben. Die Zeitungen waren schrecklich und schrieben von ›Mord in der High Society‹ und dergleichen. Der letzte Akt des Dramas jedenfalls ist, daß Charlie selbst letzten Sommer von einigen Zellengenossen ermordet wurde, etwa zu der Zeit, als Ihr beiden unterwegs wart, Ende August. Es gibt eine Menge Gerüchte über die Gründe für den Anschlag auf Charlie, aber keiner ist von Belang. Esther hat ihr Haus verkauft und ist nach Ohio zurückgegangen. Ich glaube, sie wird dort ein Restaurant eröffnen, oder eine Boutique, so etwas. Ich bin sicher, sie wird einen neuen Mann finden.

Das ist vorerst alles – tut mir leid, daß ich mit einer so traurigen Nachricht schließen muß. Ich würde einen Scherz erzählen, aber der Brief ist ohnehin schon zu lang. Ich werde Joanie einen eigenen Brief schreiben – ich erinnere mich noch aus meiner Zeit bei der Armee, wie schön es ist, wenn man Post bekommt.

Alles Liebe
Papa

14. Sept.

Liebe Joanie,

heute morgen habe ich einen langen – zu langen – Brief an Morgan geschrieben und ihr alles Wissenswerte aus unserem Teil der Welt mitgeteilt – darunter

auch alles, was ich über Charlie La Rochelles tragischen Tod weiß. Ich bin sicher, Du wirst diesen Brief auch lesen, daher werde ich mich hier nicht wiederholen. Ich möchte Dir nur versichern, wie sehr Mutter und ich hinter Dir stehen – bei allem, was Du tust. Ich glaube, Du wirst Dich in London mehr ›zu Hause‹ fühlen als in Israel. Aber versteh mich nicht falsch! Ich gebe Dir keinen Rat, ich sage nur meine Meinung. Wenn Du nach Israel zurückkehren möchtest, dann ist uns das auch recht. Wir möchten nur gerne wissen, daß Du Deine Möglichkeiten voll ausschöpfst.
Wie ist Deine finanzielle Situation? Ich habe gerade zweitausend Dollar auf Dein hiesiges Konto einbezahlt, damit solltest Du vorerst über die Runden kommen, wenn Du keine ungewöhnlichen Aufwendungen hast. Nimm einen Teil von dem Geld für Morgan und die Rechnungen. Wir möchten, daß ihr zwei Schwestern Freunde bleibt, weißt Du! Ich glaube, mit dem, was Du jetzt hast, dürftest Du ein Jahr auskommen – einschließlich des Geldes, das Du in Israel gespart hast. Wenn Du arbeiten möchtest – das könnte eine ausgezeichnete Ablenkung sein! –, dann klappre die Vermittlungen ab und schreib ein paar Briefe. In dieser Beziehung dürfte Dir Owen helfen können. Ich habe Morgan gegenüber erwähnt, daß Du vielleicht daran denkst, wieder zur Schule zu gehen, in diesem Fall brennen wir darauf, Dir mit Unterstützung für Schulgeld, Bücher und was Du sonst noch brauchst zu helfen.
Wir lieben Dich, Joanie, wie wir Dich immer geliebt haben, und wir wollen nur das Beste für Dich. Das bedeutet, was *Dich* glücklich macht. Wenn dieser Abe, von dem Du uns geschrieben hast, Dich glücklich macht, und wenn Du ihn heiraten möchtest, dann möchten wir das auch. Aber überstürze nichts, und sei

nicht unnötig bekümmert. Ich habe Dich viel zu gern, als daß ich Dir wünsche, Dir würde so etwas passieren. Sollte es so sein, dann werde ich Dir die Flugreise bezahlen, damit Du ein wenig nach Hause kommen kannst, damit wir uns lange darüber unterhalten können.
Vergiß nicht, du hast die Liebe Deiner Mutter – und meine auch.

Papa

2

»Was werden wir heute unternehmen?«

»Ich weiß nicht«, sagte Morgan. »Du könntest in die Stadt gehen, oder so etwas. Ich möchte mein Buch fertig lesen.«

»Was ist es?« fragte Joanie.

»Eigentlich lese ich zwei Bücher gleichzeitig. *Women In Love* und das Buch, das ich dir nach Israel gebracht habe, *Papillon*. Das würde ich auch gerne zu Ende lesen. Ich habe erst gestern damit begonnen.«

»Neben dem Lawrence-Roman?«

»Ganz recht.«

»Bekommen wir heute morgen Kaffee?« fragte ich.

»Ist noch nicht gemacht«, sagte Morgan.

»Ich hätte gerne einen. Morgens ist es hier immer so kalt«, sagte ich.

»Versuche es doch mal mit einem Hemd.«

Ich stand auf, ging ans Fenster und zog die Vorhänge zurück. Die Luft war grau, aber das fahle Licht fiel ins Zimmer und machte es heller, eine verwaschene Klarheit. Ich schaltete die Stehlampe beim Sofa aus. Morgan zog den blauen Morgenmantel enger um sich.

»Ich finde, Kaffee ist eine gute Idee«, sagte sie.

Joanie betrachtete ihre bloßen rosa Füße. Sie beugte sich nach vorn und zog den Saum des Nachthemds über die Knie, so daß sie wie ein Zwerg aussah. »Möchtest du ihn machen?« fragte sie.

Als Antwort sah Morgan ihre Schwester nur an.

»Soll ich?«

»Nein, ich mache ihn«, sagte Morgan.

»Ich würde es gerne machen. Wirklich.«

»Nein, ich glaube, du frierst mehr als ich. Warum gehst du heute nicht in die Stadt und kaufst etwas zum Anziehen? Wenn du nicht zuviel Geld ausgeben möchtest, könntest du etwas bei Marks & Sparks bekommen.«

»Gute Idee.«

»Es wird hier viel kälter werden als in Israel.«

»Ist es schon«, sagte Joanie.

»Ich mache Kaffee«, sagte Morgan. Sie stand auf, hielt den Morgenmantel eng um sich und ging in die Küche.

Wir hörten Wasser in einen Topf plätschern.

»Was empfindest du?« fragte sie mich.

»Nicht viel«, sagte ich.

»Sollte ich nach Amerika zurückkehren, was meinst du?«

»Nein«, sagte ich. »Du kannst hier bleiben.«

»Ich wünschte, du würdest hier nicht nur in der Pyjamahose herumstehen«, sagte sie.

»Das ist ein Test«, sagte ich. »Wir haben jetzt neue Definitionen. Das andere ist längst aus der Mode.«

»Nun, ich bestehe den Test nicht«, sagte sie. »Ich bin nicht so gefestigt wie du.«

Morgans Schritte gingen aus der Küche den Flur entlang zum Schlafzimmer, von dort ins Bad. Wasser plätscherte, die Spülung, erneutes Plätschern.

»Ich verstehe dich nicht, weißt du. Ich verstehe Morgan auch nicht.«

Dennoch war mir klar, daß sie glaubte, Morgan zu verstehen. Ich stellte mir die beiden am Strand von Eilat vor, wie sie den ganzen Tag über schwammen und nachts Geheimnisse austauschten, Morgan neigte den Kopf, während Joanie flüsterte und flüsterte, und dann begann Morgans gelassene Stimme ruhig zu sprechen, während ihre Schwester zuhörte.

»Ich verstehe nicht, wie sie so streng sein kann. Dazu war sie früher nie imstande.«

»Vielleicht Übung«, sagte ich. »Sie hat es schon lange, bevor es aus war, herausgefunden.«

Morgans Schritte gingen aus dem Bad wieder in den Flur und die Küche. Tassen klirrten.

»Aber es *so* enden zu lassen... Ich verstehe nicht...«

Morgans Schritte waren wieder auf dem Flur hörbar, untermalt vom ständigen Klirren der Tassen auf dem Metalltablett.

»Gleich wird uns allen warm werden«, sagte sie. »Tut mir leid, es ist nur ein löslicher. Habt ihr euch nett unterhalten?«

»Joanie denkt, ich sollte mich anziehen«, sagte ich.

»Nein, trink zuerst deinen Kaffee«, sagte Joanie.

»Und sie hat sich beinahe entschieden, im nächsten Semester Vorlesungen an der Universität von London zu belegen.«

»Gute Arbeit!«

»Ich will euch eines sagen, das ich nicht verstehe«, sagte Joanie. »Warum haben diese Männer Charles La Rochelle ermordet?«

»Was für ein Thema!« rief Morgan. »Wer sollte das wissen, außer den Männern, die es getan haben? Ich hoffe, es hat Papa nicht zu sehr mitgenommen.«

»Ich fand Charles La Rochelle immer so faszinierend.«

Morgan trank ihren Kaffee. »Ich fand immer, er hat ausgesehen, als würde er dauernd üben, ins Filmgeschäft zu kommen. Er muß täglich eine Stunde unter der Höhensonne verbracht haben.«

»Nein, er war wirklich faszinierend. Auf eine bedrohliche Art und Weise.«

»Schön für ihn.«

»Denkst du, Abe wird heute vorbeikommen?« fragte Joanie. Ihre Augen schienen feucht über dem Rand der Tasse zu schweben.

»Hast du das Auto überprüft?«

»Nein.« Sie lag immer noch auf dem Bett, das Gesicht auf den Armen. »Aber sie müssen dagewesen sein; es ist fast vier Uhr. Wenn du mir ständig wegen des Autos Löcher in den Bauch fragen mußt, warum gehst du nicht selbst nachsehen?«

»Wir müssen aufbrechen, wenn wir vor Einbruch der Dämmerung in Aix sein wollen.« Wir waren grundlos wütend aufeinander: ich habe einen sauren Geschmack im Magen.

»Sind die Koffer fertig? Ist alles eingepackt?«

»Ich habe sie gepackt, während du geschlafen hast«, sagte ich. »Alles ist bereit, abgesehen von deinen Büchern auf dem Boden und deinem weißen Kleid.«

»Das werde ich anziehen«, sagte sie. Sie richtete sich auf und preßte die Hände vor die Augen. Als sie sie wieder wegnahm, schwang sie die bloßen Beine aus dem Bett und stützte sich auf die ausgestreckten Arme. Ihre Haare standen vom Kopf ab, im Vergleich mit der bloßen Haut ihres Körpers sah ihre Farbe erstaunlich aus. »Ich liebe dich«, sagte sie.

Ich trocknete mir das Gesicht ab und zog den Stöpsel aus dem Becken. »Gut. Ich werde nicht hinausgehen und das Auto in Stücke reißen. Aber bitte steh jetzt auf, denn sonst werden wir die ganze Nacht auf diesen kleinen Nebenstraßen herumfahren.«

»Oh, als ich mit Magruder gesprochen habe, habe ich ihm zugesagt, daß wir ihn mit nach Aix nehmen. Es macht dir doch nichts aus, Liebling, oder?«

Nachdem wir das Hotel verlassen und den Platz überquert hatten, legten wir unser Gepäck in den Kofferraum, und die Frau setzte sich ans Steuer. »Hoffen wir«, sagte sie.

Als sie den Zündschlüssel drehte, heulte der Motor einen Augenblick keuchend, aber dann spang er an. »Auch wenn sie nicht hier waren, um es zu reparieren, ist das jetzt einerlei«, sagte sie. »Wir holen Magruder ab und fahren los.«

»Wo ist er?«

»Im Hôtel Provençal. Bist du sicher, daß es dir nichts ausmacht, Liebling?«

»So lange er nicht den Rest der Woche bei uns bleibt, macht es mir nichts aus«, sagte ich. »Und so lange er nicht versucht, seine religiöse Überzeugung zu erklären. Ich bin zu müde, um diesen Unsinn über mich ergehen zu lassen.«

»Ich glaube nicht, daß du dieses Problem haben wirst«, sagte sie.

Tatsächlich machte Magruder erst den Mund auf, als er bereits zwei Stunden im Auto saß. Er hatte den Rucksack auf den Rücksitz geworfen und sich daneben gesetzt. »Gut«, sagte er und verstummte, als hätte man ihm mit einem Hammer zwischen die Augen geschlagen.

Kurz nachdem wir auf der Hauptstraße nach Südosten waren, sagte die Frau: »Ich fahre noch ein Stück, könntest du dann übernehmen, Owen?«

»Sicher«, antwortete ich bereits gelangweilt, aber nachdem ich eine halbe Stunde endlos gelbes Gestrüpp am Fenster vorbeiziehen sah, schlief ich ein. Ich habe keine Ahnung, ob die Frau und Magruder sich über mein leises Schnarchen hinweg unterhalten haben; ich denke aber gerne, daß sie es nicht taten, daß jeder seinen eigenen Gedanken nachging.

Ich erwachte seltsam desorientiert, wie es der Fall ist, wenn man unvermittelt mit einer fremden Landschaft konfrontiert wird. »Wo sind wir?« Das Licht hat sich zu einer rotgoldenen Paste verdichtet, die sich in den Rillen auf den Dächern gelber Hütten sammelt und kühl auf den Fenstern Blasen schlägt.

Bevor einer von ihnen antworten konnte, ließ mich ein Impuls aus meinen wohlerzogenen Kindertagen weitersprechen. »Tut mir leid, daß ich einfach so eingeschlafen bin. Ich glaube, das Herumlaufen heute morgen hat mich etwas mitgenommen.«

Die Entschuldigung hatte die Wirkung gehabt, ihre Antworten auf meine Frage zu verdrängen, daher rollten wir dreißig Minuten im rotgoldenen Licht weiter, bevor die Frau etwas sagte.

»Wir sind fast da«, sagte sie schließlich. »Nur noch ein paar Kilometer bis Aix. Es war eine kurze Fahrt.«

Ich konnte hören, wie sich Magruder auf dem Rücksitz bewegte. Es klang, als würde er seine Kleidung anziehen, wobei er schwer atmete. Ich drehte mich um, um nachzusehen, was er trieb.

»Mann, ich bin auch müde«, sagte er. Er hatte die Arme unter dem Hemd und der weißen Felljacke und bewegte sie auf und ab. Sein Gesicht war verzerrt, der winzige Schnurrbart stand von den Lippen ab. Er kratzte sich. Er hob ein fleckiges blaues Hosenbein, fuhr mit dem Arm darunter und setzte seine Tätigkeit dort fort.

»Abel ist nervös«, sagte die Frau. »Warum bist du so nervös, Abel?«

»Vielleicht bin ich das«, antwortete er. »Aber es juckt mich auch höllisch. Ich glaube, in dem gottverdammten Bett ist etwas gewesen. Ich habe es etwa seit einer Stunde. Ich hätte im Freien schlafen sollen. In Parks gibt es keine Wanzen.«

»Wanzen!«

»Vielleicht«, sagte er. »Keine Ahnung. Bis vor einer Stunde habe ich so etwas noch nie gespürt.«

»Wahrscheinlich keine Wanzen«, sagte ich. »Fängt das nicht sofort an zu jucken?«

»Ich glaube, wir sind fast in Aix«, sagte die Frau.

»Beten Sie um Erleichterung«, sagte ich. »Um ein Wunder.«

Die Frau wandte sich mit einem Blick grenzenloser Verachtung zu mir. »Owen, das ist äußerst geschmacklos. Warum mußt du Abels Überzeugungen ins Lächerliche ziehen? Wie ungehobelt!« Sie drehte den Kopf wieder weg, nachdem sie mir einen langen Tigerblick zugeworfen hatte.

Ich war wie vom Schlag getroffen. »Beruhige dich«, sagte ich. »Es war nur ein alberner Scherz! Warum regst du dich so auf?« Während ich das sagte, konnte ich spüren, wie meine gute Laune einer Depression wich. Das Band der Gefühle zwischen uns schien sich gelockert zu haben, wie in einer enttäuschenden Ehe, und wir fauchten uns an wie zwei Menschen, die bereits jahrelang verheiratet sind.

»Ich *bin* ruhig«, sagte sie. Ihre Stimme hatte einen Unterton kalter, blinder Wut unter der wohlklingenden Oberfläche. »Und geh mir nicht mit Fragen auf die Nerven!«

Ich drehte mich etwas herum, um festzustellen, wie Magruder unsere Unterhaltung aufnahm. Ich hatte erwartet, daß er sich zu mir vorbeugen und beschwichtigend sagen würde, daß es einerlei war, daß ich seine Gefühle nicht verletzt hatte. Mir erschien es so unwahrscheinlich, daß ich das könnte. Als ich mich zu ihm umdrehte, war er nach vorn gebeugt und hatte die Hände unter den Schenkeln, und er betrachtete den Boden des Autos als wäre er bei einem schweren Verbrechen ertappt worden.

Er sah zwischen Haarsträhnen zu mir auf. »Die Dame scheint erbost zu sein«, sagte er.

Dann erlosch der unerwartete Ausbruch. Ich konnte sehen, wie sie sich entspannte, die Kiefermuskulatur wurde schlaff, die Finger klammerten sich nicht mehr so fest um das Lenkrad. Magruder spekulierte, wie weit wir von Aix entfernt sein mochten, und eine niedergeschlagene, stockende Unterhaltung folgte; aber es blieb eine Spur Bitterkeit in der Atmosphäre, wie die nachhaltigen Überreste eines bösen Rauchs.

»*Was* hast du gemacht? Mit *Magruder*?«

»Ich bin mit ihm ins Bett gegangen.«

»Aber warum? Und warum erzählst du es mir?«

»Es ist einfach geschehen.« Sie machte den Mund zu und setzte sich auf den Bettrand. Sie kickte die Schuhe fort. »Kannst du mir den Reißverschluß aufmachen? Ich möchte ein Bad nehmen.«

»Aber das ist unsinnig!«

»Ich frage nicht, ob es unsinnig ist oder nicht, ich sage dir nur, daß ich es getan habe. Nachdem du weggegangen warst, haben wir uns eine Weile unterhalten, und er war irgendwie so pathetisch, und gleichzeitig fesselnd – er schien so viele Dinge tun zu können, und nun wollte er sich in einem Kloster vergeuden. Machst du mir das Kleid auf?«

Ich beugte mich hinab und öffnete den Reißverschluß.

»Es war eine Art Experiment. Er hatte keine Ahnung, was vor sich ging, bis er mich auf sein Zimmer einlud. Was er tat, hat er nur getan, weil ich es wollte.«

Mir war zumute, als hätte sie mir in den Magen getreten. Den Rest der Fahrt bis Aix hatten wir drei wenig miteinander gesprochen, die unterschwellige Spannung war geblieben. In der Stadt hatte die Frau an der Hauptverkehrsstraße gehalten, neben dem Springbrunnen. Magruder hatte uns die Hände geschüttelt und war zögernd ausgestiegen. Er war mehrere Sekunden stehengeblieben, hatte die Hände auf das Autodach gelegt und schien zu versuchen, sich an etwas zu erinnern; aber er hatte dann doch lediglich seinen Rucksack genommen, gewinkt und war in Richtung eines Cafés verschwunden.

»Wohin gehen wir?« fragte ich sie, aber sie antwortete nicht. Wir fuhren langsam und schweigend die herrliche, lange Avenue entlang, den Cours Mirabeau, von Bäumen gesäumt und von Laternen erhellt, bis wir die Mitte des zweiten Blocks erreichten. Dort steuerte sie an den Straßenrand, und wir hielten an. Ihre Augen blitzten mich in der Dämmerung an. Ich öffnete die Tür und trat unter den Baldachin eines Hotels hinaus. Vor mir, aus einem Rahmen heller Glastüren, sah ein uniformierter Mann stirnrunzelnd auf mich herab.

»Hier haben Mami und ich damals im Sommer gewohnt«, sagte sie. Der Portier öffnete ihre Tür. »Ich möchte auch hier wohnen.« Der Portier blies in eine Pfeife, die er an einer Kette um den Hals trug, worauf ein Junge in gestreifter Weste aus dem Haus gerannt kam. Er schlüpfte auf den Sitz, drehte den Zündschlüssel herum und fuhr mit unserem Auto weg. »Sieht aus, als würden wir ein Zimmer bekommen«, sagte die Frau.

Als wir auf unser Zimmer geführt worden waren und den Anblick der Baumkronen im Lampenlicht bewundert hatten, sagte die Frau, nachdem der Page gegangen war: »Heute nachmittag bin ich mit Magruder ins Bett gegangen.«

»Du meinst, du hast ihn verführt, weil du ihn beherrschen konntest?«

Sie hing ihr Kleid in den Schrank. »Nein, nicht deswegen. Es war ein Experiment. Als ich sah, daß ich ihn schon beherrschte, konnte auch der Rest geschehen.«

Sie war so nüchtern! Ihr kaltes Benehmen stachelte meinen Zorn an. »Aber... weißt du, du könntest versuchen, das ein wenig deutlicher zu erklären. Du kannst nicht einfach in der Gegend herumfahren und Anhalter ficken!«

Sie zog den weißen Slip aus, den sie unter dem weißen Kleid getragen hatte, und blieb nackt unter der Badezimmertür stehen. In diesem Augenblick begehrte ich sie mehr denn je, wütend und von einem verständnislosen Zorn erfüllt. Bronzefarbene Haut und weiße Haut – sie sah schöner denn je aus.

»Ich habe dir die Erklärung gegeben. Sei nicht so wütend darüber, daß du sie nicht hören kannst.«

»Gut«, sagte ich. »Drück dich verständlich aus.«

»Ganz einfach. Du bist nicht mein Ehemann. Du bist *nicht* mein Ehemann. Als mir das klargeworden war, wurde mir auch klar, daß ich völlig frei bin. Ich wollte fühlen, daß meine Freiheit wirklich ist, daß ich sie ausleben könnte. Manchmal fühle ich mich dir so nahe, daß es klaustrophobisch ist. Ich wollte in meinem Denken eine gewisse Distanz herstellen.«

Sie ging ins Bad und ließ heißes Wasser einlaufen. »Verstehst du?«

»Und anstatt mit mir darüber zu reden, bist du einfach in Magruders Hotel mitgegangen und zu ihm ins Bett gehüpft? Nein, das ist unsinnig. Ich verstehe es nicht.«

Ich ging in das dampfige Bad. Sie sah zu, wie das Wasser einlief und drehte abwechselnd am einen oder anderen Hahn. »Machst du bitte die Tür zu«, fragte sie.

Nachdem ich die Tür geschlossen hatte, füllte der winzige Raum sich rasch mit Dampf. Die Frau drehte das Wasser ab und trat zögernd in die Wanne; dann legte sie sich in das heiße Wasser. Sie schien in dem dichten, schwadenförmigen Dampf zu schweben.

»Hast du begriffen, weshalb ich es dir erzählen wollte?«

»Überhaupt nicht«, sagte ich.

»Sei nicht so mürrisch.«

»Verdammt, ich bin nicht mürrisch! Ich bin wütend und gekränkt, und du benimmst dich, als würdest du mir erzählen, wie du dir einen neuen Badeanzug gekauft hast!«

Sie bewegte sich in der Wanne und führte die mit Wasser gefüllte hohle Hand zum Gesicht. Dann sank sie wieder zurück, bis das Wasser ihren Nacken bedeckte. »Ist hier irgendwo Seife?«

»Um Himmels willen, was soll das?«

»Seife?«

Ich drehte mich kopflos herum und sah zwei Seifenstücke auf dem Waschbecken liegen. Ich gab ihr eines.

»Ich wollte dir nur zeigen, welche Freiheit wir tatsächlich haben. Und ich sage es dir, weil ich keine Lügen zwischen uns möchte.«

Sie rieb die Seife zwischen ihren Händen. Eine milchige Wolke quoll daraus hervor. Ich nahm auf dem Rand der Wanne Platz und verfolgte, wie ihr Körper vom milchigen Seifenschaum verschluckt wurde.

»Wir sind also frei. Ich dachte, das wüßten wir. Wir haben uns nicht so verhalten, als wären unsere Ehen ein Hindernis.«

»Nein«, sagte sie. »Ich spreche von meiner Beziehung zu dir – unserer Beziehung –, nicht von unseren Ehen. Das sind zwei vollkommen verschiedene Dinge.«

Während ich auf sie hinabsah, wie sie in dem dampfenden Wasser lag, verspürte ich den übermächtigen Wunsch, meine Hände auf ihre Schultern zu drücken und so lange zu warten, bis sie sich nicht mehr bewegte.

Gleichzeitig durchbohrte mich ein überaus intensives körperliches Verlangen. Mein Magen verkrampfte sich schmerzhaft. Ich fragte sie, ob die Episode mit Magruder sie eine weitere, dritte Art der Liebe gelehrt hatte.

»Eigentlich hat sie mich gar nichts gelehrt«, sagte sie. »Er war zu gehemmt.«

»Ich denke, das sollte mir für dich leid tun«, antwortete ich.

»Es war schlimmer, als du denkst. Er konnte überhaupt nichts tun. Er tat mir leid, aber gleichzeitig war ich sehr erleichtert. Der arme Mann konnte nichts anderes tun als erröten. Er war ein völliger Versager. Wir haben nur miteinander geredet.«

Oh, dachte ich, *du bist wirklich eine Hexe.*

3

Ich weiß nicht, wann ich endlich die Wahrheit über Gabriel und Sheila Goldsmith begriff. Ich glaube, sie müssen ihre Affäre in dem Monat begonnen haben, als ich in Frankreich war und Morgan in Israel, doch alle Anzeichen einer spontanen körperlichen Anziehung waren zu erkennen, als sie sich zum erstenmal begegneten, daher könnte ihre Beziehung auch lange vorher begonnen haben, schon Ende des regnerischen Juli. Ich bin jedenfalls sicher, daß sie nicht lange nach ihrer ersten Begegnung begann, denn ich wurde Zeuge der verspielten, neckischen und dabei dennoch völlig ernsthaften Atmosphäre, die sie schufen. Seit ich sie einander vorgestellt hatte, stellte ich fest, daß sie länger als alle anderen bei der Arbeit blieben; und später, auf dem Höhepunkt meiner eigenen Probleme, mußte ich feststellen, daß ich zwischen äußerst erregten Individuen vermitteln mußte.

Joanie hatte mir einst gesagt, daß Abe Gabriels Eltern eine ›provozierende Mischung‹ gewesen waren: Sein Vater war ein israelischer Senator, der seine Laufbahn als Kaufmann in Tel Aviv begonnen hatte. Nach dem Krieg, 1948, war er, ein legendärer Held des israelischen Untergrunds, als Dozent an die israelische Universität in Tel Aviv berufen worden, ein Jahr später zum Verantwortlichen eines Rundfunkprogramms. Die Sendeleitung suchte nach einem neuen, unverbrauchten Mann für eine politische Sendung und war aufgrund seiner Beziehungen im Krieg zu ihm gekommen; er wurde zu einer nationalen Berühmtheit: schlagfertig, aufgeschlossen, rhetorisch brillant. Als sich seine Kollegen von der Universität mit blasierter akademischer Überheblichkeit über seine doppelte Laufbahn lustig zu machen begannen, lud er sie in seine Sendung ein und machte sie auf gutmütige Weise fertig. Im Alter von siebenundfünfzig Jahren gab er die Sendung auf, nahm den neuen Lehrstuhl für Kommunikationswissenschaften an der Universität an und wurde Senator. Nach dem Sechstagekrieg war sein Bild in allen Zeitungen: er war ein großer, feister Mann, der stets lächelte, aber aussah, als könnte er Kraft seines Willens einen Tankwagen explodieren lassen.

Aram Gabriels Frau Sarah war eine amerikanische Schauspielerin von dem Typ, der alle drei oder vier Jahre ›entdeckt‹ wird, und dann, nach dem Abstieg zu B-Filmen, Western und Thrillern, erneut entdeckt wird. Bevor sie Aram Gabriel kennenlernte, hatte sie in einigen bedeutenden Filmen mitgespielt, ihre Karriere befand sich gerade im dritten Aufschwung. Sie war fünfzehn Jahre jünger als er. Sie hatten sich in Israel bei den Dreharbeiten zu *Lion* kennengelernt, einem Film über den jüdischen Unabhängigkeitskrieg. Zu der Zeit war sie wirklich eine Schönheit, dunkelhäutig, stark und attraktiv gebaut, ein Gesicht, dem man ihre Intelligenz deutlich anmerkte. Nach ihrer Hochzeit zog sie sich ganz aus dem Filmgeschäft zurück und widmete sich ihrem Sohn – und einer Reihe berühmter, aber diskreter Affären. *Lion*, der ein Jahr nach ihrer Hochzeit anlief, war sofort ein großer Erfolg, was teilweise auf die Publicity wegen Sarahs Rückzug aus der Branche zurückzuführen war. Nach zehn Jahren war der Film zu einem Klassiker geworden. *Cahiers du Cinéma* widmete ihm ein Jahrzehnt nach der Uraufführung eine ganze Ausgabe. Das alles weiß ich von Joanie, die Aram und Sarah Gabriel oft sah, als sie und Abe in Haifa zusammenlebten.

Joanies Brief, der Morgan zu dem Monat am Strand von Eilat gerufen hatte, wo die beiden schwammen und in ihrem Zelt redeten und redeten und am Strand spazierengingen, hatte Abe nur am Rande erwähnt; Joanie hatte Angst gehabt, wir würden ihre Eltern von ihrer neuen Liaison informieren und damit eine Flut flehentlicher Briefe auf sie auslösen. Daß Joanie mit dem Sohn eines millionenschweren Senators – und einer berühmten Schauspielerin! – zusammenlebte, war eine der Enthüllungen einer langen Unterhaltung, die die beiden Schwestern führten. Morgan vermutete, und hier stimmte ich ihr zu, daß Joanies anfängliche Begeisterung für Abe weitgehend von dem glamourösen Paar herrührte, das ihn gezeugt hatte. Jeder hatte *Lion* gesehen; es war ein Film, der regelmäßig in Filmklubs und Programmkinos gezeigt wurde.

Zu dem Zeitpunkt hatte ich Abe bereits persönlich kennengelernt und meine eigenen Schlußfolgerungen gezogen. Eines Morgens, nachdem Joanie nach Israel aufgebrochen war, klingelte er an unserer Haustür, als ich mich auf die Reise mit der Frau vorbereitete. Ich hatte gerade den Telefonhörer aufgelegt und wollte in das Büro gehen, das ich in der Tottenham Court Road gemietet hatte; die Frau wollte sich im Café Royal mit mir zum Essen treffen, und vor dieser angenehmen Unterbrechung hatte ich noch einen arbeitsamen Tag vor mir.

Als ich die Tür öffnete, stand ein großer, geschäftig aussehender junger Mann davor. Er war dunkelhäutig, die weißen Zähne strahlten in dem hübschen Gesicht.

»He!« sagte er und breitete die Arme aus.

»Was?« sagte ich. Ich glaubte, er wäre jemand aus Amerika, der jüngere Bruder eines Freundes, eines Collegestudenten, der meine Adresse von Morgans Eltern erhalten hatte. Er sah aus wie das jüngste Mitglied dieser Burschenschaft, wie er da im zweireihigen blauen Blazer und den weißen Hosen dastand und melodramatisch die Arme ausgebreitet hatte.

»He! Ich bin Abe! Joanies Freund!« Er ergriff meine Hand. Ich hatte immer noch keine Ahnung, wer er war, aber seine rauhe Stimme klang weder englisch noch amerikanisch. Ich dachte, er könnte Deutscher sein. Er schien meine Unentschlossenheit bemerkt zu haben, denn er drückte mir noch einmal die Hand und sagte: »Joanies Freund aus Israel. Abe Gabriel. Hat sie Ihnen nicht geschrieben, daß ich kommen würde? Sie sagte, das würde sie tun.«

Dann fiel mir der Brief ein, den Joanie an Morgan geschrieben hatte. Ich trat beiseite und ließ ihn eintreten; er machte den Eindruck, als wäre er, hätte ich es nicht getan, aus animalischem Überschwang einfach über mich hinweggetreten.

»Wunderschön, eine wunderschöne Unterkunft«, sagte er, nachdem er eingetreten war. »Man kann wirklich so gut in London leben. Man braucht nur das entsprechende Geld, nicht?«

Ich nickte zu dieser weisen Erkenntnis. Abe führte seine Rundreise durch das Haus fort. Er ging zur Polstergarnitur und verschränkte die Arme vor der Brust, wobei er nachdenklich zum Fenster hinaussah und das Bücherregal daneben begutachtete. Dann nahm er vor dem Ofen und den Möbeln der nächsten Wand dieselbe Haltung ein. »Ich gratuliere Ihnen. Eine so reizende Geschmacksmischung. Ernst und frivol zugleich – das Beste von Amerika und England. Ja, man könnte hier särr glücklich leben.«

Ich sagte ihm, es würde mich freuen, das zu hören.

»Nein, nein, das ist nicht nur ein Kompliment, Owen. Ich darf Sie doch Owen nennen? In meinem Land ist alles so ernst. Alles muß ernst sein. Meine Vorstellungen unterscheiden sich freilich särr davon.« Er schenkte mir wieder sein Millionen-Dollar-Lächeln, als wären wir jetzt Blutsbrüder.

Er ging zum Sofa, setzte sich, überkreuzte die Beine und zündete sich eine Zigarette an. Mehr denn je sah er wie eine Gestalt aus einer Vierfarbendruck-Reklame aus. »Für mich muß das Leben immer voller Freude sein«, sagte er.

Ich überlegte, daß ich ihm etwa zehn Minuten gewähren konnte, bevor ich zur Tottenham Court Road aufbrach.

»In Haifa«, sagte er, »gibt es ein aufregendes Nachtleben, viel zu tun und zu sehen. In Tel Aviv gibt es auch ein aufregendes Nachtleben. Aber in Jerusalem nur traurige Gesichter und Bettler. Man muß nach Haifa, wenn man Israel besucht. In Haifa kann ich Ihnen verschaffen, was Sie wollen.« Diesesmal deutete das Lächeln an, daß von allen Kennern und Genießern, die ich auf der Welt kennen mochte, einzig und allein Abe Gabriel meine ausgefallenen Neigungen wirklich befriedigen könnte. Exotische Liköre, jüdische Frauen, arabische Knaben, Narkotika, Tiere, wenn das auf meiner Ebene läge, das alles deutete das breite, dunkle Gesicht an. Ich fragte mich, was Joanie ihm von mir erzählt hatte.

»Ich habe eigentlich nicht vor, momentan nach Israel

zu gehen«, sagte ich. »Ich muß noch meine geschäftlichen Angelegenheiten regeln, dann breche ich zu einer Reise nach Frankreich auf. Ich fürchte, ich werde gleich gehen müssen.«

Er winkte mit der Zigarette in der Luft. »Ein anderes Mal, ein anderes Mal. Dann werden Sie mein Haus in Haifa sehen. Es ist etwa wie dieses, aber größer und nicht so ernst.« Er tat nicht so, als hätte er meine Bemerkung gehört.

»Wie lange werden Sie in London bleiben?« Ich wollte nicht, daß er sich weiter über dieses Thema ausließ.

»Zwei oder drei Wochen. Ich habe den Rückflug Mitte August bei El Al gebucht. Dies ist nur ein Urlaub für mich, eine Gelegenheit, mich neu einzukleiden. Ich kam direkt vom Flughafen hierher, weil Joanie sich so sehr wünschte, daß wir uns kennenlernen.« Diesesmal ließ das Lächeln keinen Zweifel daran, was Joanie ihm erzählt hatte.

»Studieren Sie in Haifa?« fragte ich. Nun, da ich den Grund für Abes Kumpelhaftigkeit kannte, wurde er mir zunehmend unangenehmer; ich wollte ihn auf ein unverfänglicheres Thema bringen und dann anfangen, meine Unterlagen zu ordnen und ihn bitten zu gehen.

»Hat Joanie Ihnen nichts von mir erzählt?« Sein Strahlen ließ eine oder zwei Stufen nach.

»Nicht viel.«

»Letztes Jahr habe ich studiert. Dann habe ich aufgehört. Kein *vif*. In Haifa gibt es soviel zu tun, zuviel Leben, um nur in Vorlesungen herumzusitzen und sich englische Geschichte oder Wirtschaftsstatistiken anzuhören. Ich bin gebildet. Ich kenne diese langweiligen Dinge alle schon, denn ich bin ein Weltbürger. Ich möchte einen Job suchen, etwas Aufregendes.« Er sah mich eigentümlich an.

»Etwas Bestimmtes? Ich bin sicher, Sie werden etwas

finden, das Ihnen zusagt.« Ich stellte fest, daß ich unbewußt in die Formeln des Arbeitsamtes verfiel.

Er verschränkte die Finger ineinander und sah sie einen Augenblick an, als wäre er ein Schachspieler, der über den nächsten Zug nachdenkt. Zum erstenmal sah ich ihn ernst: Nun sah sein Gesicht auf beängstigende Weise anders aus als mit dem Reklameseitenlächeln.

»Ich brauche etwas, das meiner Begabung angemessen ist«, sagte er schließlich. »Etwas, das ich ohne mich zu schämen tun könnte, irgend etwas als Angestellter in leitender Position. Verstehen Sie?«

Ich versuchte, ihn mir als leitenden Angestellten vorzustellen. »Nicht ganz«, sagte ich.

Sein Gesicht wurde wieder zu diesem wissenden, jungenhaften Ding, das es zuvor gewesen war. Er breitete dramatisch die Hände aus. »Ihr Amerikaner seid großartig! Die Welt kann soviel von euch lernen! Ihr seid so offen, so freundlich, und doch so ... intim. Das sind Eigenschaften, die ich bewundere, mein Freund.« Er faltete die Hände wieder: der Zauberer hatte seine Tücherkette aus dem Ärmel gezaubert.

Ich stand vom Sessel auf und ging zu meinem Schreibtisch. Dort stand ein offener Aktenkoffer, und ich begann, meine Unterlagen hineinzusortieren. Als ich den Koffer zuklappte, setzte ich mich hinter den Schreibtisch und sah in seine Richtung. »Haben Sie sich in Haifa nach Arbeit umgesehen?«

»Haifa ist kein interessantes Gesprächsthema«, sagte er.

Ich sank ein wenig tiefer in den Sessel. Anstatt all das zu sagen, was mir in den Sinn kam, ausnahmslos interessante Gesprächsthemen, sagte ich gar nichts, sondern sah ihn nur über den Schreibtisch hinweg unverwandt an.

»Meine Eltern sind unzufrieden mit mir«, begann er.

»Mein Vater ist ein *särr* ernster, särr altmodischer Mann. Er akzeptiert nicht, daß ich ein reizendes Mädchen heiraten möchte. Er würde sagen: Das ist keine Ehe. Sie ist nicht Jüdin. Mir wäre es angenehmer, in einem anderen Land zu leben, wenn ich Ihre Schwägerin geheiratet habe. Wie Sie, finde ich die Engländer ganz reizend.«

Ich nickte. Dann nahm ich den Aktenkoffer und hielt ihn einen Augenblick auf dem Schoß, bevor ich ihn auf den Boden stellte. Ich steckte einen Kugelschreiber in die Brusttasche.

»Es ist wichtig, Frieden in der Familie zu haben, nicht?«

»Frieden kann man nur sehr selten kaufen«, sagte ich.

»Wie ich Ihre amerikanische Offenheit liebe! Auch ich verabscheue Bestechung«, sagte er. Er hätte sicher weitergesprochen und einen Satz angefangen, der das Wort ›Gelegenheit‹ enthielt, wenn nicht das Telefon auf meinem Schreibtisch geläutet und ich mich hinüber gebeugt hätte, um den Hörer abzunehmen. Er verstummte höflich.

Sheila Goldsmiths Stimme drang betörend in mein Ohr. »Owen, Jack und ich möchten Sie heute abend zu uns zum Essen einladen. Wir haben Angst, Sie werden nichts zu essen bekommen, wenn Morgan weg ist. Er sagte, er würde später kommen, weil er noch einen Termin bei seinem Doktorvater hat, aber das ist kein Grund, auf ihn zu warten. Wir möchten Sie beide noch einmal sehen, bevor Sie nach Frankreich aufbrechen. Könnten Sie es heute abend um sechs einrichten? Dinner und Drinks?«

Ich dachte einen Augenblick darüber nach, ohne Gabriel aus den Augen zu lassen. Er winkte mir zu.

»Könnte ich einen Freund mitbringen?« fragte ich.

Ich hatte verschiedene Gründe, weshalb ich Abe Gabriel bei dem Essen dabeihaben wollte, das Sheila plante, aber es lief letztendlich auf drei hinaus: ich wollte Jacks zunehmende Gereiztheit nicht schüren, wenn seine Frau mit anderen Männern alleine war (dieses Motiv kehrte sich natürlich mit akuter Ironie um); ich dachte, ich könnte Abe leichter loswerden, wenn ich mich für später wieder mit ihm verabredete – womit ich auch meine sonstige Unhöflichkeit umgehen und hoffentlich jede möglichen impliziten Äußerungen über Joanie vermeiden konnte; und schließlich war Abes Mischung aus Verschlagenheit und Naivität ein interessantes Schauspiel. Ich fragte mich, was Sheila mit ihm anfangen würde. Ich war sicher, seine Äußerungen über den amerikanischen Geschmack würden sie amüsieren.

Um die Reaktion auf diesen ersten Abend mit Sheila und Abe Gabriel zu verstehen, ist es wichtig zu bedenken, daß meine Beziehung zu der Frau sich zu diesem Zeitpunkt auf dem Höhepunkt befand: Ich wog mich in dem Glauben, wir hätten aus dem schwierigen Ausgangsmaterial, das uns die Welt gegeben hatte, ein Band der Wahrheit und Aufrichtigkeit zwischen uns geflochten. Meine unausgesprochene Annahme war, daß die Frau ebenso empfand, und erst später, nach unserer fatalen Reise, erfuhr ich, daß es anders war – ich mußte erfahren, wie sehr sie an den Augenblick glaubte. Mit der Zeit, wenn ich gezwungen war, über die Geschichte nachzudenken, wie sie prophezeit hatte, wurde mir der Standpunkt der Frau auf eine tiefere Art bewußt, nachdem sie ihn so ausführlich in ihren Briefen dargelegt hatte. Aber zu dem Zeitpunkt, von dem ich spreche, der Woche vor unserer Fahrt nach Süden, nach Aix, zu Magruder und dem Unfall, hatte ich das Gefühl, wahrhaftig zwei Welten zu besitzen. Ich befand mich in einem Zustand vollkommener Harmonie, der daraus resultiert, sehr erfolgreich und sehr oft mit einem Partner zu schlafen, den man aufrichtig liebt – dieser seltene Zustand, der häufiger eine Folge von Ehebruch als von Ehe an sich ist.

Als ich an diesem Abend an der Wohnungstür der Goldsmiths klingelte, trug ich wie eine reife Frucht das Gefühl in mir, Perfektion erreicht zu haben: Ich befand mich in einer Stimmung, in der ich der Begegnung mit Abe Gabriel mit einer gelassenen, nervösen Toleranz, die nur einen Schatten von der Belustigung entfernt war, entgegensehen konnte. Aber Abe, der vor mir gekommen war und auf einem Sessel saß, den Sheila ›Jacks Sessel‹ nannte – ein üppiger Ledersessel und ihr einziges anständiges Möbelstück, auf das ich selbst mich nie setzte –, schien ein anderer Mensch zu sein, keineswegs mehr der oberflächliche Playboy, der mir gesagt hatte, daß die Universität von Haifa kein *vif* hatte.

Vielleicht sollte man niemals über einen jungen Mann urteilen, bevor man ihn nicht in Gegenwart einer Frau gesehen hat, die er beeindrucken möchte; jedenfalls sollte man ihn nicht auf der Grundlage eines Zusammentreffens verurteilen, wie ich es heute vormittag mit Gabriel gehabt hatte, vollgepackt mit Argwohn und Termindruck. Als Abe aufstand, nachdem ich Sheilas Wohnzimmer betreten hatte, schien er ein völlig anderer Typ zu sein: Die weiße Hose und den Blazer hatte er gegen einen Anzug aus leichtem, dunklem und weichem Stoff eingetauscht, und diese veränderte Kleidung ließ ihn sofort älter und weniger oberflächlich erscheinen. Der Anzug verwandelte seine dunkle Haut in eine würdevolle Sonnenbräune, so daß er wie ein junger Mann mit Verantwortung aussah – er hätte ein zweitklassiger Schauspieler oder ein junger Akademiker oder Inhaber einer Kunstgalerie sein können – kein mediterraner Nichtsnutz.

Die Beziehung zu der Frau hatte mir die Güte gegeben, Abe in Sheilas Einladung mit einzuschließen, und nun ermöglichte sie es mir, einen imaginären Sprung von beinahe sinnlicher Natur in die weibliche Begriffswelt zu tun. Zum erstenmal in meinem Leben sah ich an einem anderen Mann etwas, das eine Frau faszinieren konnte. Während ich Abe zuhörte und seine Gesten verfolgte, da wußte ich, daß er Sheila gefesselt hatte. Ich verspürte den momentanen Impuls, auch wenn ich nicht glaube, daß er sexueller Natur war, meine Hand auf Gabriels dichtes Haar zu legen, das im Schein der Lampe angenehm und weich aussah. Wäre ich eine Frau, dachte ich, würde ich mit den Händen darin zausen.

Abe war offenbar schon fünfzehn Minuten vor mir gekommen, und die beiden waren in eine fröhliche Unterhaltung vertieft, als ich eintrat. Als ich zur Tür hereinkam, flüsterte Sheila: »Danke, daß Sie Ihren Freund eingeladen haben. Er ist wirklich charmant. Wir haben uns wunderbar unterhalten.«

»Über Inneneinrichtungen?« spöttelte ich.

»Nein, Sie Dummerchen, warum sollten wir über so etwas sprechen? Wir haben uns herrlich über Astrologie unterhalten – Abe weiß einfach alles darüber!«

Während wir den Flur entlang zum Wohnzimmer gingen, nahm ihre Stimme einen normalen Tonfall an, den letzten Satz sagte sie so, daß Abe ihn hören konnte. Er lächelte uns an, schien uns beiden gleichermaßen seine Aufmerksamkeit zu schenken und gleichzeitig auf das Kompliment zu reagieren.

»Sie haben mein Wissen schamlos übertrieben«, sagte er, stand auf und verbeugte sich so anmutig wie ein französischer Diplomat. »Owen, es ist ein Vergnügen, Sie wiederzusehen, und ich habe Ihnen noch für die große Freude zu danken, daß Sie mich mit einer so schönen Frau wie Sheila Goldsmith bekannt gemacht haben!« Das sagte er – für mich schien es schrecklich affektiert zu sein – mit einer zweiten kleinen Verbeugung, die freilich ironisch genug war, die Schmeichelei ein wenig zu entkräften.

Ich sagte an diesem Abend wenig. Es gelang Sheila und Abe Gabriel immer, so zu tun, als wäre ich der dritte Gesprächspartner in ihrer Runde, aber vom Zeitpunkt meiner Ankunft an war mir klar gewesen, daß sie sich praktisch nur miteinander unterhielten. Sheila war an diesem Abend ausgesprochen hübsch, ihr Gesicht leuchtete den verschiedenen Stimmungen entsprechend, in denen sie sich befand, und während ich miterlebte, wie sie immer aggressiver mit Abe Gabriel flirtete, begann ich Mitleid mit Joanie zu verspüren, die in Israel war und sich in dem Glauben wog, Abe würde sich in diesem Augenblick mit mir unterhalten und mich bitten, ihm eine Stelle als leitender Angestellter zu geben, die seinen Fähigkeiten angemessen war.

Sheila schenkte mir ein ordentliches Glas Teacher's ein und ging wieder zum Ende des Sofas, neben Gabriel. »Ich wollte gerade etwas erklären, als Sie kamen«, sagte sie. »Ich habe alles durcheinander gebracht.«

Abe schnurrte. »Sie sind zu bescheiden. Sie haben es ganz ausgezeichnet erklärt. Särr überzeugend, wenn ich das sagen darf.«

»Er ist süß, nicht, Owen? Jack – mein Mann – sagt mir nie, daß ich überzeugend bin.«

Abe sagte: »Ich wünschte, Sie würden mit dem fortfahren, was Sie gesagt haben.«

Das war der erste Hinweis: Wie leicht er ihr befehlen konnte. Sie versuchte nicht, das Thema zu wechseln, obwohl sie wußte, was ich von der Astrologie hielt, sondern plapperte immer weiter, angespornt von seinen Kommentaren, seinem Nicken, seinem Bejahen, seinen fragenden Blicken. Offensichtlich hatte sie Abe zu erklären versucht, warum die Astrologie sie so sehr faszinierte.

»Wie ich schon zu Abe sagte«, fuhr sie fort, »diese kleinen Bücher, die man in den Läden kaufen kann, sind *sehr* unzuverlässig. Nur wenige dieser Leute sind jemals wirklich akkurat, weil sie sich mit so vielen verschiedenen Typen beschäftigen müssen. Ein paar sind gut, aber ich weiß nicht mehr, welche.«

»Ah, aber selbst diesbezüglich sind Sie uns hier voraus«, sagte er. »Nur in Haifa kann man überhaupt diese kleinen Bücher kaufen.«

»Nun, die mit dem purpurnen Einband sind die besten... aber ich weiß nicht mehr, wer sie schreibt. Das wollte ich aber eigentlich auch gar nicht erklären.«

»Sie haben den Boden bereitet«, schlug Abe vor.

»Oh, es ist herrlich, wie Sie alles verstehen! Genau das habe ich getan. Die Leute sehen diese kleinen Bücher, und weil ihnen natürlich auffällt, wie schlecht sie sind, nehmen sie die Astrologie niemals wirklich ernst. Die meisten gehen gar nie zu einem professionellen Astrologen.«

»Haben Sie das getan?« Abes Gesichtsausdruck verriet gutmütige Skepsis.

Sheila schob sich einen ihrer reizenden Finger in den Mund und ließ ihn einen Augenblick dort. »Noch nicht«, sagte sie, nachdem sie ihn wieder herausgenommen hatte, »aber ich sollte es einmal tun. Ich finde, es gibt keinen Ersatz für einen Profi, nicht einmal bei etwas so Ungreifbarem wie der Astrologie.«

Sie fuhr fort. »Ich glaube, ich mag die Astrologie deshalb, weil sie einem hilft, seinen Standort zu bestimmen. Wenn man seinen Standort kennt, dann weiß man genau, welches Vorgehen richtig für einen ist, und welches falsch, und man weiß, was einem gegen den Strich geht. Dann – und das ist das wichtigste – kann man aus sich selbst herausgehen. Oh, ich glaube nicht, daß ich mich vernünftig anhöre. Hier verschmelzen Wissenschaft und Magie, die beiden vitalsten Aspekte des menschlichen

Verstandes. Das verbindet uns mit allem Belebten und Unbelebten. Indem wir das Selbst verlieren, gewinnen wir die Welt. Ich finde, es ist wichtig, das Selbst zu überwinden, Sie nicht?«

Abe Gabriels Augen leuchteten. Ich fragte mich, ob er wirklich daran glaubte oder ob er sich lediglich amüsierte. Ich fragte mich auch, welche Bücher Sheila in letzter Zeit gelesen hatte, und von wem sie diese an den Haaren herbeigezogenen Ansichten hatte. Als sie anfing, davon zu sprechen, dem Selbst zu entfliehen und eins mit der natürlichen Welt zu werden, da bestätigten sich für mich Jacks Befürchtungen – ich merkte, wie sich ihr die Denkweise einer anderen Person aufgeprägt hatte. Es war enttäuschend, dachte ich, daß die Erweiterung ihres Horizonts so eindeutig aus einer zweitklassigen Quelle stammte.

Aber Abe stimmte ihr zu. Er sagte: »Die Gemeinschaft ist wichtig. Oder die Gemeinsamkeit. Wir haben die alten Vorstellungen vom privaten Selbst überwunden. Alles gehört allen. In Haifa und in Tel Aviv sehen wir, wie sich junge Menschen zu Gruppen zusammenfinden, wie hier. Die älteren Menschen, die an das Ich und an Besitz glauben, wissen nicht, was sie davon halten sollen, daher tun sie so, als wäre es überhaupt nicht da. Es gehört nicht zu ihren Plänen.«

In einer vollkommenen Trance des Verstehens nickten und lächelten sie einander zu. Ich, mit meiner Last des Glaubens an das komplexe Selbst, diese urbane Schöpfung, welche selbst den eigenen Unzulänglichkeiten einen Wert beimessen konnte, kam mir unglaublich alt vor. Was ist mit der Liebe, wollte ich sagen, ist sie nicht etwas Auserwähltes? Das Selbst findet eine Welt in einem auserwählten anderen. Ich dachte an die Frau, und der Gedanke erfüllte mich wie eine berstende Frucht, und ich fand, daß die beiden kindisches Zeug daherplapperten. Ich hatte mich so daran gewöhnt, von Sheila fasziniert zu sein, daß ich den

Altersunterschied zwischen uns – sie war zehn Jahre jünger als ich – völlig vergessen hatte.

Später, nach Sheila Goldsmiths schamloser und völlig öffentlicher Affäre mit Abe Gabriel, fand Jack Goldsmith heraus, wer der erste Geliebte seiner Frau gewesen war. Der Geliebte war ein recht verwirrter und kurzatmiger junger Mann gewesen, der ebenfalls Englisch an der Universität von London studierte. Er und Jack waren sich in der Bibliothek begegnet – auch eines dieser argwöhnischen Treffen von zwei Amerikanern –, und Jack hatte ihn ein- oder zweimal zum Essen nach Hause eingeladen; nachdem er seine kurze Affäre mit Sheila begonnen hatte, hörte er stillschweigend auf, an seiner Examensarbeit zu schreiben – ›über Blakes *Zoas* und Shelley‹, hatte Jack mir erzählt –, ein Semester später verließ er die Universität. Zuerst war er verblüfft, daß Sheila seine Avancen akzeptierte, dann ebenso verblüfft, als sie sich ihm verweigerte. Nach diesem Schock nahm er einen Job in der Buchhandlung Dillon an und begann, Gedichte zu schreiben – Gedichte mit sehr langen Strophen. »Seine Fingernägel waren immer schmutzig«, beschwerte Jack sich. Das war während einer Unterhaltung in einem Pub, etwa ein Jahr nachdem sich alles wieder scheinbar normalisiert hatte und er und Sheila sich ausgesöhnt hatten. Ich erinnerte ihn daran, daß es in solchen Dingen keinerlei Kausalität gab.

Sheila sagte: »Es ist so schön, einen anderen Menschen kennenzulernen, der begreift, was vor sich geht. Manchmal spür ich, wie die Erde unter mir bebt und sich verändert. Owen hier ist wirklich ein Schatz, aber er ist so schrecklich konservativ! Natürlich kann man ihm daraus keinen Vorwurf machen, schließlich ist er Geschäftsmann, nicht? Aber ich habe gestern *Life Against Death* gelesen, obwohl Jack sagt, daß es schrecklicher Schund ist, und habe festgestellt, es ist verblüffend geistreich... das *Tibetanische Totenbuch... Tao-te-king...* Buddhismus... Flucht aus den Fesseln der Persönlichkeit... Flucht vom Glauben... Polymorphie... Blakes Zeichnungen... Räucherstäbchen.«

Nach dem Essen entschuldigte ich mich damit, daß ich noch packen müßte. Abe sagte: »Dann muß ich auch gehen«, und stand auf. Als sie uns zur Tür brachte, hielt Sheila rührend unsere Hände, als würden wir sie verlassen. Jack, der kurz vor dem Essen mürrisch heimgekommen war, saß düster im Wohnzimmer. Ich glaubte, sein Doktorvater peinigte ihn.

»Sie werden nicht zu lange wegbleiben, oder?« fragte Sheila.

»Etwa einen Monat.«

»Und was ist mit Ihnen?« Sie richtete die Frage an Abe. »Sie werden doch nicht auch weglaufen, oder?«

Abe ergriff ihre Hand. »Ich habe soeben meine Pläne geändert«, sagte er. »Ich bleibe mindestens einen Monat hier. Im Ritz.«

»Meine Güte, das *Ritz*!«

Sheila und ich küßten uns zum Abschied; in dem Augenblick, bevor unsere Lippen sich trafen, konnte ich sehen, wie sie abschätzend zu Abe sah.

4

18. Okt.

Liebe Morgan, Joanie und Owen,

ich bin heute morgen ein wenig in Eile, daher kann ich nicht jedem von Euch einen Brief schreiben. Mein Mädchen und ich bereiten uns auf ein Wochenende in

New York vor. Ich glaube, wir werden wieder im Plaza absteigen, weil Eure Mutter es so sehr mag – aber um die Wahrheit zu sagen, es wird immer schäbiger! Wie auch immer, für uns ist es ein Tapetenwechsel, und Maxine hat Gelegenheit, sich ein paar neue Kleider zu kaufen und einige ihrer Freundinnen in New York zu besuchen. Ich kann sie eigentlich nicht ausstehen, weil sie alle zuviel rauchen und zu laut über solche Sachen wie die Black Panther reden, aber zwei Tage werde ich es schon ertragen. Hauptsache Maxine hat ihren Spaß daran. Jeder muß einmal ein Weilchen ›weg‹, um sich zu entspannen. Ich glaube, Ihr Kinder habt das diesen Sommer herausgefunden, wenngleich es mir persönlich lieber gewesen wäre, ihr wärt alle zusammen glücklich gewesen – das Leben ist nicht so lange, müßt Ihr wissen, daß man es getrennt verbringen könnte!
Das erinnert mich an ein anderes trauriges Ereignis, das sich jüngst hier zugetragen hat. Ich scheine in letzter Zeit nur noch traurige Briefe zu schreiben, aber ich weiß, es wird Euch interessieren, was sich ereignet, gut oder schlecht. Morgan, Dein alter Bewunderer Mr. Franciscus ist letzte Woche gestorben: er wurde von Straßenräubern zusammengeschlagen und hat sich nicht mehr erholt. Ich weiß, das sind schlimme Nachrichten, aber ich bin sicher, Ihr wolltet informiert sein. Soweit ich weiß, war er ganz allein auf der Welt, ohne Geschwister, daher muß man niemandem eine Karte schicken. Maxine und ich waren bei der Beerdigung, und Ihr wärt überrascht gewesen, wie viele seiner alten Studenten dabei waren! Das hat mir jedenfalls gezeigt, daß wir uns alle nach Kräften bemühen müssen, die Straßenkriminalität zu bekämpfen. Wir leben in ständiger Angst! Glaubt mir, es ist viel schlimmer, dies jemandem zustoßen zu sehen, den man kennt, anstatt es in der Zeitung zu lesen. Trotz der Kritik stehe ich

voll und ganz hinter den neuen Maßnahmen des Präsidenten. (Ich glaube, *einige* Leute im Senat werden sich erst daran gewöhnen müssen, daß wir eine Regierung haben, die Verbrecher nicht wegen der ›Rehabilitierung‹ mit Samthandschuhen anfaßt.)

Joanie, wir haben Deinen Brief vom 13. Oktober erhalten, und wir fanden beide, daß Du Dich ein wenig deprimiert anhörst. Ich hoffe, es geht Dir jetzt wieder besser, und vergiß nicht, *solltest* Du im nächsten Semester Dein Studium wieder aufnehmen, wir stehen hinter Dir, was auch geschieht, und wir zahlen gerne alle Rechnungen und so weiter. Du hast nicht viel von Deinem berühmten Freund geschrieben – ist das aus und vorbei? Wir haben gestern abend einen Film mit seiner Mutter im Spätprogramm gesehen – sie sah wirklich gut aus! Aber vernarre Dich nicht zu sehr in ihn, wenn Du kannst. Ich finde, Du empfindest immer noch eine ganze Menge für ihn, doch glaube mir, bei solchen Sachen kann man nur abwarten. Wir lieben Dich und möchten nur, daß Du glücklich wirst. Wenn Du eine Weile nach Hause kommen möchtest, vergiß nicht, daß wir schrecklich froh sein würden, Dich zu sehen.

Vorerst auf bald – und denkt an Eure alten Eltern, die es sich in New York gut gehen lassen!

Alles Liebe
Papa

Wir drei, Joanie in ihrem rosa Nachthemd, Morgan in ihrem blauen Kleid und ich im Pyjama, immer noch schlaftrunken, lasen den Brief der Reihe nach.

»Gütiger Himmel, er wird allmählich wirklich zum John Bircher.«

»Joanie, warum ziehst du nicht das Kleid an, das du letzte Woche gekauft hast? Ich habe den Eindruck, du frierst.«

»Ich habe jetzt keine Lust, Morgan. Glaubst du, ich könnte vielleicht einmal anziehen, was mir gefällt?«

»Ich dachte nur, dir wäre kalt.«

»Ist noch Kaffee da?«

»Ich glaube schon.«

Joanie stand auf und ging ans Fenster. Als sie die Vorhänge zurückzog, konnten wir sehen, daß ein grauer Nieselregen auf die dunkle Straße fiel. »Reizender Morgen«, sagte sie.

»Das mit Mr. Franciscus kann ich einfach nicht glauben«, sagte Morgan. »Mir ist zum Weinen oder Streiten zumute.«

»Hast du ihn wirklich gemocht?« fragte Joanie. »Er war immer so ein vertrockneter alter Narr, fand ich.« Sie setzte sich wieder und zog das Nachthemd eng um die Beine.

»*Joanie*! Das ist abscheulich – du hast nie Unterricht bei ihm gehabt und hast ihn überhaupt nicht gekannt! Ich fand, er war so ein gütiger Mensch. Er sah aus, als würde er ewig leben. Und dann so ein Tod! So schrecklich gewaltsam und sinnlos, ich bin erschüttert.«

Morgan sah mich böse an, als würde ich nur unzureichend an ihrem Kummer teilhaben. »Er war ein guter Lehrer und ein guter Mensch, und er hat ein gutes, einfaches Leben geführt.« Ein Nachruf: Ich bin fast zu Tränen gerührt. Ein einfaches Leben, denke ich, ein einfaches Leben.

Joanie zog das Nachthemd noch enger um sich. »Tut mir leid, Morgan. Ich dachte nicht, daß es dich so mitnehmen würde. Ich wollte deine Gefühle nicht verletzen. Oh, haßt Papa New York nicht?«

»Ich hole Kaffee«, sagte Morgan. »Owen, wann wirst du heute zur Arbeit gehen?«

»Dieser verfluchte Abe Gabriel, dieser Dreckskerl«, sagte Joanie.

ACHT

1

Aix-en-Provence ist ordentlich und reizend zugleich – zwei Charakteristiken, die man nicht immer beisammen findet; von unserem Hotel am Cours Mirabeau konnten wir die grellbunten Touristengruppen sehen, dazwischen die Stadtbewohner, die sich mit südländischer Gemütlichkeit bewegten; wenn wir uns etwas aus dem Fenster lehnten, konnten wir den Cours in beide Richtungen überblicken, er war so geräumig und fröhlich und elegant wie die Avenue einer idealen Republik.

Aber die Frau und ich hatten erstmals den Kontakt zum Süden verloren. Ich konnte nicht verstehen, weshalb sie mir so willkürlich untreu geworden war, und der Nachgeschmack brannte wie Säure in meinem Magen. Es verdarb mir die Freude an der Stadt. Ich war in einer schrecklichen Gefühlsverwirrung. Während ich mit der Frau durch Aix ging, schwankte ich zwischen den entgegengesetzten Polen Zorn und Unsicherheit hin und her, einmal drohte ich ihr, sie zu verlassen, Minuten später flehte ich sie erneut an, es mir zu erklären. Ich muß schrecklich langweilig gewesen sein. Ich hätte, heute ist mir das klar, Klarheit in mein gefühlsmäßiges Durcheinander bringen müssen. Ich hätte sie auf der Stelle verlassen und nach London zurückkehren können, oder nach Israel, um Morgan zu überraschen; oder ich hätte der Frau sagen können, daß der Schmerz, den ich empfand, Beweis genug dafür war, daß ich nicht ohne sie leben konnte – daß ich meine Ehe beenden würde, sie aus meinem Wesen ausbrennen, damit ein neuer Freiraum ganz für sie allein entstand, wenn sie dasselbe tun würde. Eine drastische Umkehr unserer Grundsätze, bevor sie ins Triviale abglitten: das wäre eine Lösung gewesen. Wenn ich wirklich nach der Wahrheit suchte und an sie glaubte, dann wäre die Tat eine Art von Wahrheit, das Drastische wäre wahr gewesen. Anstatt einzusehen, daß ich von der Frau besessen war und daß in einer solchen Besessenheit das Auge eines Tigers brennt, eine Sonne, die den Körper verzehren kann, redete ich lediglich zusammenhanglos, die Worte ein Beweis für meine Verwirrung.

In diesem Augenblick könnte ich eine Karte von Aix zeichnen, könnte die Gesichter, Gesten und Kleidung von Dutzenden Leuten beschreiben, die ich dort gesehen habe, auch wenn es nur für einen Augenblick war. Als wir durch die Stadt gingen und versuchten, mit dem neuen Sachverhalt fertig zu werden, sah ich mit vollkommener Klarheit. Meine Augen, aufgrund meiner Verwirrung von der Aufgabe der Beurteilung befreit, nahmen alles auf. Ich hatte die zähe, unverdaubare Haut eines Buschtieres gegessen, ich hatte glühende Kohlen geschluckt; die Außenwelt ätzte sich ungehindert in meine Sinne ein.

Am ersten Tag schlenderten wir den Cours Mirabeau entlang und gingen langsam zum Place de la Liberation hinab, wo sich die Cafés befinden, deren Tische, schmutzigweiße Tupfer, im Halbkreis um den Rokokospringbrunnen auf der Straßenmitte angeordnet sind. Dort hatten wir Magruder zum letztenmal gesehen. Inmitten meines Schmerzes verspürte ich eine unerwartete Aufwallung von Mitleid: der arme impotente Magruder.

»Ich muß mich setzen«, sagte ich. »Mein Magen frißt sich selbst auf. Trinken wir etwas und ruhen wir uns aus.«

Sie zuckte die Achseln. »Es ist halb elf. Ist das nicht ein bißchen früh für einen Drink?«

»Nicht, wenn man so eine Nacht hinter sich hat wie ich.« Das stimmte: Ich konnte beinahe spüren, wie sich die Haut vor Müdigkeit von meinen Knochen schälte. Heute morgen im Spiegel hatte mein Gesicht die Farbe von alter Milch gehabt. »Sag mir, hast du geglaubt, ich würde dich einfach beglückwünschen und dann die ganze Sache vergessen? Ich finde, du hast alles in den Schmutz gezogen, was zwischen uns war. Das ist das einzige Problem, das ich habe.«

Sie setzte sich schweigend. Zwei oder drei Minuten saßen wir wortlos nebeneinander und sahen den Jungen und Mädchen in ihren Glockenröcken und Tüchern nach.

»Tut mir leid«, sagte ich. »Ich wollte dich nicht anschreien. Ich verstehe nur einfach nicht... diese Komplikation.«

»Ist es einfacher für dich, wenn ich sage, daß ich es getan habe, weil ich es tun wollte? Und am Ende wurde es so eine Komödie! Wir haben nichts anderes getan als über dich gesprochen.«

Eine Komödie, denke ich: der *lion*, der *tigre*. Meine lange Verfolgung zur Arena. Und die beiden lagen derweil nackt in Magruders schäbigem Zimmer, während die Frau ihn reizte und aufgeilte – ich wußte nur zu gut, wie das aussah! –, bevor sie sich lachend zurücksinken ließ und nebensächlich von unserer Affäre sprach. *Entspann dich*, hatte sie sicher zu ihm gesagt, *es ist nicht so wichtig*.

»Ich brauche einen Drink.« Der Kellner kam, ein herablassendes Phantom. Die Frau nahm eine *demitasse*, ich einen Pernod.

»Ich weiß, wir sind frei«, sagte ich. »Ich weiß, daß wir alles tun können, was uns Spaß macht. Ich kann mir sogar vorstellen, daß es dich geärgert hat, als ich einfach so weglief und dich im Stich gelassen habe. Aber das alles weiß ich nur mit dem Kopf. Es ist wirkliches Wissen, doch es beeinflußt nicht das, was mein Körper empfindet. Für mein Innerstes ist dieses Wissen lediglich etwas wie Geometrie, ein System. Ich komme nicht über das Gefühl hinweg, daß du auf der untersten Ebene mir gehörst. Du gehörst mir. Das empfinde ich wirklich.«

Sie berührte meine Hand. »Ich weiß«, sagte sie. »Ich wünschte nur, du wärst deswegen nicht so ein Dummkopf.«

Der Pernod beruhigte zwar meinen Magen, aber dennoch verkrampfte er sich beim Gedanken an Essen, daher ging ich ins Hotel zurück, während die Frau weiter durch die Stadt bummelte. Um ein Uhr kam sie auf unser Zimmer, wo wir eine ähnlich geartete Unterhaltung hatten.

Sie stemmte die Hände in die Hüften. »Ich hoffe, du wirst nicht drei Tage brütend und brabbelnd in diesem Hotelzimmer verbringen«, sagte sie. »Warum gehst du nicht unten etwas essen und gehst dann heute nachmittag mit mir aus? Wir könnten durch das Universitätsgelände schlendern. Ich erinnere mich, daß es dort oben einige herrlich winkelige Alleen und Innenhöfe gibt, die meine Mutter so liebte.«

»Du hast ein phänomenales Gedächtnis«, sagte ich. Obwohl ich es nicht zugab, war ›brütend und brabbelnd‹ eine sehr zutreffende Beschreibung des Zustands, in dem ich den Vormittag verbracht hatte. »Ich glaube, ich kann nichts essen. Mein Magen fühlt sich an, als wäre er voll Säure. Als hätte ich aus einem Spucknapf getrunken.«

Sie setzte sich neben mich aufs Bett. Ich wühlte mich tiefer in die Laken. Sie ging zu einem Sessel am Fenster.

»Möchtest du den ganzen Tag hierbleiben?« Ihre Stimme war immer noch leise. Ich breitete die Arme aus: Wer weiß? »Tut es immer noch so weh?«

»So sehr, daß ich nichts essen kann«, sagte ich. »Könntest du mir eine Flasche Scotch bringen lassen? Der Drink, den ich heute morgen in dem Café zu mir nahm, hat ein wenig geholfen. In gewisser Weise wurde ich *gelöster*, wenn das einen Sinn ergibt.«

Sie rief an. Nachdem sie das getan hatte, ging sie ins Bad und spritzte sich kaltes Wasser ins Gesicht. »Es könnte etwas mit der Hitze zu tun haben, nicht? Es ist schrecklich heiß hier.«

»Nein, es liegt nicht an der Hitze. An dir. Es ist jämmerlich, daß ich so bin. Ich habe mich immer für stark gehalten. Ich bin in einer riesigen Hülle herumspaziert.«

Sie kam aus dem Bad. Ihr Gesicht hatte den Perlmuttglanz frisch gewaschener Haut. Um ihren Mund herum konnte ich die winzigen, süßen Linien sehen, die ich erst in Arles bemerkt hatte.

»Was würdest du tun, wenn wir verheiratet wären?«

»Und du mit jemand anderem geschlafen hättest?« Sie nickte und zündete sich eine Zigarette an.

»Ich würde dich verlassen.« Ich hatte das nicht sagen wollen, es kam wie ein Reflex aus meinem Mund. Es schockierte mich. Ich wurde mir bewußt, daß ich kein Recht hatte, das zu sagen, daß es sich aus meinem Mund wie heuchlerischer Unsinn anhörte. Ich sagte: »Das ist unsinnig, nicht? Ich denke, ich würde dich nicht verlassen.« Ich sah sie wieder an; sie schien erschüttert von dem, was ich gesagt hatte. »Ich denke, ich würde darüber reden und sehen, ob ich etwas für uns tun könnte. Ich wäre sehr verletzt.«

»Was würdest du tun, wenn deine Frau mit einem anderen Mann schlafen würde? Sie ist sehr attraktiv.«

Einen Augenblick verspürte ich nackte Panik. »Morgan ist sehr treu«, sagte ich schließlich. »Es ist undenkbar, daß sie das tun würde. Aber wenn sie es tun und mir erzählen würde, dann würde ich wahrscheinlich warten, bis es vorbei ist. Ich würde darunter leiden, aber ich würde wissen, daß es vorüber geht.« Mir wurde der tiefere Sinn dessen klar, was ich gesagt hatte, und mein Magen verkrampfte sich noch etwas mehr. »Das ist das Problem«, sagte ich. »Die Ehe macht alles anders. Ein Mann und eine Frau entscheiden sich nicht jeden Tag neu füreinander. Es sind zwei einzelne Individuen, die zusammenleben, die sich im Lauf der Jahre in Millionen Kleinigkeiten aneinander anpassen. Sie raufen sich zusammen. Sie bilden eine Einheit, die Belastungen ertragen kann. Aber mit dir... mit dir war das etwas ganz anderes. Was soll ich für einen Vergleich nehmen? Als würde ich dich in mir tragen, wie ein Geheimnis. Ich bin ein Idiot, aber ich finde, du gehörst mir, nur *mir*.«

»Das stimmt immer noch«, sagte sie.

Es klopfte an der Tür. Die Frau stand auf und ließ den kleinen Pagen eintreten, der die Flasche Scotch brachte. Ich gab ihm zwei Franc Trinkgeld von dem Stapel auf dem Nachttisch. Nachdem er gegangen war, schenkte ich mir von dem Whiskey in ein Glas. Er schien das Brennen in meinem Magen zu lindern. Hunger hatte ich immer noch nicht. »Bitte leg dich zu mir«, sagte ich. »Geh nicht gleich wieder weg.«

»Immer«, sagte sie. Sie machte ihren Reißverschluß auf. Das Kleid sank um ihre Taille, und sie schob es über die Rundung ihrer Hüften und trat heraus. Dann die Strümpfe, ein haftendes Netz. Nur mit dem Slip bekleidet, kam sie zum Bett. In dem Zimmer wurde es dunkler, als eine Wolke an der Sonne vorbeizog. In dem plötzlichen Dunkel schien die Frau selbst dunkler zu sein, fast wie eine Negerin.

Ich knöpfte das Hemd auf und warf es auf einen Sessel. Dann machte ich den Gürtel auf, schlüpfte aus der Hose und warf auch sie auf den Sessel. Sie verfehlte ihn aber und landete als formloses Bündel auf meinen Schuhen. Als ich den Rücken hob und die Unterhose auszog, kniete die Frau über mir. Ich küßte ihre Brüste: die eine, die andere. Die Nippel waren von braunrosa Farbe auf der weißen Haut und steil aufgerichtet. Sie senkte den Kopf, ließ die Brüste auf meine Brust sinken und spielte mit der Zunge um meinen Mund, hinein, heraus. Ihr Gesicht, geschlossene Augen und straffe Wangen, schien riesig. Ich glitt mit den Händen an ihrem Rücken entlang zu den Gesäßbacken. Diese waren kleiner als die Morgans, fester. Ich zog ihre Beine auf meine Schenkel und schob ihren Slip nach unten: sie half mir und streifte den Seidenstoff an ihren Beinen hinab. Wieder schlossen sich ihre Beine über mir, und ich drängte meine Erektion gegen ihr Schamhaar, die drahtigen blonden Locken. Dort war ein klaffender Mund: so einfach, die Wärme einer Frau, die sich dem Mann öffnet. »Warte«, sagte sie.

Langsam, mit dem Kopf von einer Seite meines Körpers zur anderen gleitend, arbeitete sie sich nach unten. Sie bewegte die Hand und hielt mich fest, eine warme Berührung auf der Haut. Sie leckte mich mit einer rauhen, katzenähnlichen Zunge, dann nahm sie mich in den Mund. Mein Magen verlor seine Wärme, er füllte sich mit Gold. Ihre Zunge spielte mit mir. Während ich ihr Haar betrachtete, das weich über meine Schenkel fiel, spürte ich den vertrauten Drang. Ich griff nach ihrem Kopf, die perfekte Rundung ihres Haars. Ihr Körper kauerte über meiner Mitte. Ich spürte ihre Zähne. Mein Rükken preßte sich auf das Bett und ging dann wieder in die Höhe, ich spürte, wie ich gegen ihre Zähne und die harte Platte ihres Gaumens drängte. Hin und her, schlüpfrig von ihrem Speichel. Sie nickte mit dem Kopf und biß zärtlich; ihre Hände umfingen mich. »Jetzt«, sagte ich gepreßt. Ich erschauerte wie ein Vogel und kam zum Höhepunkt. Sie schluckte mich.

Dann hob sie den Kopf wie eine Löwin, voller

Triumph. »Wir haben es getan«, sagte sie. »Und jetzt laß uns richtig vögeln.« Als sie die Lippen auf die meinen preßte, konnte ich auf ihren Lippen und im Mund den salzigen Meergeschmack meines eigenen Samens schmecken.

Als ich erwachte, war es dunkel im Zimmer, durch das Fenster sah ich dunkle Wolken über den Baumkronen. Ich hatte im Schlaf geschwitzt und wischte mir mit dem Laken das Gesicht ab. Es wurde fleckig. Die Frau war fort.

Auf dem anderen Kissen hatte sie mir eine Nachricht hinterlassen.

Liebster,
ich mache einen kurzen Spaziergang, draußen sieht es herrlich wild aus. Wahrscheinlich wird es später regnen. Du hast so fest geschlafen, daß ich Dich nicht wecken wollte. Bin bald wieder da. Meine Liebe gehört Dir, mein Lieb – alles ist wieder unser, nicht?

Ich sah auf die Uhr: siebzehn Uhr fünfzehn. Es hatte noch nicht angefangen zu regnen. Ich schloß die Augen und schlief wieder ein.

Als ich am Abend wieder erwachte, spürte ich den Krampf mit doppelter Heftigkeit, ein wahnsinniges Zusammenknoten, das den Hunger tötete, den ich eigentlich hätte empfinden müssen. Ich stöhnte. Um den schlechten Geschmack aus dem Mund zu entfernen, ging ich ins Badezimmer, um mir die Zähne zu putzen; dann schenkte ich mir einen Drink ein und ging ans Fenster. Draußen peinigte gußartiger Regen die Bäume am Cours Mirabeau, er drehte die Blätter, so daß ihre Unterseiten geisterhaft weiß zu sehen waren, wie Schreie. Ein nasses junges Paar hielt sich zwischen den Bäumen unter dem Schirm eines Cafés auf, hastete dann aber kurz entschlossen die Straße entlang. Keiner von beiden hatte ein Hemd an, und der Lauf im Regen schien ihnen Spaß zu machen.

2

Am nächsten Tag trank ich mit der Frau Kaffee auf unserem Zimmer und aß Toast. Das leicht verdauliche Essen störte den vorübergehenden Frieden nicht, den ich im Schlaf mit meinem Verdauungssystem geschlossen hatte, und um zehn verließen die Frau und ich das Hotel und gingen durch die Stadt zum Atelier Cézanne. In der Nacht hatte der Regen aufgehört; dunkle Flecken zeigten noch auf den Straßen, wo Pfützen gewesen waren. Während wir zur Rue Clemenceau gingen, brach die Sonne zwischen Wolkenfetzen hervor und warf Lichtstreifen über die Häuser. Es war ein wenig kühler und gut zum Spazierengehen.

Auf der Rue Clemenceau spürte ich eine Nadel auf meine Magenwand einstechen, und ich wußte genau, was kommen würde.

»Wir müssen etwas trinken«, sagte ich. »Ich muß etwas trinken. Es fängt wieder an. Es müssen die Nerven sein, aber wenn ich nichts tue, um mich zu beruhigen, werde ich es nicht schaffen. Du wirst mich tragen müssen.«

Wir gingen zwei Blocks weiter, bis wir ein offenes Café am Place de St. Honoré erreichten. Ein mißbilligender Kellner brachte mir einen Whiskey. Als die Schmerzen unvermittelt zunahmen und ich noch einen bestellte, verharrte er ängstlich abwartend in der Nähe unseres Tisches. »Fitzgerald muß einmal hier gewesen sein«, sagte ich. »Wahrscheinlich rechnet er damit, daß ich anfange, Sachen in der Gegend herumzuschleudern.«

»Er hätte dich gestern morgen sehen sollen«, sagte sie.

Mich schockierte die Widerspenstigkeit meines Körpers. Ich war der Meinung, ich wäre, wenn auch nur unter Schwierigkeiten und unzureichend, mit den verschiedenen Gefühlen zurechtgekommen, die meine Schmerzen verursacht hatten. Wenn diejenigen, die das Schwert erhoben, durch das Schwert umkommen sollten, dachte ich, wenngleich es fraglich war, ob dieses alte Sprichwort zutraf, dann war es in gewisser Weise recht, daß ich so leiden mußte; die Frau selbst hatte zu mir von der körperlichen Vielfalt gesprochen, mit der wir einander erfüllten. Dasselbe körperliche Wohlbefinden hatte ich verspürt, als ich an meinem letzten Abend in London die Klingel von Sheila Goldsmiths Wohnung betätigte. Aber jetzt, dachte ich, warum *jetzt*? Ich hatte gelernt, was ich lernen mußte. Mich quälte die zeitliche Verschiebung zwischen der Reaktion des Intellekts und der Reaktion der Sinne. Verstehen war keine Heilung. Die Beklemmung in meinem Innersten belastete mich wie ein armer Verwandter, ein liederlicher Freund, eine Präsenz, die ich nicht so ohne weiteres abtun konnte – sie hatte mich im Griff. In einem kleinen Laden kaufte ich eine Flasche Brandy als Medizin und trank ab und zu einen Schluck daraus, während wir auf dem feuchten Trottoir dahinschritten. Alkohol tat meinen Schmerzen besser als Nachdenken. Während der tatsächliche Schmerz nachließ, wurde mein Bewußtsein desselben klarer und klarer, bis es zu einem dumpfen Pochen in meinen Eingeweiden geworden war und vor mir her zu schweben schien – in der feuchten Luft beinahe wie etwas Greifbares, das ich begutachten konnte. Aber wann immer ich einen konzeptuellen Griff danach tun wollte, wich es in eine Meter entfernte metallene Scheibe zurück.

»Wenn wir dort sind, wirst du betrunken sein, Owen«, mahnte die Frau. »Wie geht es dir?«

Aber ich wurde nicht betrunken; jeder Schluck Brandy schien mich der Klarheit näher zu bringen. »Viel besser«, sagte ich, und das war nicht gelogen. »Heute Mittag werde ich etwas essen können. Mir ist, als würde ich dich jetzt besser verstehen – wenigstens verstehe ich die Gründe jetzt ein wenig besser.«

Sie lachte, eine Folge glockenheller Laute. »Owen und seine Gründe«, sagte sie. »Da gibt es nichts zu verstehen. Du stellst immerzu Kompromisse über die Fakten. Ich liebe dich ständig mehr. Ich glaube, nichts kann je zwischen uns kommen – wir können so weitermachen, bis wir zwei alte Mummelgreise im Rollstuhl sind.«

Die schimmernde Metallscheibe schien ein wenig näher zu mir heranzuschweben, mein Magen meldete sich. »Das Problem ist, daß ich mein Nervensystem nicht beruhigen kann«, sagte ich. »Ich wünschte, ich könnte es.« Ich trank wieder einen Schluck aus der Flasche.

»Ich bin froh, daß du das nicht kannst«, sagte sie. »Wenn du es könntest, würdest du dich nie verlieben. Du würdest dich immer bedeckt halten.«

»Nein, das stimmt nicht«, sagte ich. Dann, in einem Anflug von Inspiration, wie ich fand: »Ich glaube, ich wäre immer verliebt – jede Minute.« Aber als ich es gesagt hatte, hörte es sich nicht richtig an. Was hatte ich gemeint, überlegte ich; während wir den Hügel hinauf, an Hecken und vergammelten Häusern vorbeigingen, dachte ich darüber nach, und dann empfand ich es als Wissen, nicht als Gedanken: Ich würde die Vielfalt der Gefühle konservieren, die Intensität, welche die Frau anfangs in mir entfacht hatte, extremen Schmerz und extremes Glück, alles bedingt durch das physische Bewußtsein, das sie mir beschrieben hatte. Diese Leidenschaft! Was sonst hatte die winzigen Linien um ihren Mund herum gezaubert, die von der Sonne vertieft worden waren? Für mich waren sie ein Eisengitter von Gefühlen um das Selbst herum. Innerhalb dieses Gitters konnte man bis ins Innerste durchbohrt und als lebendiges Ganzes definiert werden. Die Scheibe schien innerhalb meiner Reichweite zu sein. Ich trank noch einen Schluck von dem Brandy, und sie drang pulsierend in meinen Magen ein. »Mir geht es jetzt viel besser«, sagte ich. Und doch: Vielleicht war ich ein Puritaner. Ich konnte meinen Verdruß nicht ganz vergessen. *Enttäuschung,* dachte ich. *Ist es nur das? Und bin ich zu engstirnig, um darüber hinwegzukommen?* Sie ging weiter.

Während ich den langen Hügel über Aix hinaufging, überlegte ich mir, wo Cézanne sein Atelier und Haus errichtet hatte. Sicher ganz oben. Am Horizont, den wir hinter uns sehen konnten, ballten sich schwere Wolken zusammen. Es war kein Cézanne-Tag, sagten wir. Die düstere Atmosphäre des Tages machte die Kanten der gelben Häuser und roten Ziegeldächer unklar, die Brillanz der Farben zunichte. Aber selbst beeinträchtigt durch die Schatten der Wolken, war es schön hier – eine tiefe, düstere Fülle, die ein Äquivalent zu meiner eigenen sterblichen Zerbrechlichkeit bildete. Meine Schenkel verkrampften sich, entkrampften sich, begannen zu schmerzen.

Wir gingen weiter den Hügel hinauf. Die Häuser zu beiden Seiten, abgeschirmt von Holzzäunen, Gattern, Bäumen, gaben mir keinen Hinweis, wie weit es noch bis zum Atelier war. Die Scheibe glühte warm in mir. Als die Frau vor mir ging, sah ich die athletischen Muskeln ihrer Beine sich rhythmisch bewegen, sah die schlanken Fesseln. Sie sah aus, als hätte sie tagelang so weitergehen können. Ich versuchte, ihr meine Gedanken über die Anforderungen, die der Verstand dem Fleisch auferlegt, mitzuteilen.

Sie blieb stehen bis ich sie eingeholt hatte. »Daran ist nichts weiter«, sagte sie. »Du bist vielleicht beharrlich. Was ist? Du möchtest dich für alles verantwortlich machen. Du glaubst an Gründe, nicht an Ursachen, und daher benützt du dich selbst, um die Kluft dazwischen zu überbrücken. Sieh dir den Himmel an.« Ich sah auf: eine graue, sich zusammenballende Masse, dazwischen Blau. Die Sonne, dieses unergründliche Auge eines Tieres, mit dem ich mich tief verbunden fühlte, war unter der Haut der Wolken verborgen. »Der Himmel hat keinerlei Bedeutung«, sagte sie. »Die einzigen Bedeutungen, die es gibt, werden von Menschen wie James gemacht, von Menschen wie Cézanne – warum sonst würden wir uns die Mühe machen, sein Atelier zu besuchen? Das hättest du Magruder damals im Auto sagen sollen. Deswegen lesen die Menschen.«

Sie schien so furchtlos und sprach seinen Namen so mühelos aus, daß mich Liebe zu ihr durchflutete. Ich hatte den Eindruck, als wäre sie makellos. Als ich zum Himmel aufsah, und dann zu der langen, gewundenen Straße hinter uns, da glaubte ich zu begreifen, was sie meinte, und ich sah, daß sie recht hatte. Die physische Welt, dachte ich. Nun, sie scheint, sie scheint. Feuchtes Gras an einem verhangenen Tag.

Als wir das braune Holztor erreichten, auf dem eine kleine Plakette verkündete: *Atelier Cézanne*, schmerzten meine Beine, und ich hatte die kleine Flasche Brandy leergetrunken. Ich warf sie in den Mülleimer. Dort lag bereits eine derselben Marke. Ich war froh, daß ich ihr Gesellschaft verschaffen konnte.

»Müssen wir klingeln, oder so etwas?«

»Ich sehe keine.« Sie drückte gegen einen der Türflügel, und er öffnete sich nach innen. Wir sahen einen Weg unter wuchernden Bäumen.

»Ich glaube nicht, daß wir einfach hineingehen dürfen«, sagte ich. »Scheint verlassen zu sein. Vielleicht sollten wir einfach wieder mit dem Taxi zurückfahren.«

»Mit dem *Taxi*?« Fassungslosigkeit in ihrem Gesicht, verbunden mit einer Spur Zorn. »Woher sollen wir hier ein Taxi bekommen? Werd nicht wieder mürrisch, noch ehe wir uns umgesehen haben.« Sie trat durch das Tor und verschwand unter den riesigen Bäumen.

Ich folgte ihr unter die Äste. Sofort war die Straße hinter uns nicht mehr zu sehen, von den Bäumen abgeschirmt. Der Kiesweg, auf dem wir uns befanden, führte etwa fünf Meter geradeaus, auf beiden Seiten von Ästen gesäumt, dann verschwand er zwischen ihnen.

Die Frau zögerte nur einen Augenblick – ich dachte daran, wie sie am Ufer des goldenen Teichs in der Rhône gestanden hatte –, dann folgte sie dem Pfad. Ich folgte ihr. Der Pfad war mit Pfützen übersät, in denen sich Regenwasser gesammelt hatte; noch bevor ich sechs Schritte gemacht hatte, waren meine Schuhe schlammverspritzt.

Sie verschwand hinter der Wegbiegung. Ich konnte sie sagen hören: »O-o-o-oh!« Wie ein leises Stöhnen. Ich trat mit dem Fuß in ein Loch voll verrotteter Blätter und Schlamm, und ich ahmte ihren Ruf nach, als ich ebenfalls um die Biegung kam. »O-o-oh! *Oh*!« Das von Reben und Efeu überwucherte Haus lag am Ende des Pfads; es war stockdunkel. Ich wußte sofort, daß das Gebäude, zumindest heute, verlassen war.

Die Frau tat so, als könnte sich jemand drinnen aufhalten. »Wo ist die Tür? Oh, ich sehe sie.« Sie ging über feuchtes Gras zu einer hinter einer einsamen Zypresse halb verborgenen Tür. Sie fand den Klingelknopf und drückte darauf. Drückte noch einmal. »Es *muß* jemand da sein«, sagte sie. Ich ging zur Tür und klopfte. Ein totes, hohles Geräusch. Ich spürte, wie das Wasser in meinen Schuhen kalt wurde.

»Was machen wir jetzt?« Sie legte die Hände auf den Kopf. Das Haus war dunkel und verschlossen. Als sie noch einmal die Klingel betätigte, konnten wir sie drinnen hohl hallen hören. »Siehst du irgendwelche Fenster?« fragte sie mich.

Ich nahm ihre Hand, wir gingen gemeinsam um Cézannes Haus herum, das von den dunklen Bäumen fast erdrückt wurde. Wir sahen zwei große Fenster im Erdgeschoß, die in den überwucherten Garten blickten. Wir gingen zu diesen von Ästen abgeschirmten Fenstern und sahen hinein. Hinter unseren eigenen Spiegelbildern sahen wir jedoch nur weiß verhangene anonyme Möbelstücke in einem staubigen Zimmer. »Das muß sein Wohnzimmer gewesen sein«, sagte die Frau. Sie trat zurück in die Zweige, die sie mit den Händen niederdrückte, und sah nach oben. »Sein Atelier war dort oben!« rief sie. »Im ersten Stock! Ich kann es von hier sehen!«

Ich trat zu ihr zwischen die dichten Zweige. Als ich nach oben sah, erblickte ich zwei parallele Glasscheiben in der Fassade; im wolkenverhangenen Licht sahen sie aus, als wären sie schwarz übermalt worden.

Den ganzen langen Weg in die Stadt zurück stritten wir miteinander; als wir endlich das Hotel erreichten, hinkte ich und preßte die Hände gegen den Magen. Ich war wütend, weil wir kein Taxi genommen hatten. Der Fußmarsch war ihre Idee gewesen: Sie hatte vergessen, wie lang die Strecke von der Stadtmitte zum Atelier war. Wegen der Schmerzen und dieser Fehleinschätzung mürrisch, ging ich nicht zum Essen, sondern trank statt dessen aus der Whiskeyflasche in unserem Zimmer. Die Scheibe waberte vor mir: Ich konnte die Bedeutung von vorhin nicht mehr greifen, und der Knoten in meinem Inneren zog sich noch enger zusammen, der Whiskey konnte das Pochen lediglich dämpfen.

Die Frau aß im Hotel, während ich oben in dem abgedunkelten Zimmer lag und den Regen gegen die grauen Fenster prasseln sah. Nachdem sie den Nachmittag mit mir auf dem Zimmer verbracht hatte, war sie in gereizter Stimmung nach unten gegangen. »Meinst du nicht, du könntest wenigstens eine Weile nach draußen gehen?« hatte sie gefragt. »Wahrscheinlich wird es heute abend wieder regnen, und wir sollten uns ansehen, was wir können, so lange das Wetter hält. Es ist so stickig hier drinnen. Ich wäre lieber draußen, auch wenn es zu regnen anfängt.«

»Dann geh«, hatte ich gesagt. »Wenn du möchtest.«

»Ich kann es nicht *ertragen*, dich so zu sehen.«

»Dann geh.«

»Nach dem gestrigen Tag war ich sicher, daß du wieder du selbst sein würdest.« Ihr Gesicht, das vom herabfallenden Haar abgeschirmt wurde, drückte Gefühle aus – ob Liebe oder Verachtung, das konnte ich nicht sagen. »Du wolltest, daß ich das tue, nicht? Ich hätte es für keinen anderen Mann auf der Welt getan.«

»Ich glaube, das weiß ich«, hatte ich gesagt.

»Das solltest du wissen. Als ich dir diese Nachricht geschrieben hatte, war ich so glücklich! Ich war sicher... oh, ich kann so nicht mit dir reden! Es hat etwas Entwürdigendes.«

»Es hat dir nichts ausgemacht, dich mit Magruder zu entwürdigen«, hatte ich geantwortet.

»Du bist gemein, wirklich gemein«, hatte sie gesagt.

»Nun, ich werde mich nicht krank machen.« Ich griff nach der Flasche. »Es kommt und geht. Ich bin in übler Stimmung. Mit der Zeit werde ich mich daran gewöhnen, dann wird alles wieder gut. Ich kann nicht den Rest meines Lebens so verbringen.«

»Bist du überhaupt nicht hungrig? Du hast seit fast zwei Tagen nichts mehr gegessen.«

Ich hätte nichts essen können. Eine dampfende, häßliche Vision von fettem Fleisch erstand vor mir und ließ mein Inneres erbeben. »Ich fürchte nicht«, hatte ich geantwortet.

Sie ging rauchend zwischen Bett und Fenster hin und her. »Nun, ich kann keine Minute mehr in diesem Zimmer bleiben. Ich werde verrückt.«

»Warum gehst du nicht unten etwas essen? Es ist schon nach sieben. Vielleicht können wir weggehen, wenn du wieder hier bist.«

»Mir ist, als würdest du mich abschieben, mich verstoßen«, hatte sie gesagt.

Das berührte einen Nerv in mir: ich zuckte zusammen. »Sei nicht albern«, sagte ich zu ihr. »Geh etwas essen, dann gehen wir aus.«

»Trink nicht zuviel Medizin, während ich weg bin«, hatte sie gesagt.

Nachdem sie gegangen war, legte ich mich im Bett zurück und konzentrierte mich. Seit sie mit mir gesprochen hatte – ›Beichte‹ war ein, nun, zu *hohes* Wort für ihre nüchternen Worte –, ärgerte mich das Beharren der Frau, auszugehen und sich Sehenswürdigkeiten anzusehen, in zunehmendem Maße. Und was hatte der Zornesausbruch im Auto, als sie Magruder so heftig verteidigte, bedeutet, wenn nicht, daß ich ihr ebenso auf die Nerven ging wie sie mir? Hinter allem, was wir heute vormittag zueinander gesagt hatten, hatte der Dämon der Gereiztheit gelauert; es war mehr als wahrscheinlich, daß meine Krämpfe und Schmerzen Ausdruck dieses unterdrückten Zorns waren. Die Frau gab immer den Ton an: wir mußten stets etwas Neues ansehen, oder ein Haus, das sie als Kind gesehen hatte, als sie mit ihrer Mutter auf der Flucht war. Konnte man drei Wochen ausschließlich in der Gesellschaft einer einzigen Person verbringen und nicht diese Spannungen empfinden? An diesem Morgen, als wir unter dem wolkenverhangenen grauen Himmel den Hügel erklommen, war mir ein Sinn offenbart worden. Heftigkeit! Dieses Wort hatte aufgeleuchtet. Das hatte etwas mit dem Selbst zu tun, erinnerte ich mich, und die Scheibe war in mich eingedrungen und hatte die Schmerzen verschwinden lassen. Einen Augenblick hatte ich die Zeitverschiebung überwunden; ich konnte mit meinem Selbst Schritt halten; aber dann hatten wir an die Tür geklopft und waren nicht eingelassen worden. Mir wurde klar, daß ich betrunken wurde. Das machte mich glücklicher. Ich spürte, wie die Scheibe aus mir herausschwebte, wohin die Schmerzen sie geholt hatten.

Als die Frau ins Zimmer zurückkam, erkannte sie meinen Zustand auf der Stelle. Obwohl sie nichts sagte, sah ich an ihrem Gesicht, den hinabgezogenen Mundwinkeln, daß auch sie verärgert war.

»Wie war das Essen?«

Sie ging zum Sessel vor dem Fenster. »Schrecklich. ›Internationale Küche‹: *biftek* und Spargel.« Ich preßte die Hand auf den Magen. »Das reicht«, sagte ich.

Sie beugte sich nach vorn. »Ich habe über alles nachgedacht, über dich. Sollen wir zu einem Arzt gehen?«

»Vielleicht«, sagte ich. »Aber ich glaube nicht, daß er mir helfen könnte.«

»Du kannst nicht drei Tage hier herumliegen, Alkohol in dich hineinschütten und dich selbst bemitleiden. Du mußt etwas *tun*. Ich gebe mir die Schuld, und ich fühle mich schrecklich. Und da du nichts tust, um dir selbst zu helfen, werde ich wütend, und das richtet sich gegen dich. Ich fange an zu glauben, ich kenne dich überhaupt nicht mehr.«

»Gehen wir aus«, sagte ich.

Der Junge holte den Wagen zum Hoteleingang, und der Portier hielt die Beifahrertür auf. Er schien erbost zu sein, als ich an ihm vorbei zur Fahrertür ging und dort zuerst der Frau die Tür öffnete. Er schlug die Tür äußerst behutsam zu.

»Ich fahre wirklich gerne Auto«, sagte sie. »In Paris oder anderswo kann ich nie fahren, wenn ich mit meinem Mann unterwegs bin.« Sie schaltete die Scheinwerfer ein, zwei gelbe Kegel überfluteten die Straße. Ich war wirklich betrunken, dachte ich. Die Lichtkegel verschmolzen mit der schimmernden Scheibe, die ich heute morgen vorübergehend eingefangen hatte, bevor sie mir wieder entglitt.

»Wohin fahren wir?«

Sie startete den Wagen wortlos und fuhr langsam den Cours Mirabeau entlang zum Opernhaus. »Kein besonderes Ziel. Ich wollte nur ein wenig in der Stadt herumfahren.« Sie sah durch die nasse Scheibe und schaltete dann seufzend die Scheibenwischer ein. »Wie dumm von mir«, sagte sie. »Ich habe sie ganz vergessen.«

Am Kreisverkehr bog sie in den Boulevard Carnat ein und fuhr nach Norden, die fast verlassene Straße unter tropfenden Bäumen entlang. Die Welt machte einen drogenbetäubten, schläfrigen Eindruck, während sie am Autofenster vorbeizog.

»Ich weiß, warum du soviel trinkst«, sagte sie. »Das ist das eine, worüber ich mir beim Essen Gedanken gemacht habe.«

»Ich dachte, das wäre hinreichend offensichtlich«, sagte ich. »Aber sage es mir.«

»Ich glaube nicht, daß du es tust, um deine plötzlichen Krämpfe zu lindern. Ich glaube, die Krämpfe haben dieselbe Ursache. Und es kann nicht Magruder sein. Ich finde, die Krämpfe sind bei dir ein Zeichen zusätzlicher Intensität. Verstehst du, was ich meine? Wenn du trinkst und dich selbst auf tausend andere Weisen peinigst, dich verkrampfst, bis du kaum noch gehen kannst, und dann noch mehr trinkst, um die Schmerzen zu überwinden, dann bedeutet das, daß du gegen etwas wirklich Bedeutendes ankämpfst – ich glaube, es bedeutet, daß du gegen mich oder gegen uns ankämpfst, gegen das, was wir waren. Das ist wieder dein Puritanismus. Du kannst nichts nehmen, ohne die Kosten aufzurechnen; du denkst, du bist die Schmerzen als Preis schuldig. Wenn du nichts dafür bezahlen würdest, würdest du denken, die Erfahrung sei irreal gewesen.«

Ihre Worte enthielten soviel Wahrheit, daß ich schweigend in den Sitz zurücksank. Die Welt schwamm weiter an den Autofenstern vorbei. Aber für mich hörte es sich nicht wie die Wahrheit an – die Wahrheit, an die ich immer noch als Einheit unabhängig von Motivationen glaubte. Ich konzentrierte mich auf die Scheinwerfer: gelbe Linien, gelbe Kreise.

»Da ist vielleicht noch etwas«, sagte ich.

»Was?« Sie drehte mir den Kopf zu, der sich vom dunklen Fenster hinter ihr abhob.

»Daß zwischen uns alles aus ist und ich nicht möchte, daß es so ist.«

Sie bog in den Boulevard Aristide Briand ein, der kreisförmig um das Stadtzentrum verlief. *Hotel Pasteur. Boulangerie. Sidewinder Bar.* Wir sahen beide zum Fenster hinaus. Alles schien erstarrt in Schlaf, als würde es in Staub zerfallen, wenn man es berührte.

»Glaubst du, daß das so ist?«

»Steigen wir aus«, sagte ich. »Ich möchte gehen und nachdenken. In einem Metallkäfig können wir nicht darüber sprechen.« Ich konnte es wieder sehen, das pulsierende Ding, perfekt und isoliert im gelben Strahl der Scheinwerfer.

Am Rande eines Parks an der Biegung, wo der Boulevard nach Süden verlief, ins Zentrum, fuhr sie an den Straßenrand, an einer abschüssigen Stelle vor geschlossenen kleinen Läden, von deren Fassaden die Farbe fast vollständig abgeblättert war. Auf der anderen Seite des Trottoirs war der Park tiefer gelegen, und ich sah weiße Betonstufen, die hinunterführten, nicht unähnlich den Stufen, die in Swimming Pools hineinführen.

Als ich die Autotür öffnete und in den warmen Regen hinaustrat, wußte ich, daß ich es endlich begriff. Ich schien einen Augenblick meiner Vergangenheit zu wiederholen: das alles hatte sich in genau derselben Weise schon einmal zugetragen. Die Stufen zu meinen Füßen führten in dichtes, dunkles Grün hinab: es war das Feld, das ich für meine Wahrheit brauchte. Meine Beziehung zu der Frau war am Ende, und mit dieser Erkenntnis waren meine Schmerzen verschwunden.

Dann standen wir unter den tropfenden Bäumen, durchnäßt vom Gang durch den Regen. Ich drehte mich zu der Grasfläche herum, die einem aufgeweichten Golfplatz ähnelte, zu den Stufen hin, die zu unserem Auto hinaufführten. Ich inhalierte die Luft voller Freude: Trunken von Alkohol und Schmerzen hatte ich mich an den Schlüssel erinnert, hatte das schimmernde Ding vor mir berührt und ihm die Antwort entlockt. Was ich von der Frau gelernt hatte, war eine komplexe und widersprüchliche Freude – doch wie klar bedrückend sie war! – daran, ein einzigartiges Leben zu sein, ein Zusammenwirken von Impulsen und Gestik, von Fleisch und Verstand, welches seine eigene Integrität bewahren mußte. Nur Kriminalität, verbrecherische Sexualität, ein Ausflug ins Außergewöhnliche oder Gewaltsame hatten mich das lehren können, dachte ich; es hatte keinen Platz in den Ehen meiner Generation, oder einer anderen in meinem Land. Die Ehe war die Arena anderer, mehr irreführender Wahrnehmungen; es gab Dinge, die einem nur Ehebruch lehren konnte. Und auch das war nicht vollkommen. Mein kurzer Seitensprung mit Joanie hatte mich nichts gelehrt, er hatte lediglich mit einem Rückzug, einer leichten Verstimmung geendet. Sheilas Astrologie schien für einen Sekundenbruchteil Teil meines Wissens zu sein – ich erinnerte mich daran, daß sie einmal etwas gesagt hatte, man müßte den eigenen ›Standort‹ bestimmen, und dieser Ausdruck allein ließ die Versicherung, die Gewißheit meines Abstiegs in Schmerzen und Erfahrung, wieder über mich hinwegspülen wie einen Sturm des Glücks. Nun kamen mir meine Vorstellungen von Verantwortung naiv und genial zugleich vor: man wählt keine Verantwortung, dachte ich, sondern akzeptiert diejenige, die dem eigenen Befinden entspricht.

»Warum starrst du mich so an?« sagte die Frau. Sie war durchnäßt, das Haar klebte an ihrem runden Eskimokopf, an den Wangen, dem Hals, den Schultern. »Möchtest du etwas sagen?«

»Es ist wirklich aus«, sagte ich. »Vorbei.« Ihr Gesicht hatte einen seltsam unbeteiligten Ausdruck, als würde sie meine Worte lediglich aufzeichnen.

»Hat Magruder...« begann sie sehr ruhig.

»Nein, Magruder hat überhaupt nichts damit zu tun«, unterbrach ich sie. »Diesbezüglich hattest du recht. Er ist lediglich eine Art Zeichen. Wenn es zwischen uns so wie früher wäre, hättest du ihn überhaupt nicht gesehen. Wir hätten ihn gar nicht mitgenommen.« Ich sprach die Worte undeutlich aus, dennoch war mir zumute, als hätte ich endlich die Klarheit gefunden, nach der ich gesucht hatte.

»Owen, Owen, wir sind eins«, sagte sie. »Du möchtest deine Wunden lecken und gleichzeitig geißeln. Gehen wir zum Auto zurück und fahren nach Hause.« Sie flehte, ihre kalte Hand lag auf meinem Arm.

»Nein, ich habe es gerade gesehen. Wie eine Himmelsschrift.« Mir fiel die Schroffheit meiner Worte auf. Hatte ich nicht gerade ›Aus‹ gesagt? Ich versuchte, es leichter für sie zu machen. »Ich wollte damit sagen, wir gehen einander nur noch auf die Nerven, und jeder Fortschritt, den wir machten, ist dahin. Es war schon vor ein paar Tagen zu Ende. Alles, was ich von dir gelernt habe, sagt mir das.«

»Wovon redest du?« Sie umklammerte mit verzerrtem Gesicht meinen Arm. »Wovon *redest* du?«

Ich konnte mein Hochgefühl nicht mit einem einzigen Satz ausdrücken; ich sagte: »Du hast mich glücklicher gemacht als jemals zuvor jemand, glücklicher als ich je in meinem Leben war, und auch stärker. Aber die Zukunft hat gerade geendet.«

»Worüber bist du so verdammt glücklich!« Sie betonte es nicht als Frage, sondern schrie es mir ins Gesicht; ich konnte sehen, wie sie versuchte, sich selbst wütend zu machen, um nicht in Tränen auszubrechen. »Wenn du mir sagen möchtest, daß du mich verlassen wirst, dann red nicht um den heißen Brei herum.«

»Das versuche ich dir ja zu sagen – ich bin glücklich. Ich schwebe vor Glück.«

»Also gut, du schwebst«, sagte sie wütend.

Der Himmel wurde noch dunkler und brachte einen neuerlichen Regenschauer mit sich. Schlamm spritzte von dem durchweichten Gras hoch. »Du elender Deckskerl«, sagte sie. »Du dummer, puritanischer, verblendeter, egoistischer Dreckskerl! Wenn du mich verlassen willst, dann geh! Geh! Oh, du unglaublicher Schlappschwanz!« Meine Liebe zu ihr verzehrte mich.

Ich packte sie an den Schultern und preßte sie dicht an mich. Mein Gesicht glitt über ihre nasse Stirn. »Es ist wahr«, sagte ich. »Ich liebe dich.« Ihr Kopf schlug gegen mein Kinn.

Sie stieß mich mit erstaunlicher Kraft von sich, ich stolperte gegen die Eiche hinter mir. Sie lief über den Rasen, alle paar Schritte sanken ihre Füße in den Schlamm ein. Ich begann, zum Auto zu laufen.

»Raus! *Raus*!« kreischte sie, als sie sah, daß ich gleichzeitig mit ihr die Tür öffnete. »Laß mich in Ruhe!«

Ich stieg ein, bevor sie die Tür verriegeln konnte, und sie ließ den Motor so unvermittelt an, daß wir förmlich auf die nasse Straße geschleudert wurden. Sie drehte das Lenkrad wie von Sinnen, und wir wirbelten auf übelkeiterregende Weise herum, bevor die Reifen faßten. Dann trat sie wütend die Kupplung durch und schaltete in den zweiten Gang, worauf sie das Gaspedal bis zum Anschlag durchtrat. Der Motor gab ein überlastetes Heulen von sich, und wir schossen rasend die geneigte Straße hinab.

Als das Auto in eine gefährliche Kurve fuhr, auf die ein vorbeifliegendes Schild hinweis, trat die Frau auf die Bremse, bevor sie versuchte zu schalten. Ich sah ihren Fuß auftreten, dann den panischen Gesichtsausdruck: die Bremse ging ohne Widerstand bis zum Boden durch. Mit überhöhter Geschwindigkeit gerieten wir in der ersten Kurve ins Schleudern. Ich sah, wie sich die Fassaden der Läden und Häuer irrsinnig zur Seite neigten und durcheinanderwirbelten, dann verschwanden sie völlig, als wir die Böschung hinabstürzten.

Unter meinem Kopf zähe Feuchtigkeit. Ich öffnete die Augen und sah Männer, zwei davon rauchend, die sich über mich beugten. Einer der Männer berührte mit warmen, riesigen Fingern mein Handgelenk. Wenig originell fragte ich: »Was ist passiert?«

»*Anglais*«, sagte einer der stehenden Männer. Er blies den Atem heftig zwischen den Lippen hervor: *p-h-h-h-h*. Sie murmelten nickend miteinander.

Der Mann, der mein Handgelenk hielt, sah mir ins Gesicht und sagte: »Ruhig, *Monsieur*. Sie hatten einen Unfall. Bewegen Sie sich nicht. Ich bin Arzt.« Er sah auf dem durchweichten Rasen auf absurde Weise fehl am Platze aus, dennoch verströmte er eine professionelle Kompetenz und die kühle väterliche Aura zahlloser Wartezimmer und Krankenhausbetten. Ich empfand Dankbarkeit. Sein Gesicht, das sich um einen schwarzen Schnurrbart herum gruppierte, schien einen Augenblick nach innen zu blicken; er ließ mein Handgelenk sinken. »Haben Sie Schmerzen?«

Ich bewegte die Beine. Sie waren kalt und naß, die Hose klebte wie ein Lappen daran. Ich hob den Kopf und verspürte ein leichtes Stechen an der Schädelbasis. »Ich glaube nicht. Geben Sie mir die Hand«, sagte ich. »Ich möchte aufstehen.« Der Arzt hielt mir die Hand hin – die überhaupt nicht riesig war, wie ich bemerkte –, und ich ergriff sie und zog mich in die Höhe. Die Männer wichen zurück und redeten aufeinander ein. Der Arzt scheuchte sie mit Handbewegungen weg. Ich sah mich um und erblickte einen Grünstreifen, der nur sanft ansteigend zur Straße führte; oben stand ein rotes Auto voll mit gaffenden Kindern. Die Fahrertür war offen, die Lichter des Armaturenbretts zeigten ein Durcheinander von Papieren auf dem Boden, wo die Kinder standen. Das Auto des Arztes: Wieder überkam mich Dankbarkeit, weil er hier war. Dann drehte ich mich um und spürte, wie mir der Schock den Atem raubte.

Seine Stimme sagte: »Ich habe bereits die Polizei gerufen, *Monsieur*, und den Krankenwagen«, aber ich hatte nur Augen für das Auto, das wie eine ungeschickte Schildkröte auf dem Rücken lag, eine Tür halb offen. Ich ging darauf zu. Zuerst sah ich die zu einem Spinnwebmuster zersplitterte Scheibe, dann den blonden, rotverschmierten Kopf auf dem Sitz, den unnatürlich verdrehten Arm. Hinter mir heulten Sirenen.

Zwei Stunden später durfte ich das Polizeirevier verlassen und wurde ins Krankenhaus gefahren. Es sah aus wie Scotland Yard, ein riesiges, angsteinflößendes Bauwerk. Ich zitterte, als ich die Treppe hinaufging: Ich hatte immer noch das nasse Hemd und die durchweichten Hosen an, und ich spürte ein kaltes Kratzen im Hals. Am Ende eines langen, dunklen Flurs, wo Glühbirnen orangefarbenes Licht über die Decke ergossen, teilte mir die Schwester vom Dienst mit, daß ich die Frau nicht sehen konnte. Ja, sie sei verletzt, sagte sie mir mit ihrem Schulmädchenenglisch, aber man rechne damit, daß sie durchkommen würde. Einzelheiten konnte sie mir nicht sagen. Ja, sie sei bewußtlos. Der zuständige Arzt war Dr. La Porte. Ja, ihn könne ich sprechen. Sie betrachtete noch einmal meine heruntergekommene Kleidung und drückte einen Knopf an ihrem Schreibtisch. Ich ging zu einem Stuhl an der Wand und wartete.

Ich nehme an, das nächste geschah nur deshalb, weil ich, immer noch durcheinander von dem Unfall und den Schwierigkeiten mit der Polizei, dummerweise davon ausging, der zuständige Arzt wäre derselbe, der sich im grauen Regen über mich gebeugt und mir den Puls gefühlt hatte. Als ein Neger im weißen Kittel den Flur entlang kam und sich flüsternd mit der Schwester unterhielt, achtete ich gar nicht auf ihn. Und als er an meine Seite kam, da sah ich ihn einfach an – sah durch ihn hindurch – und fragte mich, wann der kleine Mann mit dem Schnurrbart kommen würde. Den Neger nahm ich fast überhaupt nicht wahr. »Dr. La Porte«, sagte er. Er streckte nicht die Hand aus. »Sie waren der Beifahrer in dem Auto?« Seine Stimme war die zweite Überraschung: Mississippi. Hart und würdevoll. Als ich aufsprang, glitzerte sein Gesicht wie eine Schnitzerei.

Er bestätigte, was die Schwester gesagt hatte: die Frau befand sich medizinisch gesehen in einem kritischen Zustand, sie hatte eine Gehirnerschütterung und einen Schädelbruch, aber er rechnete damit, daß sie binnen vierundzwanzig Stunden das Bewußtsein wiedererlangen würde. Ihr rechter Arm war gebrochen, ebenso drei Rippen. »Aber sie wird durchkommen«, sagte er. »Und was Sie anbelangt, so haben Sie großes Glück gehabt. Sie sind zur Tür hinausgeschleudert worden und landeten wie ein großer Marshmallow auf dem Gras.« *Touché*, Doktor, dachte ich.

Ich verließ das Krankenhaus, wobei meine Schuhe den ganzen Flur entlang feucht quietschten, ging zu Fuß zum Hotel, duschte und zog mir frische Kleidung an. Nachdem ich mich angezogen hatte, fiel mir etwas ein, und ich fuhr mit dem Taxi zum Polizeirevier. Davor, hinter einem Abschleppwagen, stand unser Auto am Straßenrand. Ohne es jemandem zu sagen und ohne gesehen zu werden, öffnete ich die Tür und holte die durcheinandergeworfenen Bücher vom Rücksitz. Überraschenderweise waren die meisten trocken; ich wischte sie mit einem Taschentuch ab und brachte sie ins Krankenhaus, wo ich sie der Schwester gab. Sie sagte, man würde sie in ihr Zimmer bringen.

Auf dem Rückweg zum Hotel schickte ich zwei Telegramme: eines an die Autovermietung in Paris, wo wir das Auto gemietet hatten, das andere zum Ehemann der Frau, ebenfalls in Paris. Wie ich später herausfand, hatte er die ganze Zeit von unserer Reise gewußt und flog am nächsten Tag mit einem Privatflugzeug nach Aix. Ich habe ihn nicht gesehen. Ich verbrachte den ganzen Tag schlafend im Bett, am nächsten Tag rief ich im Krankenhaus an und erfuhr, daß sie keinen Besuch bekommen durfte. Ihr Mann, vermutete ich, hatte sie bestochen, mich nicht zu ihr zu lassen. Dr. La Porte, dessen Stimme einen Ton dunkler und herablassender als zuvor war, teilte mir mit, sie habe das Bewußtsein wiedererlangt, schliefe aber die meiste Zeit. Und: »Bleiben Sie von diesem Krankenhaus fern, Sir, wenn Sie unnötige Schwierigkeiten vermeiden wollen. Nur Familienmitglieder werden eingelassen, das ist Vorschrift. Diesbezüglich waren die Anweisungen des Ehemannes sehr eindeutig.« Klick.

Am nächsten Tag verließ ich Aix, nach einer langen und staubigen Taxifahrt flog ich von Nizza ab, landete in Paris und nahm sofort den nächsten Flug nach London. Ich kam mit einer schrecklichen Erkältung dort an, die mich schüttelte und meinen Kopf in einem Schraubstock hielt. Auf dem Boden in unserer Diele fand ich einen Brief von Morgan; sie sagte, sie und Joanie würden gemeinsam zurückkehren und in einer Woche hier sein; kurz nach ihrer Ankunft sollte ich Abe Gabriel zu einer Party einladen. Die letzten Zeilen des Briefes lauteten: »Joanie hat geredet, weißt Du – über Dich. Es macht mir nichts mehr aus. Vielleicht hast Du auch das gewußt, daß ich sogar bereit bin, mich zu demütigen. Versuchen wir einfach eine Weile, ehrlich zusammenzuleben und herauszufinden, ob es immer noch funktioniert.«

3

»Hast du geglaubt, sie wäre tot?«

»Ich konnte an gar nichts denken. Ich war benommen. Hattest du je einen Unfall?«

Sie sieht mich unverwandt und vorwurfsvoll an: für sie war alles wie ein Unfall, möchte sie mir zu verstehen geben.

»Was hättest du getan, wenn sie tot gewesen wäre?«

»Was hätte ich tun können?«

»Wie empfindest du jetzt für sie?«

»Kann ich nicht sagen. Meine Gedanken drehen sich im Kreis.«

»Liebst du sie immer noch?«

»Ich glaube schon. In gewisser Weise. Nein... jedenfalls nicht mehr so wie zuvor. Das hat ja erst zu dem Streit geführt. Ich sagte ihr, daß ich sie verlassen würde.«

»Das hast du?« Morgans Gesicht bricht, sie bedeckt den Mund mit den Händen. Ich kann sie zittern sehen. »Ich kann es nicht ertragen«, sagt sie. »Jetzt soll ich mich glücklich fühlen, daß du eine andere Frau verlassen hast.« Sie bedeckt die Augen mit einer Hand, und ich kann sehen, daß sie genau deswegen glücklich ist.

»Ich bin eine Närrin. So ein Schwächling«, sagt sie. Ihre Stimme ist voll aufrichtig empfundener Wut. »Es tut mir nicht leid, daß sie verletzt wurde«, sagt sie. »Sie wird mir nie leid tun, ganz gleich, was passiert.«

Bevor Abe Gabriel weg war, hatten wir etwas, worüber wir reden konnten, eine gemeinsame Sorge. Es mißfällt mir, über meine Arbeit zu reden, weil ich sie so tief in mir trage, daß ich sie ständig herumdrehe und untersuche, wie ein Kind Schorf an seinem Ellbogen untersucht; und abgesehen von einer schmerzlichen Unterhaltung, nachdem sie zurückgekommen war, sprachen Morgan und ich nicht über die Frau oder meine Affäre, oder meine Gründe, zu ihr zurückzukehren. Einmal, als sie mich mitten in der Nacht wachrüttelte und fragte: »Was denkst du, was du mir angetan hast?«, versuchte ich ihr zu erklären, was ich an jenem Tag in Aix gelernt hatte, als ich in dem Dreieck zwischen meinem Bedürfnis nach der Frau, meinen Schmerzen und dem beharrlichen Druck der Identität, der wie eine silberne Scheibe vor meinem Sehbereich schwebte, gefesselt war, aber sie ließ sich nicht beeindrucken. Zu dem Zeitpunkt verhielt sie sich immer noch feindselig, als wollte sie ihre lange

Geduld wettmachen. »Du hältst dich für eine Art Magnet«, sagte sie geheimnisvoll. »Du bist so stolz darauf, allein zu sein. Manchmal beneide ich dich wirklich.« Sie sagte es so, wie man sagen würde, daß man Idioten oder Hunde beneidet, weil ihr geistiges Leben so unkompliziert ist. Über das gefährliche Thema von Abes Persönlichkeit hinweg konnten wir uns zögernd annähern und reden, manchmal allein, zu anderen Gelegenheiten, vielen anderen, mit Joanie als nörglerischer, verletzter Dritter.

Diese eheliche Zeit des Aufatmens, des gehemmten und zögerlichen Kontakts, begann, als Jack Goldsmith etwa eine Woche, nachdem wir alle wieder zu Hause waren, zu mir ins Büro in der Tottenham Court Road kam. Ich versuchte mich immer noch daran zu gewöhnen, daß wir Joanie bei uns hatten, sie bildete eine zusätzliche Barriere zwischen Morgan und mir, manchmal aber auch einen Schutzschirm. Weil Morgan und Joanie den größten Teil des Tages damit verbrachten, die Absichten des anderen herauszufinden, während sie den Anschein (die *Haltung* möchte ich nicht sagen, das wäre ein zu starkes Wort) wahrten, als wären sie endlich vereinte Schwestern, ging ich früh ins Büro und blieb lange dort. Während sie bei ihren eigenen stillschweigenden Übereinkünften und Definitionen anlangten, stellte ich neue Mitarbeiter ein, mietete den Rest des Stockwerks, als die benachbarte Firma, eine Werbeagentur, pleite machte, und konferierte mit rotgesichtigen Männern in gestreiften Anzügen. Ich gehörte zu den Männern, die gemütlich auf eine Trennung zusteuerten, als das Telefon klingelte. Es war meine Sekretärin, die bewundernswerte Miß Feathers, die einen Monat später wegen ›ehelicher Probleme‹ kündigte, wie sie, die Unverheiratete, sich ausdrückte.

»Ein Mr. Goldstein wünscht Sie zu sehen. Er sagt, er

sei ein persönlicher Freund von Ihnen. Soll ich ihn warten lassen?«

»Mr. Goldstein? Ich kenne keinen...« Ich vernahm ein gedämpftes Poltern am anderen Ende und hatte das unmißverständliche Gefühl, in einen unbemannten Telefonhörer zu sprechen.

»Entschuldigung, Sir. Er sagt, sein Name sei Gold*smith*, nicht Gold*stein*. Mr. Goldsmith sagt, es sei sehr dringend. Soll er auf Sie warten?«

»Schicken Sie ihn herein, wenn ich hiermit fertig bin«, sagte ich. Der rotgesichtige Mann, der mich mittlerweile so gründlich anödete, daß ich fast schon wieder verrückt nach ihm war, hustete verhalten, als er diesen beschönigenden Hinauswurf hörte.

Zehn Minuten später, nachdem wir die getroffene Übereinkunft noch einmal umständlich wiederholt und bekräftigt hatten, ging der rotgesichtige Mann, und Jack kam herein. Er sah über die Schulter zur Tür. »Sind Sie beschäftigt?« Er machte einen zerknirschten Eindruck.

»Nein, setzen Sie sich«, sagte ich.

Er setzte sich. »Schön, daß Sie wieder hier sind.«

»Danke.« Da er abwechselnd seine Hände und Füße betrachtete und diese dann nervös gestikulierend bewegte, mußte ich ihm helfen. »Sie sehen mitgenommen aus, Jack. Kann ich Ihnen helfen?«

Er sah wieder zur Tür. »Sie sind nicht beschäftigt? Es ist etwas sehr Persönliches.«

Ich schüttelte auf beruhigende Weise den Kopf. »Was macht Ihnen denn zu schaffen?« fragte ich.

»Nun, ich bin gekommen, um mit Ihnen über Sheila zu reden. Ich wollte hierher kommen, weil ich vor Morgan nicht darüber reden wollte. Oder ihrer Schwester.« Er stand auf und ging um den Sessel herum. Dann stützte er sich auf die Lehne und öffnete den

Mund. Er hatte ihn ein paar Augenblicke offen, bevor er zu sprechen anfing, als würden alle Worte, die er sagen wollte, auf ihn einstürmen, während er nach Möglichkeiten suchte, sie zu mildern. Ich konnte mir denken, was er sagen wollte.

»Ich weiß nicht, wie ich anfangen soll«, sagte er. »Wissen Sie noch, wie ich mich bei der Party benahm? Als ich über Sheila redete?«

Ich nickte.

»Nun, es hat eine Veränderung gegeben. Jetzt ist es noch schlimmer!« Er ließ die hinteren Sesselbeine nervös auf den Boden klopfen, indem er die Arme beugte und streckte. »Sie hat sich damals heimlich mit einem Burschen getroffen. Ich weiß nicht einmal, wer er war. Aber jetzt macht sie es in aller Öffentlichkeit.«

(Das war, bevor er herausfand – indem er Sheila ganz schlicht und einfach fragte –, daß der erste Geliebte seiner Frau Rudolf Kleinhans gewesen war, der *vers-libre*-Verkäufer in Dillons Universitätsbuchhandlung.)

»Ist es Abe Gabriel?« fragte ich.

Er versank beinahe im Teppich. »Sie meinen, Sie wissen davon? Bei Gott, ich dachte... Was wissen Sie?« Er kam wieder um den Sessel herum, setzte sich und beugte sich zu mir vor.

»Eigentlich weiß ich überhaupt nichts, Jack, oder besser, ich wußte nichts, bis Sie hier hereingekommen sind.« Er bekam seinen ungeduldigen Gesichtsausdruck. »Aber ich dachte mir, daß etwas im Gange war, als ich sah, wie er Sheila bei Ihrer Party umschwirrte.«

»Sie wollen mir sagen, Sie haben gewußt, daß es passierte? Wie lange wußten Sie es?« Seine Niedergeschlagenheit verwandelte sich in Unmut; er schlug mit den Handflächen auf die Knie. »Und warum, zum Teufel, haben Sie mir nichts gesagt?«

Ich konnte ihm nicht sagen, daß er zuerst gesagt hatte,

ich sollte davon nichts wissen, und dann, daß ich ihm das hätte erzählen sollen, was ich nicht wußte – das erinnerte mich zu sehr an die Grundschule. Ich beschloß, nicht auf seine Frage einzugehen, sondern statt dessen eine eigene zu stellen, um ihn abzulenken. »Sind Sie ganz sicher, Jack?«

»Nun, Sie haben es doch selbst gesehen! Himmel, ich wette, ich war der einzige, dem nichts aufgefallen ist. Was hat Joanie hinterher gesagt?«

Joanie hatte folgendes gesagt: »Das kann mir dieser Scheißkerl nicht antun! Nicht in der ersten Nacht, nachdem wir uns einen ganzen Monat nicht gesehen haben!« Ich sagte Jack, sie hätte einen enttäuschten Eindruck gemacht.

»Warum bekommen solche Dreckskerle immer alles so einfach? Er und Joanie wollten heiraten, nicht?... Nun, ich weiß nicht, ob Sie davon wußten« – er sieht mich scharf an, um festzustellen, wie öffentlich seine Schande schon geworden ist – »aber sie wohnt praktisch bei ihm im Hotel. Sie kommt nur nach Hause, um sich frische Wäsche zu holen. Manchmal komme ich zum Essen nach Hause, und sie sind beide dort und trinken das Bier aus meinem Kühlschrank.«

»Das wußte ich nicht«, sagte ich.

Von da an bis zu seiner Abreise war Abe Gabriel eine neutrale Zone für uns, über die hinweg wir schüchterne Gesten des Friedens machen konnten. Auf unserer Party, der Nacht von Joanies und Morgans Ankunft von Israel, hatte ich gesehen, wie Sheila Abe Drinks brachte, ihm seinen Teller vollschöpfte, sich Zigaretten von ihm borgte. Während ihrer langen, leisen Unterhaltungen auf unserem Sofa hatte sie ihre Hand auf seinem Knie liegen, oder auf dem Knöchel seines übergeschlagenen Beins. Und ich hatte in letzter Zeit bemerkt, wie Joanie gleich einem aufgeregten Falken, der einen besonders aggressiv aussehenden Hahn erspäht hat, um das Telefon kreiste.

»Was können wir mit ihr machen?« fragt Morgan.

»Wir können gar nichts machen. Ich fürchte, nach allem, was Jack mir erzählt hat, daß Abe jetzt mit Sheila zusammenlebt. Sie kommt nicht mehr nach Hause, es sei denn, um Bier aus dem Kühlschrank zu stehlen.«

»Was?«

»Ein Scherz«, sage ich. »Manchmal sind sie in seiner Wohnung, wenn er nach Hause kommt.«

Sie sieht verblüfft zu Boden. »Jack redet mit dir darüber?«

»Nur einmal. Und einmal davor, als es noch ein anderer Mann war.«

Morgans Augen schnellen zu meinem Gesicht. »Du meinst, sie hatte noch einen...« Der Satz erstirbt.

»Ich dachte, das wüßtest du.«

»Woher sollte ich so etwas wissen?« Sie klingt erbost und ein wenig verschnupft, was mich wiederum erzürnt.

»Die endlosen Gespräche am Telefon, die du mit ihr hattest!«

Diesesmal drückt der Blick reinsten Zorn aus, vermischt mit einer Spur Verachtung. »Über so etwas sprechen wir nicht, wenn du es wissen mußt.« Ihre Augen und ihre Stimme verraten mir deutlich: *du begreifst nichts, überhaupt nichts.*

Wir beide spüren, wie wir auf das Thema zuschlittern, über das wir uns nicht unterhalten können. Morgan steht vom Küchenstuhl auf und schaut in den Kühlschrank. Nachdem sie ihn lautlos wieder geschlossen hat, geht sie zur Spüle und läßt heißes Wasser über die aufgeschichteten Teller und Schüsseln laufen. »Nun, *ich* weiß nicht, was ich mit ihr machen soll«, sagt sie.

Für mich ist es zu früh, etwas zu sagen. Ich strecke die Hand über den Tisch hinweg zum Schränkchen mit alkoholischen Getränken aus und hole mir die Teacher's-Flasche.

»Möchtest du ein Glas?« sagt Morgan und gibt mir eins. Durch solche Gesten bekunden wir unsere Entschlossenheit, Direktheit zu vermeiden.

»In einer eigenen Wohnung würde sie verrückt werden.« Das ist meine Art von Indirektheit, die sie gnädig akzeptiert, nicht ohne eine Spur Ironie.

»Und sich damit zu uns anderen gesellen.« Ein kleines, verschobenes Lächeln. »Ich glaube, du hast recht. Sie muß bei uns bleiben. Gott sei Dank haben wir das extra Zimmer!« Sie lenkt sich mit dem Geschirr ab.

Als Joanie und Morgan zurückgekommen waren, saßen wir drei bis spät in die Nacht wach und unterhielten uns über Israel, das Araberproblem und den zunehmenden Terrorismus; da waren die beiden sehr stark Schwestern und vermieden wie durch Übereinkunft jede Frage nach Einzelheiten meines eigenen Urlaubs. Es dauerte fast eine Woche, bis ich Morgan von dem Unfall erzählte, und zwei Monate bevor Joanie mit der Ausgabe von *Time* kam, die ein Bild der Frau enthielt, deren Aufmerksamkeit ganz dem erkahlenden grauhaarigen Mann an ihrer Seite galt – ihrem Ehemann. Aber innerhalb von zwei Tagen war diese perfekte Allianz so weit abgenutzt, daß Morgan, als sie an einem Samstagnachmittag zurückkam, nachdem Joanie und ich fast den ganzen Tag alleine verbracht hatten, mich in unserem Schlafzimmer fragte: »Warst du fair zu mir?«

Joanie kommt gelangweilt in die Küche, während Morgan über die Spüle gebeugt ist. »Unternehmen wir etwas«, sagt sie. »Fällt euch etwas ein?«

»Du könntest mir beim Abwaschen helfen.«

Joanie, die auf einem Fingernagel kaut, geht nicht darauf ein. »Gibt es irgendwo gute Filme zu sehen?« Sie springt auf und läuft ins Schlafzimmer – *tapp tapp* zurück – und kommt mit einer zusammengelegten Ausgabe des *Evening Standard* zurück. »Mal sehen, was es gibt«, sagt sie. Sie sieht auf. »Hat noch jemand Lust – außer mir, meine ich?«

Morgan, die immer noch abspült, stöhnt.

»Vielleicht gehe ich mit dir«, sage ich. »Der letzte Film, den ich gesehen habe, war dieses schreckliche Ding mit Glenda Jacksons Nippeln, dieser Lawrence-Film.«

»Dann gehen wir alle«, sagt Morgan. »So lange es nicht ganz in der Innenstadt ist.«

Schließlich gehen wir alle drei, nachdem wir die Zeitung durchgesehen haben, zum nächstgelegenen Kino, einem ungemütlichen, nach Tabak riechenden Stall, der fünf Blocks entfernt in der Camden High Street ist, und sehen uns schweigend einen Film über die Bombardierung von Pearl Harbor an. In dem Film wird eine ganze Menge gelaufen und herumgebrüllt, und an den aufregenden Stellen, wenn die Bomben auf die großen, teuren grauen Schiffe fallen, hält Joanie meine Hand.

Als wir das Kino verlassen, treiben sich Betrunkene und eine Bande Jugendliche vor einem Courage Pub auf der Straße herum; sie singen grölend. Ein Betrunkener, ein schnurrbärtiger Mann Mitte sechzig mit dem dominierenden, nasenlastigen Profil eines William Gladstone, folgt uns, während wir die Straße entlanggehen, und krächzt dabei »Liebchen, Liebchen, mach langsam«, zu Joanie. Wir tun so, als könnten wir ihn nicht hören, und er bleibt im Schatten eines Spielsalons an der Ecke Inverness Street zurück, wo er ruft: »Cheerio, Liebchen, cheerio.« Joanie schlägt den Mantel wegen des kalten Windes eng um sich und hakt sich bei mir unter. Sie sagt: »Wann immer ich jetzt ins Kino gehe, habe ich Angst, daß sie statt dessen *Lion* zeigen. Ich denke immer, sie schieben ihn irgendwie dazwischen.«

4

Etwa zu dieser Zeit kam ihr Brief mit der Post, er flatterte an einem Freitagmorgen auf den Kachelboden. Joanie, die immer wie ein Teenager mit Liebeskummer auf die Post wartete, hastete hinaus. Wir hörten ihre bloßen Füße zur Eingangstür springen, wo sie stehenblieb, während sie die Post vom Boden aufhob, dann tippelte sie in die Küche zurück.

»Hört sich an, als hätten wir Post bekommen«, sage ich mit einem Mund, der sich wie Baumwolle anfühlt.

»Hör mal. Ich glaube, sie macht Kaffee! Hörst du sie dort draußen?« Wir lauschten beide den Geräuschen aus der Küche. Ich hörte, wie sie den Gasherd einschaltete: ein Streichholz glitt über die Reibfläche, gefolgt vom schnappenden Geräusch des Gases, als es sich an dem Streichholz entzündete.

»Ich helfe ihr«, sagte Morgan. Sie sprang aus dem Bett; bevor sie den Morgenmantel anzog, zeigte sich Gänsehaut auf ihren Oberarmen. »Es könnte von Papa sein. Er hat seit über einer Woche nicht mehr geschrieben, und ich bin sicher, er möchte uns alle wissen lassen, wie sehr er New York verabscheut.« Sie lächelte in sich hinein, dann mich an, als hätte sie es sich gerade überlegt, und ging aus dem Schlafzimmer, wobei sie die Tür hinter sich zumachte.

Nach wenigen Sekunden kamen die beiden ins Schlafzimmer. Morgan hielt einen blauen Brief in der Hand, zwischen Daumen und Zeigefinger, ihr Gesicht hatte einen Ausdruck äußersten Widerwillens, ein Anzeichen großer Belastung, das ich gut an ihr kenne. Joanie kam hinter ihr herein und schlich zu einem Sessel beim Fenster; sie hoffte, nicht gesehen zu werden, und war ganz offensichtlich sehr neugierig.

»Das ist deine Post«, sagte Morgan. »Ich hätte den Brief beinahe geöffnet, entschied mich dann aber doch, es nicht zu tun.«

Ich warf Joanie einen giftigen Blick zu, und sie wand sich, weil sie bei diesem Voyeurismus erwischt worden war, aber dann schlug sie nachdrücklich die Beine übereinander: sie hatte nicht die Absicht, sich vertreiben zu lassen. Morgan warf den Brief aufs Bett.

Worauf wartete sie? Wenn ich den Brief einfach öffnete und las – mein erster Impuls –, dann würde sie denken, ich wäre ihrem Leid gegenüber gleichgültig. Immerhin hatte sie das Drama arrangiert und verdiente ihren Augenblick. Das war auch der Grund für ihre Bemerkung: Ich konnte mir nicht vorstellen, daß Morgan jemals eines anderen Post öffnen würde. In dieser Sekunde des Zauderns, während ich das rechteckige Ding auf dem zerwühlten Laken an meinem Knie betrachtete, wurde ich mir völlig über Morgans Charakter klar – sie war Joanie so ähnlich, und mir wiederum auch: Morgans Darbietung war ein Test, ob ich mich immer noch an die Regeln halten würde. Ich konnte nur auf eine mögliche Weise reagieren.

»Du kannst ihn lesen, wenn du möchtest«, sagte ich.

Joanie sah auf. Sie hatte mit etwas Heftigerem gerechnet. Morgan bewegte die Lippen ein klein wenig: damit war sie zufrieden. »Wenn du es möchtest«, sagte sie.

»Ich denke, dann öffne besser ich ihn«, sagte ich und hatte damit die Runde gewonnen. Ich riß den Umschlag auf und holte ein einziges, dreifach gefaltetes Blatt heraus.

Lieber Owen,
ich weiß, normalerweise schreibt man in diesem Zustand keine Briefe, aber ich fühle mich irgendwie unfertig, und Du weißt, wie ich mich in einer solchen Lage verhalte. Ich fühle mich veranlaßt, Dir das zu schreiben, vielleicht werfe ich den Brief weg, wenn ich fertig bin.
Also: Ich werde morgen das Krankenhaus verlassen, geheilt, aber in Binden und Verbänden wie ein Ding aus einem Film. Mein Mann möchte, daß ich in Paris bleibe – er möchte sich um mich kümmern, glaube ich. Diesesmal werde ich es zulassen. Die meisten Dinge aus London werden uns nach Paris geschickt. Die Ikone, die ich in Dublin gekauft habe, wird Magruder zugeschickt werden: Seiner neuen Lage wird sie angemessen sein, und ich kann sie nicht mehr ertragen. Ich werde ihm auch einen Brief schreiben und versuchen, ihm zu erklären, in was er da hineingestolpert ist. Weißt Du, Du bist immer noch ein Teil von mir.
Was den Rest anbelangt, lies den letzten Abschnitt von *Anna K.* Ich werde ihn Dir herausschreiben, so daß Du ihn lesen mußt. Hast Du *das* mit mir gelernt? Zum erstenmal bin ich verwirrt, was Dich anbelangt. So sollte es sein, flüstert eine Stimme in meinem Ohr.
– Bleib ehrlich.

Auf einem weiteren Stück Papier stand folgendes geschrieben: »Ich werde immer noch außerstande sein, die Gründe zu verstehen, weshalb ich bete, und ich werde dennoch weiter beten – aber mein Leben, mein ganzes Leben, ist nun nicht mehr ohne Bedeutung für mich, unabhängig davon, was mir widerfahren kann, sondern jede einzelne Minute hat nun eine positive Bedeutung der Güte, durch die ich die Kraft habe, es zu erdulden.« Drei

Zeilen unter diesen Abschnitt hatte sie geschrieben: »Ich denke, daran können wir beide glauben.«

Morgan sah mich an, ihre Augen skandierten mein Gesicht, als würde sie die Zeitungsmeldung über eine Katastrophe lesen.

»Nichts weiter«, sagte ich. »Lediglich eine Art Lebewohl.« Als ich ihr den Brief hinhielt, zögerte sie, ihr Gesicht bewegte sich, dann nahm sie ihn sehr behutsam von mir entgegen.

»Ich glaube, ich ziehe mich besser an«, sagte Joanie und ging hinaus, ohne einen von uns anzusehen.

Später sah Morgan mir zu, wie ich alle Briefe verbrannte, die die Frau mir geschrieben hatte. Ein umfangreicher Stapel im Ofen, einem Stoß Taschenbüchern nicht unähnlich. Ich hatte eingewilligt, das zu tun; ich sah das Feuer als eine Möglichkeit in Morgans Gesicht leuchten, wenn auch schwach – »Vielleicht sollte ich die Briefe wegschaffen« –, und danach loderte es hell auf. Das Feuer der Briefe selbst war nicht so spektakulär; zuerst hatte ich meine komische Mühe damit, ich zündete eine Ecke eines Briefes an und sah zu, wie sie zu rotfleckiger Asche verkohlte. »Knüll ein wenig Papier zusammen«, sagte Morgan. Ich knüllte ein Stück Zeitungspapier zusammen und legte es zu den Briefen. (Ich konnte nicht die Seite eines Briefes herausnehmen und als Fidibus verwenden, das war unmöglich.) Das Zeitungspapier entflammte schließlich, und ich schob die Umschläge einen nach dem anderen hinein, bis alle in Flammen aufgegangen waren. Als ich aufstand, sah Morgan ins Feuer; sie war meilenweit von mir entfernt und schien nicht einmal zu denken. Nachdem das Feuer erloschen war, stocherte ich mit dem Schürhaken im Feuer herum und klopfte das meiste durch den Rost. Uns beide machte die empfundene Notwendigkeit nach dieser Maßnahme verlegen.

Nicht lange nach dem Tag, an dem ich die Briefe verbrannt hatte, verließ Abe Gabriel England sehr plötzlich. Ich sage ›sehr plötzlich‹, weil dieser Ausdruck ein geistiges Abbild von Gabriel vor mir heraufbeschwört; der aufgeknöpfte Blazer flattert um seine Hüften, hinter sich läßt er eine Spur von Socken und makellosen Hemden auf dem Trottoir, während er, vom Manager des Ritz verfolgt, in die Maschine der El Al flieht. Eines Morgens war sein Bild in der Zeitung; eingerahmt in einen dieser schwarzgedruckten, dekorativen Sätze in der *Times*, angeblich schuldete er dem Ritz und seinen Schneidern mehr als siebenhundert Pfund. Er schickte Joanie aus Haifa einen Brief, in dem er mitteilte, er hoffte, Joanie würde ihm sein Benehmen in London verzeihen, und daß er, Abe Gabriel, endlich ihren wahren Wert erkannt hatte. Er schrieb: »Die körperlichen Wonnen sind nebensächlich«, um seine Affäre mit Sheila Goldsmith zu erklären. Jeder von uns interpretierte diesen Satz anders.

Am nächsten Tag machte sich Joanie auf den Weg, Arbeit zu suchen, aber statt dessen geriet sie in die Oxford Street, wo sie sich neue Kleidung kaufte. Als sie heimkam, hatte Morgan mir erzählt, stapelte sie die Kartons auf ihrem Bett und holte ein Kleid nach dem anderen heraus, gelbe Kleider mit hochgeschlossenen Kragen, lange Samtkleider, hellblaue Kleider, die beim Gehen um die Schuhe wirbelten, Hosen, Schals, Gürtel, ein wahrer Regenbogen von Blusen und Hemden. »Dies hier ist für das erste Mal, als ich mit ihm ins Bett gegangen bin, dies hier für das Zusammenleben mit ihm, dies hier dafür, daß ich ihm Geld geliehen habe, dieses für ›Die körperlichen Wonnen sind nebensächlich‹, dieses für...«

Liebe Joanie,
alles, was es Neues gibt, steht in dem Brief an Owen und Morgan – ich schreibe Dir diese wenigen Zeilen

nur, um Dir mitzuteilen, ich persönlich bin der Meinung, daß es so am besten gekommen ist. Ich meine zu Deinem Besten! Gott sei Dank hast Du rechtzeitig erkannt, wes Geistes Kind er ist, bevor Du einen nicht wieder gutzumachenden Schritt getan hast – einen schurkigen Ehemann kannst Du am allerwenigsten brauchen, soviel ist sicher. Dieser ›letzte Strohhalm‹ könnte Dir helfen, alles zu vergessen, was Du vielleicht noch für ihn empfindest. Vergiß nicht, Darling, daß wir in jeder Beziehung hinter Dir stehen. Ich zahle noch etwas Geld auf Dein Konto ein – gib es aus und laß es Dir gut gehen. Bist Du sicher, daß Du den Gedanken aufgegeben hast, wieder zur Schule zu gehen? Denk noch einmal darüber nach.

Alles Liebe
Papa

Déjà vu: Joanie spricht von Abe und schildert uns, wie sie sich kennengelernt haben, wie ihre Beziehung begann, daß sie bereit war, ihn zu heiraten, daß sie hauptsächlich nach London kam, um ihn zu sehen – sie gibt uns wieder eine Darbietung.

Sie steckt einen Brief mit zwei großen israelischen Briefmarken darauf weg und sagt: »Als ich ihn zum erstenmal sah, war er so ansehnlich – ihr ahnt es nicht.« Morgan gibt einen Laut von sich, der in der kurzen zur Verfügung stehenden Zeit Interesse und Entzücken ausdrückt. »Er stieg aus einem kleinen Auto aus – wie nennt man sie? – MG? So etwas. Ihr müßt wissen, wie *selten* solche Autos in Israel sind. Ich dachte, ich würde jeden Mann heiraten, der einen Sportwagen besitzt. Nun, jedenfalls stieg er aus diesem Sportwagen aus, der eine wunderschöne grüne Farbe hatte, und er sah so überwältigend aus. Ich war gerade auf dem Heimweg, und er fragte, ob wir zusammen irgendwo hingehen könnten, ob er mich mitnehmen könnte. Er war *nett*, besonders für Haifa, aber ich ging einfach weiter. Er folgte mir drei oder vier Blocks weit, wobei er ununterbrochen auf hebräisch auf mich einschwätzte, und ich bekam nicht einmal ein Drittel davon mit, und schließlich sagte ich ihm, er solle aufhören, mich zu belästigen. Als ich den Mund geöffnet hatte, klatschte er in die Hände und rief: ›Amerikanerin! Amerikanerin!‹ Dann fing er an, auf englisch zu reden, und ihr habt ja sein Englisch gehört, das war wirklich charmant. Schließlich ließ ich mich zum Essen einladen. Danach rief er ständig an. Ich sah ihn etwa alle zwei Wochen, nicht öfter. Schließlich war er so jung – habt ihr gewußt, daß er erst Vierundzwanzig ist? Das ist schließlich vier Jahre jünger als ich, und vier Jahre sind ein gewaltiger Unterschied. Er war so süß. Ich wäre überhaupt nicht mit ihm ausgegangen, aber er war wirklich ansehnlich, und so sexy, fandet ihr nicht auch? Und seine Eltern sind wirklich wichtige Leute in Israel, ihr habt keine Vorstellung, wie wichtig! Aber das erste Mal, als ich mehr für ihn zu empfinden begann als nur ein gewisses Jucken, war, als er mich am Samstag mit dem Auto ausführte. Aus irgendeinem Grund hatte er nicht daran gedacht, und so fuhr er an einer Synagoge vorbei. Nun, am Samstag darf man in Israel *überhaupt nichts* tun – ihr könnt euch nicht vorstellen, wie dieses Land von der Religion beherrscht wird –, und ein paar der Männer fingen an, mit Steinen nach dem Auto zu werfen. Ich hatte solche Angst! Ohne Flachs, ich schlotterte. Danach fühlte ich mich ihm aus irgendwelchen Gründen viel näher. Auf eine angenehm alberne Art und Weise war er sehr nett. Wir fuhren gleich zurück in seine Wohnung, und dort fing alles an. Wirklich alles.«

In der kalten, grauen Luft gehen wir im Regent's Park spazieren. »Dort ist eine Bank – können wir uns einen

Augenblick setzen? Du bist so gut zu mir, Owen, das warst du immer. Weißt du, du weißt, wie man mit Frauen umgehen muß.« Als wir uns auf die Bank gesetzt haben, zieht sie den Mantel eng um sich und versinkt in dem hochgeschlagenen Kragen.

»Ich glaube, er war eine Art Puppe, die ich ankleiden und herumschieben konnte wie ich wollte, ein Spielzeug. Du hast ihn nie in Haifa gesehen, aber er konnte dort sehr spaßig sein, und ich dachte immer, das könnte er nicht sein, wenn ich nicht bei ihm war. In Haifa schien er stets richtig zu sein, er war am rechten Ort. Hier war er so anders. Sein Benehmen schien unhöflich, seine Kleidung zu flatterhaft. Ich glaube, deshalb wollte ich ihn irgendwie wieder, ich wollte ihn haben und ihn wieder zurechtstutzen.« Ihre Stimme erzeugt weiße Dampfwölkchen beim Sprechen.

Ich sehe über das tote Gras in einem etwas höher gesetzten Blumengarten. Die Blumen sind alle braun und verwelkt auf den Stengeln. »Ich muß was zu tun finden«, weint sie. »Ich stehe einfach still, und alles strömt an mir vorbei.« Ihre Stimme beschlägt. Ihre Augen, über dem hohen Kragen erkennbar, sind voller Tränen. »Und dann hört dieser Idiot nicht auf, mir zu schreiben!« Sie holt ein kleines weißes Taschentuch aus der Manteltasche und schneuzt sich die Nase.

»Du solltest dir einen Job suchen. Ich habe mit einem Mann gesprochen, der für ein Magazin arbeitet, und der hat gesagt, er könnte dort vielleicht etwas für dich finden.« Der Mann – ich kann ihr das noch nicht sagen – ist Jack Goldsmith, der gerade angefangen hat, für das Magazin zu arbeiten, er schreibt Buchbesprechungen und Essays über Gewalt in Amerika.

»Das kann ich nicht«, sagt sie. »Ich kann nicht einmal Schreibmaschine schreiben.«

Es gibt etwas, das sie sagen möchte, das tief in ihrem

Inneren ist, weswegen sie im Regent's Park spazierengeht und über Abe Gabriel redet. Sie steckt das Taschentuch wieder weg und sagt: »Ich glaube, ich muß zurück nach Israel. Ich kann mich hier nicht einleben... Weißt du, was Papa über die Juden gesagt hat? Er sagte, die Juden hätten soviel aus unserer Welt gemacht, daß wir in gewisser Weise eigentlich alle Juden sind. Er sagte, sie hätten uns assimiliert, anstatt andersherum.« Sie lächelt mich an, als wäre das der Hinweis für ihr wolkenverhangenes Schicksal.

»Möchtest du zu Abe zurückkehren?«

Sie schüttelt den Kopf: *Nein, nein.*

»Nun, vielleicht sind wir alle Juden«, sage ich. »Ich hatte einmal einen Freund, der etwas Ähnliches gesagt hat. Aber ich glaube nicht, daß das etwas ändert.« Israel verblaßt auf ihrem Gesicht: Sie wird nie wieder dorthin zurückkehren.

5

Abe, das jungenhafte Spielzeug weiblicher Fantasie, ist in Ungnade von der Bühne abgetreten; Magruder in Phantasmen mystischer Ekstase verschwunden; Mr. Franciscus, der unglückliche Sandy Bosch und Charlie La Rochelle sind tot; die Frau wurde zu einem Bild in einer Illustrierten und einem Häufchen Asche im Ofen. In der Nacht klopft Joanie zweimal an die Wand über ihrem Bett, sie weiß, daß ich sie hören und an sie denken werde. Wenn wir uns am Morgen sehen, ist sie kalt zu mir und redet nur mit Morgan. Die beiden Frauen unterhalten sich über ihre Träume. Joanies Träume kreisen um große Marmorhallen und breite Wendeltreppen und Leuchter, die über ihrem Kopf flackern; Morgan träumt davon, sich in Bürogebäuden oder Schlafsälen zu verirren, wo Korridore endlos von Zimmern wegführen und Fahrstühle auf identischen Stockwerken halten. Sie hat eine Nachricht für jemanden, möglicherweise mich, kann ihn aber nicht finden. Mein Traum ist stets derselbe: Ich stehe im Regen und sage jemandem Lebewohl – ich bin sehr glücklich und winke dieser Person zu, die weiter entfernt steht. Als ich mich abwende, kann ich mich ganz und unvorteilhaft sehen: schlampig, im fleckigen Regenmantel, schnurrbärtig, mein plumper Leib durch die Abwesenheit der Person angeschwollen, so daß meine Brust sich wie die eines Gewichthebers ausgedehnt zu haben scheint. In diesem Augenblick fühle ich mich zwischen Strömen von Schmerz und Freude gefangen, ich stöhne, überwältigt von diesen beiden Gefühlen, und ich erwache; ich bin von einem goldenen Glanz geblendet und höre das Brechen von Glas.

Epilog

Die Ikone kam am Samstagvormittag, als die beiden Frauen in West End Weihnachtseinkäufe machten und, wie ich vermutete, nach diesem Schlüssel suchten, der sie, wenn man ihn umdrehte, wieder zu Schwestern und Vertrauten machen würde, wie sie es in Eilat gewesen waren. In zwei Stunden würden sie zurückkommen, Joanie mit zwei oder drei Kleinigkeiten, die sie für sich selbst gekauft hatte, Morgan unglücklich und müde, ohne etwas.

Ich schnitt die Paketschnur mit der Schere durch. Magruder hatte sie achtlos eingepackt, in Zeitung und zwei Lagen Packpapier gewickelt, von Bindfaden notdürftig zusammengehalten. In diesem zusammengeknüllten Nest aus Papier lag die Ikone. Die Sonne spiegelte sich darin, und die vergoldeten Flächen leuchteten ein wenig matt. Wegen der schlampigen Verpackung Magruders war ein Splitter von der Größe eines Shillingstücks abgebrochen. Ich wollte sie nicht haben, daher packte ich sie wieder ein, nachdem ich das abgesplitterte Stück wieder an die richtige Stelle gesetzt hatte. Das wunderschöne barbarische Ding sah in Camden Town so fehl am Platz aus wie in Dublin, es war, wie wir alle, im Grunde genommen ein Verbannter. Die Energie seiner Erschaffung verlangte ein opulenteres, schrofferes Umfeld, etwa das Licht der Provence, einen Ort voll Menschen in Pelzmänteln und schweren, spitzenbesetzten Gewändern, eine Welt der Höfe und Kirchen, alles kreisend und zusammengeschweißt und im Traum eines Tanzes gefangen. Ich packte sie wieder ein und brachte sie nach unten, wo ich sie neben einen Stapel alter Bücher legte. Ein Jahr später schenkte ich sie einem neuen Kunstmuseum in

Highland Park, Illinois, wo sie auf extravagante Weise fehl am Platz wirkte. Das Museum schickt mir Kataloge jeder neuen Ausstellung, die sie machen, aber ich habe die Ikone niemals in einer Liste auftauchen sehen; sie muß immer noch in ihrer Verpackung sein, in einem anderen Keller, oder sie liegt irgendwo, in erzwungener Weise vergessen, auf einem Regal mit Neuerwerbungen.

Jahre später, als wir alle in den Ferien in Amerika waren und durch den Genuß zahlreicher Cocktails Abenteuerlust verspürten, fuhren Joanie, Morgan und ich an einem Freitagabend Ende Dezember zu dem Museum. Die Türen waren verschlossen, und als wir durch die Glastüren hineinspähten, sahen wir nur, wie höhlenartige Flure von einer großen Haupthalle abgingen, die an einer Treppe endete und in deren Mitte ein Lüster in Form einer Blume hing. Eine Woche später wollten wir nach Europa zurückkehren, und wir waren zu beschäftigt, um noch einmal dorthin zu fahren. Vielleicht wäre sowieso die ganze Dauer der Ferien geschlossen gewesen. Es war nur eine kleine Institution, und ich glaube, dort arbeiteten weitgehend nur junge Fakultätsmitglieder und Studenten aus Chicago und Evanston, von den großen Vorort-Colleges.